中国式离婚

王海鸰 著

北京出版社出版集团
北京出版社

图书在版编目(CIP)数据

中国式离婚/王海鸰著 . −北京:北京出版社,2004

ISBN 7 − 200 − 05576 − X

Ⅰ. 中··· Ⅱ. 王··· Ⅲ. 长篇小说 − 中国 − 当代 Ⅳ.I247.5

中国版本图书馆 CIP 数据核字(2004)第 082152 号

中国式离婚

ZHONGGUOSHLIHUN

王海鸰 著

*

北 京 出 版 社 出 版

(北京北三环中路 6 号)

邮政编码:100011

网 址:www.bph.com.cn

北京出版社出版集团总发行

新 华 书 店 经 销

北京鑫霸印务有限公司印刷

*

880×1230 32 开本 12 印张 246 千字

2004 年 11 月第 1 版 2004 年 11 月第 1 次印刷

印数 1 − 100 000

ISBN 7 − 200 − 05576 − X

I·846 定价:22.00 元

第一章

　　林小枫骑车下班，阵风吹来，将路人的谈话送进了她的耳朵："……我要是上了三十岁，我就不活了……"

　　林小枫禁不住扭脸看去。

　　路人是孪生兄弟般的两个小警察，高个儿宽肩细腰，细腰上紧束的制式皮带令胸脯饱满鼓胀，透出一股子骄气冲人的狂傲。林小枫笑了笑，带着点过来人的宽容和讥诮。她毫不怀疑说话人的真诚；她同样毫不怀疑的是，除非天灾人祸，这个人上了三十岁后会依然活着。

　　林小枫三十五岁了。到这个岁数就会懂得，年龄的意义是相对的。拿一个二十岁的文盲去同三十岁的 IT 精英比，那年龄的优势还能算优势吗？

　　孔子说，三十而立。却没有说，怎么才算是"立"。"立"与"立"又有不同。

　　林小枫是中学的语文教师，丈夫宋建平是一家大医院的外科大夫，两个人月收入加起来六千左右，有一套两室一厅的房子，双方父母都有退休金无须他们负担，一家三口隔三差五下个小馆儿打个车不成问题。按说，按过去的标准说，按哪怕十年前的标准说，这都得算是一个富足的家庭了。当年小平同志南巡时所说"奔小康"的小康，大

中国式离婚

约也不过如此。但是，谁能料到中国会发展得这样快呢？新生的"知本家"如雨后春笋，住丁 Townhouse，开宝马奔驰，穿国际名牌，吃粗茶淡饭。这些还不是主要的，仅仅是这些物质上的富有，还不足以服众。改革开放刚开始时那些无甚文化的暴发户，不就常常被人讥讽为"穷得只剩下钱了"吗？但是，一俟中国经济与世界经济接上了轨，走上了正轨的时候，暴发户立刻为知本家取代，那才是真正令人眼热心跳的一群：有知识有文化有头脑有能力，在为中国经济做出巨大贡献的同时，迅速地富有了自己。富得有理，富得全面，富得让你屹不着葡萄，也不敢说酸，只能仰望着那高高在上的葡萄架子，徒然兴叹。

林小枫本科毕业，宋建平硕士毕业。就是说，都具有着成为知本家的基本要素。但不知为什么，他们的进步水准，永远比时下的高水准要慢着两拍。就那么两拍，不会更多，但似乎永远也难以赶上。那状况很像网上所调侃的：到他们可以吃猪肉的时候，人家开始吃生猛海鲜；到他们可以吃生猛海鲜的时候，人家开始吃糠咽菜。要是他们压根儿就没有可能成为那优秀一群中的一员，倒也罢了，像街边的清洁工、像乡下的老农民，他们肯定会安之若素心如止水；但当他们"有"而"不能"时，就不能不感到痛苦：你看人家那丁ownhouse，睡的地方、吃的地方、休闲的地方、会客的地方，各是各的区域，各有各的功能，甚至还有着什么日光浴桑拿室健身房家庭网吧。相比之下，他们那家仿佛是一个历史的遗迹：两间房儿，儿子睡小间，两口子睡大间；厅小得只能当过道，餐桌只好也进驻大间，会客不用说，也在大间，三合一；一家三口三辆车，儿子一辆三轮儿童车，大人一人一辆自行车。平时倒也罢了，放眼全中国还是骑自行车的多。但是，如果因某种需要必须西装革履的时候，你怎么办？还骑自行车吗？上大街看看，再也找不出比穿西装扎领带骑着自行车更傻的人了——打车都寒碜。

林小枫把这一切都归到了宋建平的头上。她对他非常的失望，越来越失望。他不是没有能力，在学校时他的成绩就非常好，到医院后业务水平也是一流，英语尤其的出色，读外文医学杂志的速度不亚于中文，曾有好几家外资私立医院想把他聘了去。但是他没有胆量。没有胆量迈出那一步去：辞去公职，为了妻儿，背水一战，放手一搏。他属于 IQ 高而 EQ 低的那种。而据各种资料报道，一个人要想成功，EQ 比 IQ 更重要。

到家时宋建平还没有回来，普外科有急诊手术。安排好儿子看动画片，林小枫拿上饭卡去了食堂。他们家在医院的宿舍大院，院儿里食堂、小卖部、幼儿园一应俱全。食堂今天有鸭架卖，一块五一个，比外面便宜许多。鸭架炖汤，炖成奶白色后放点盐、鸡精，撒上点切得细细的香菜，味道好极了。卖鸭架的橱窗前排出了一条婉蜓的队，排在林小枫前面的是一个很老的老头儿，老得皮肤像寻张薄薄的皱纸，皱纸上布满了浅褐的斑，却依然排队买鸭架，喝鸭架汤，有滋有味地活着。老头儿曾是这所医院的

中国式离婚

院长，哪一任的记不清了，只记得姓赵。那年，那天，林小枫和宋建平结婚住进这个大院儿时遇到了他，宋建平向她介绍：赵院长。等老头儿走过去后补充介绍：退了。片刻后又补充说，差一点就当上工程院院士了。口气里不无遗憾，也是惺惺相惜。

轮到老院长了。橱窗里那个脸蛋儿红喷喷的小姑娘麻利地夹起一只鸭架放塑料袋里递出，"一块五！"

老院长一手接鸭架一手去刷卡，半路上又把刷卡的手收了回来，"不论大小都一块五？……这恐怕不合理吧。"

林小枫不由看了一眼老院长袋里的鸭架，是小得多了点儿；当然小姑娘不是故意，她赶上哪个是哪个，见老头不肯刷卡，就有点烦。"那您说怎么才叫合理？"

"用秤称。"

"总共一块五的东西——"

"就是一毛五的东西，也应该物有所值。"

"得了！不就是嫌给您的小了吗？要是给您一个大个儿的，您保准不说这话！"

"你、你、你——你这个小姑娘怎么不讲道理？"

"什么叫讲道理？未必你的话就是道理？"

眼见着就吵起来了，林小枫赶紧站出来对小姑娘说道："你刚来可能不认识，这是咱们的老院长——"小姑娘斜眼看天，斜得眼睛里几乎只剩下眼白。那眼白带着蓝色，蓝晶晶的没有一点杂质，只有年轻才可能会有这样的眼白。"我对事不对人！"蓝眼白的小姑娘说。

"那这个给我得了。"林小枫拿出自己的卡去刷,"你另给老院长拿一个。"

小姑娘没再说什么,如果老院长也不说什么,事情就会到此打住,但这时老人已不可能不说什么,老人是有自尊心的——他拦住了林小枫那只刷卡的手。"不行!这不是一个大小问题,这是一个原则问题!"

"这话说得倒有点道理,"小姑娘微微一笑,"这的确是个原则问题。跟您这么着说吧老师傅,我盯您不是一两天了,您见天打饭,别人用一个塑料袋,您得用两个;用餐纸,您一拿一摞!您是免费的,食堂可是花钱的。要是人人都像您似的占公家便宜,我们这个食堂,关门得了!"话说得又快又溜,小嘴叭叭的。

廉洁了一辈子的老院长就是被这话给激怒了——若不廉洁,他今天何苦为一个鸭架的大小多费这么多口舌?

老人嘴唇哆嗦着,声音也哆嗦:"我,我……占公家便宜?你,你说话得负责任!"

小姑娘不等对方话音落地便一点头脆生生答道:"我说话很负责任!"

大概是因为嘴不跟趟,老人想借助手势指责对方,无奈两手都有东西,只好连手中的鸭架一起举起——老了,加上生气,举着鸭架的胳膊颤颤巍巍,也许是气力不足"忽然,手一松,鸭架和另一只手里的小铝锅一齐落地,发,出"咣"的一声脆响,紧接着,人就软软地瘫倒,倒地时脑袋在林小枫腿上蹭了一下,毛烘烘热乎乎的。林小

中国式离婚

枫下意识往后退了一步，没容她再想什么，身后已有两个人冲了上去实施抢救。一位两手相叠熟练地为其做胸外按摩，另一位在病人上下口袋急促乱摸，摸出一个小药瓶倒出两片药往其嘴里塞，老人牙关紧闭塞不进去，那人立刻果断放弃给药，对老人进行口对口人工呼吸……

医院的救护车闻讯赶来，赶来时老人呼吸心跳已停止了。几乎是同时，老人的老伴赶到。看到共同生活了几十年、半小时前还跟她说话跟她笑的一个人就这么没了，老太太一声不响地晕了过去，被一并抬上了车。救护车呼啸着开走，围得里三圈外三圈的人慢慢散开，林小枫仍呆呆站在原处动弹不得。平生第一次目睹一个人从生到死的瞬间，她受到了极大震骇。生命的脆弱，死亡的迅疾，生死的无常、无界……

胳膊从后面被人扯住，林小枫机械回头，眼前是一张被泪水浸泡的脸，煞白，面肌微微痉挛，睁得大大的眼睛里满是恐惧和网状的血丝。"不是我的事，阿姨，我没有怎么着他！"那人开口了，双手更紧紧地抓住林小枫的胳膊，仿佛一个落水的人抓住一个可能救他的人。"阿姨，这事儿您最清楚，从头到尾您都看到了的，我不是故意的，您得为我作证！……? 是那个肇事的小姑娘。一旦蓝晶晶的眼白、红喷喷的脸蛋连同那脸蛋上无知无畏的轻慢不复存在，便像变了个人似的。

林小枫到家时宋建平已经回来了，正在厨房里做饭。宋建平喜欢做饭并且有着不俗的厨艺。他总是头天夜里就把次日晚饭的菜谱构思好，下午下班，路过设在院儿里的’菜摊时顺路就买了菜，按照事先的构思买，一把小油菜，两个西红柿，一节藕，只买一顿的量。既然有这么方便的条件，就该顿顿吃新鲜的。

林小枫进家后没跟丈夫打招呼，径直进了大屋在餐桌旁坐下。西红柿炒鸡蛋、素炒小油菜已上桌了，一红一绿，煞是鲜亮。林小枫毫无食欲，不仅是没有食欲。此刻，一丝熟悉的厌烦又在心头升起，慢慢涨满了整个心间。

——她喜欢丈夫做的菜，却不喜欢做菜的这人是她的丈夫。换句话说，她不喜欢丈夫对做菜这类事情津津乐道、心满意足的劲儿。一个男人，一家之主，是不是应该有更高一点的志向、追求，给家人带来更多一点的实惠、利益？

宋建平两手端砂锅一溜小跑地过来，嘴里嚷着："垫儿！"林小枫停了两秒，欠身把桌里头那个圆竹垫拉过来推过去。宋建平把砂锅放上，放下后不说什么，只夸张地"嘘嘘"地吹着手指，斜眼看她。看她干什么？指望她满怀欣喜地打开锅盖，尔后惊叫、品尝？她没有兴趣。

他终于发现了异样，"你怎么了？"

林小枫定定地看他："赵院长死了……"

宋建平跟着林小枫来到赵院长死去的地方。苍茫暮色中，喧闹的玻璃橱窗前已复归冷寂，只有一个清洁工在清扫撒了一地的菜和被踩烂了的鸭架、铝锅，用扫帚将其扫进簸箕。刷拉，刷拉……终于，地扫干净了，清洁工也走了，只剩下一小片油的污渍。"新闻联播"开始的电视音乐远远近近地传来。你家里死了人，别人家该生活还是要生活。宋建平盯着地上那一小片油渍，心下茫然。当年他毕业进这个医院是赵院长拍板定的，那老头爱才。

"真够了。真不想再这么过下去了。"许久，林小枫低低说了一句。

宋建平不禁皱起了眉头，"走！回家！"

林小枫没动，抬头盯着他的侧脸："不爱听，是吗？……宋建平，过去我说你不听，今天活生生的例子摆在眼前了你还不听？看看你们的老院长，好好睁大眼睛看一看：一辈子了，从医生，到主治医，到主任医，到院长，到退休，到死。到死，过日子还得为了一个鸭架的大小算计、计较。你说，在这个单位待下去有什么好？有什么前途有什么光明有什么指望？……不就是，啊，名声好听一点。名声好顶什么用，现在的行情是，没有钱什么都等于零！好几家外资医院请你你不去，死守着这么个破单位不放，真不知道你怎么想的！"

"怎么知道去了那里就一定能够挣到钱呢？"

"不去怎么就知道挣不到钱呢？"

"如果挣不到呢？这边也辞了，两边落空。现在不管怎么说"

"不管怎么说凭你那一月两三千的死工资咱家就别想过好！"

"好不好得看跟谁比，比上不足……"

"比下有余——我恨的就是你这个比下有余。眼睛永远往下看，跟差的比，自甘平庸自甘堕落不思进取，一点竞争的勇气没有，连试一试的勇气都没有。宋建平，知不道，这样子下去，几十年后，你就是另一个赵院长——他就是你的明天，你的未来，你的镜子！"

"他不是我的镜子，"宋建平冷笑，"我的明天我的未来肯定还不如他，我这人当不上院长，你清楚。"说罢撇了林小枫扬长而去。

本以为这事就这么过去了，做丈夫的有几个没受过妻子的这类指责？她们的心情可以理解，但想法实属妇人之见。对错姑且不论——谁规定人生的最高境界必须是出人头地叱咤风云花团锦簇前呼后拥了？平和温馨的生活有什么不好？彼此并没有高下之分，类别不同罢了，属于"人各有志"——这些就不说了，单只说她们的思维方法，典型的"这山望着那山高"嘛。你以为只要出去了，就能随心所欲地遍地捡钱？纯粹是一种错觉。错觉的根子在于，成功的人总要尽力宣传他们的成功，成功而不为人所知那成功的意义先就少去了一半；失败的人则刚好相反，会极力藏起他们酌失败，甚至会打掉了牙往肚子里咽，强作笑脸佯作成功。可惜让女人认识到这点很难，女人的诸多毛病之一就是轻信天真只看表面盲目乐观。她们都是直线思维不会逆向思维，不会反过头来想想，既然外面那样的好，每年怎么还会有那么多刚出炉的学士、硕士，甚至博士们费尽气力往宋建平所在的这所大医院里钻？

闲时与同事们交流起来，方知家家情况都差不多。于是宋建平决定，你姑妄说之，我姑妄听之。婚前通常是你说她听，婚后就该着她说你听。听妻子唠叨，也是男人诸多责任中的一种。但他没有料到的是，这回这事儿同以往的每次相同而又不同，它不仅是没有过去，似乎简直就过不去了。

——外科医生宋建平的重大疏漏在于，他见多了从生到死的那个瞬间，多到完全忘记了初始时自己的感受。夫妻生活都因之受到了影响。常常是，正进行到关键时刻时，林小枫会突然把他推开，问他："建平，你看我，老了吗？……说实话！"

"老？哪里！你依然年轻，依然漂亮，依然……漂亮……"

他回答，声音渐低，渐柔，渐粗，带着点儿必需的轻浮，仿佛已情不自禁。心里头想的却是如何早点解决完问题早点休息，明天还要上班还有手术。结婚快十年了，夫妻间的性生活对男人来说，可不就是为了解决问题？但他同时十分清楚，女人和男人是不一样的，学中文的女人尤其的不一样。她们更注重"情"，甚至会偏激地认为没有情就不该有欲。了解到这点，宋建平在生理上有需要时就尽量表现出一点情来，为的是刺激出对方的欲。其原理仿佛妓女的叫床，为的是刺激嫖客尽快达到高潮以尽快结束。

　　毋庸置疑，他的回答和回答方式是对她的迎合、配合，是技巧。他以为她的问话是一种撒娇，是为了制造某种情调。他错了。在他回答完后欲往下进行时，她又开口了："别哄我了！……你知不知道那天那个小丫头管我叫什么？"

　　"哪天哪个小丫头？"

　　"就那天，赵院长死的那天，那个卖鸭架的小丫头。"

　　"噢。叫你什么？"宋建平敷衍着，他急于行事。

　　"阿、姨！"她从牙缝里挤出了这两个字，一字一顿。三十多岁的女人被二十来岁的人称作阿姨，委实是一个耻辱。"她都二十多了叫我阿姨，叫得着吗？"

　　"她以为那是尊重，农村人，不懂事。"宋建平说。他已经有点快憋不住了，却还得勉力劝慰，"今天卖菜的那老头儿，老得牙都掉了，管我叫大哥。跟他们你计较什么？"

　　"其实用不着别人提醒我自己也清楚。"林小枫仰面朝天一动不动躺在那里任宋建平动作，一点都不配合，眼睛看着他后脑勺上方的天花板，兀自沉思，"过了三十五往四十上奔了，可不是老了？真的是老了。我就是不甘心，不甘心一辈子就这么平平淡淡地过去，像你们那个赵院长似的……"

　　闻此宋建平一下子瘪了，翻身下马，一声不响，出妻子被窝，钻自己被窝。

　　林小枫这才醒悟过来，伸手拉他："生气啦？好啦好啦不说了，来吧。"

"睡觉睡觉！"宋建平抽出胳膊翻过身去，背对着她。

"德行！"林小枫哼了一声，动作更大地翻过身去。

夫妻相背而卧，屋里静下来了。是夜，一夜无话。

周末晚上来了个电话。当时林小枫正在卫生间给儿子当当洗澡，电话是宋建平接的，电话里传出的男中音优雅得甜腻。"你好！请找林小枫。"

音质音调酷似专为外国绅士配音的某著名配音演员。宋建平忍了忍，又忍了忍，才算把"贵姓"二字忍了回去。好歹也是个文化人，心里头再犯嘀咕，面儿上得大方，二话没说放下电话扭头冲外叫道："你的电话！"

林小枫小跑着过来用湿手捏起话筒"喂"了一声，口气匆忙带着点催促，但是即刻，神态大变：意外，惊喜，兴奋。手湿都顾不上了，大把地攥住话筒紧紧贴在耳朵上同时声音提高了八度："高飞！在哪儿呢？……是嘛！……真的呀！……太好了！……"娇脆如同少女。

宋建平冷眼旁观。林小枫像是有所感觉，向这边看了一眼，马上示意他上卫生间去，儿子还在澡盆里面。

宋建平只好去卫生间接着给当当洗澡。六岁的孩子正是话多的时候，恐龙电脑幼儿园小朋友，话题广泛芜杂，嗓门又大，搞得宋建平什么都没能听到——他很想听听妻子跟高飞说了些什么，卫生间的门特意没关。那高飞是妻子的大学同学兼初恋情人，会写诗。承蒙林小枫转述，他有幸欣赏过他的诗：我的歌声穿过深夜，向你轻轻飞去掫这幽静的小树林里，爱人我等待着你……

宋建平学医出身，不敢妄评中文系学生诗的好坏，但体会其中男性的暧昧渴望是没有问题。可惜那人没有成功，林小枫最终还是没有同他结婚。当然人家渴望的也许压根不是结婚而是别的什么，但就是"别的什么"那人也没有得到，宋建平是林小枫的"第一个"。

他们结婚前就有了性关系。宋建平主动，林小枫爽快接受。尽管当时炽情如火，她的爽快还是引起了他一丝不快的警觉。但他马上打消了那不快：既然爱她，就要接受她的一切，包括她的过去。是在事后，他发现她是处女。那一刻他感动得不能自己，一股脑儿把心里的话都倒了出来。当时林小枫就恼了，质问他爱的是不是她；是，是不是无保留的。令他多费了许多口舌。也是在那次，她让他领教了学中文的女生在感情问题上那种近乎过敏的敏感和敏锐。

后来，有一年国庆节，科里搞联欢，卡拉 OK 时一位刚分来的大学生独出心裁地唱起了舒伯特的小夜曲——大学生有一副美声歌喉，不屑与通俗歌曲为伍——直到那次，外科医生宋建平才发现高飞诗人献给恋人的诗竟然是舶来品，是舒伯特小夜曲的歌词儿。这发现让他兴奋不已，回家后马上告诉了林小枫，同时气愤道：用偷来的东西送给心爱的人，他也真好意思！林小枫却说：我觉着这很正常，借花献佛，有什么不好？轻而易举就识破了他，一句话就把他给打发了，令宋建平气馁。

　　高飞来电话约林小枫参加同学聚会，明天中午十二点半。明天本来计划一块儿带儿子当当去姥姥家的，林小枫的弟弟林小军探家回来了，小伙子在部队当侦察连长，有一身好功夫，一般人十个八个的同时上，都不是他的对手，深受当当景仰。小男孩儿盼着去看舅舅已盼了好几天了。但是林小枫不去"宋建平是不会去的，那又不是他家，他怕别扭。得知不能去看舅舅，当当大为沮丧，于是宋建平建议明天林小枫早走一会儿，拐个弯先把孩子送姥姥家去；林小枫一听登时火了，用两指头揪起胸前穿得有些酥了的棉布睡衣，质问宋建平是不是打算就让她这样去参加同学聚会。宋建平本还想再争辩几句，譬如，参加个聚会还用得着准备一上午时间？明智地没说。说了，不仅改变不了什么，徒然引起她的又一番唠叨。当下商定，明天宋建平带儿子，林小枫作参加聚会的准备和参加聚会。

　　发廊里人不多，理发师慢条斯理简直是一根一根地摆弄林小枫的头发，使林小枫几乎要疑心他如此认真的动机：是不是就是要留下她来，当托儿，以掩盖发廊生意的萧条？不是她心理阴暗，实在是时间有限。就半天时间，要做头发、做脸、买衣服。大学毕业后大家就没有见过面，十几年了，头一次聚会，都憋着劲儿想看看彼此的现状，无论如何，她不能显得寒碜。好不容易做完了头和脸，林小枫马木停蹄赶往服装店。服装店里衣服很多，可惜，只要她看得上的，准买不起；她买得起的，准看不上；只好不买，回家。家里没人，宋建平带儿子出去了。

林小枫打开衣柜，对现有资源进行整合重组，绞尽了脑汁儿。如果是二十来岁的小姑娘，问题就好办多了，青春活泼，奇异另类，雍容典雅，清纯质朴，怎么穿都是风格，都是性格，都让人说不出什么；但对于三十多岁的女人，路子就窄得多了，严格说，似乎只剩下了一条路可选：雍容典雅。但是，雍容典雅是你想就能有的吗？那是物质与精神有机结合后才能出的效果。林小枫气质尚可，可惜翻遍衣柜，竟找不出一套能与之相匹配的衣服。最后，只好把两套套装拆开来重新搭配：中式短款黄底浅棕花的上衣，配深棕长裙，白包白鞋。装扮上对镜照照，效果还算凑合，竟然有了那么一点雍容典雅的味道。看着镜中的自己，林小枫不禁自问：你如此的大动干戈，究竟是为了什么？是为了同学聚会，更是为了聚会中的他——她的初恋。不是想重温旧梦，但是愿初恋的美丽永恒。

雍容典雅的林小枫出门了，打的车。尽管从她家院门口到所去饭店有两路直达的公共汽车，才三站地，那也不能坐。谁能保证老同学们不在饭店门口等？她绝不能在众目睽睽之下，从公共汽车站走到那里。人有时候，活的就是一个面子。让她怎么也没有想到的是，她为此花了如此多的精力、时间、财力，甚至情感的这次聚会，目的完全不是为了聚会；她林小枫能被邀请，也完全不是因为她林小枫。

参加聚会的共八个人，四男四女。人数、性别似乎都是精心考虑安排的。林小枫一到那里就感觉到了不对。首先就是那个高飞，对她客客气气，公事公办，仿佛当年根本就没有过穷追不舍，又是诗歌又是情书那一回事。同学们开玩笑提起，他甚至做出茫然状、完全不记得状，根本否认。这可以理解，也许他现在的妻子更使他满意，满意到他觉着以前自己的审美观荒唐不堪、不值一提。而问题不在这里，问题在于，他对于那个当年他眼皮子都不带眨的胖女生的态度，殷勤周到鞍前马后精心呵护，温柔得都有些暧昧有些不顾一切。胖女生比之当年还不如——当然大家都没法跟当年比——说她比当年还不如是横向比，跟都已步入中年的女同学比：越发的胖了，胖得隔着衣服都能看得到肚脐儿。相信高飞以及任何一个趣味正常的男人，都不会以貌取她。那么，他想从她身上取的是什么？

林小枫的直觉很准。高飞召集这次聚会的确是为了这个胖女生，其余所有人包括林小枫，都是她的陪衬。胖女生不仅长得不好，学习也不好；但是，命好，嫁得了一个有权有势的老公。最近，那老公手里有一个重要项目，那项目对于弃文经商的高飞来说，至关重要。依照高飞的意愿，恨不能一步到位，直接就把胖女生的老公请来，单请；但是不行，他经商他懂，饭得一口一口吃，路得一步一步走，直奔主题会让人戒备，搞得不好，适得其反。单请胖女生都不行，作为领导夫人，她绝不会接受任何性质可疑的邀请。正在高飞无计可施之际，两个外地的同学出差来京，给了高飞这个搞"同学聚会"的灵感，使他能够向胖女生理直气壮地发出邀请。胖女生当即答应了下来。

这也在预料之中。漫说她才是领导夫人，就是领导本人，对于十几年才搞一次的同学聚会，恐怕也不好驳回，皇上还得认草鞋亲呢。

高飞当年是学校女生的白马王子，据说胖女生对他也不乏觊觎之心，一如村姑也有权利做一做美丽的公主梦。当然高飞是一点感觉没有，胖女生那档次的，当年根本就不可能进入他的视野。但是，此刻，高飞在心里对自己说，现在这胖子若是旧情不忘，他就准备英勇献身，不惜运用三十六计之第三十计，美人计——一切为了事业。

饭后，开始娱乐。两个男生放声高歌，另外两个男生拥着两个女生下了舞池，其中的一个就是高飞。他怀里拥着的，就是那个除非胳膊特别长，否则一把绝对搂不过来的胖女生。

林小枫坐在餐桌边上没动，另一个坚守餐桌的是彭雪。林小枫是因为没有心情，彭雪则是因为兴犹未尽，吃兴未尽。彭雪属同学里昆得不好的，老公没有嫁好，自己也没有做好，在学校实施竞聘上岗时，惨遭失利；高职低聘又觉太没面子，于是在家赋闲，因而就有时间有精力关心别人，关心别人的事情，对每个同学的情况，都能做到略知一二。

舞池里，高飞对怀中的胖女子轻言絮语，发丝与发丝似有若无地摩擦，嘴唇几乎贴上了对方的耳廓。林小枫面无表情地看着，一动不动。她一直想走，但是没有合适的借口。彭雪则是不停地吃喝，一副没心没肺的样子。吃着喝着，她开口了："什么同学聚会，什么为来京出差的老同学接风，作为一个成功的商人，高飞能花个人的钱做这种无聊的事？不过是打着聚会的名义接近这位领导夫人罢了。高飞啊，要是有幸能得到她的关照，会飞得更高！……"

林小枫一震，所有的不解瞬间有了合理的解释，她扭头看彭雪："那他为什么还要叫上我们？"

"为了使同学聚会更像真的。要不领导夫人她能来吗？林小枫，你我不过是高飞的道具背景，是领导夫人的电灯泡陪衬。这种事，我太清楚了。"

"清楚为什么还要来？"

"不来白不来，权当是改善生活！"她手下一使劲，揭开一个螃蟹的盖，嘴上招呼服务小姐，"小姐！橙汁儿，要鲜榨的啊！"打发了服务小姐，接着刚才的话题，继续唠叨，"哎，我下岗了，我们家那人也不行，整个一窝囊废！这女人啊，干得好不如嫁得好；长得好，"斜看林小枫一眼，"嫁错了人也照白搭，属资源浪费……"

这时，舞池里，高飞已不再跟胖女生说什么了，只是与之贴得更紧了，似已进入无声胜有声的阶段。彭雪看着不由笑了起来，叫道："林小枫——"没听到回答，扭脸一看，林小枫的座位上已空了。

林小枫到家时宋建平正看足球，看得很不痛快，当当一直在一边不停地打扰，一会儿问埃及的金字塔是谁造的，一会儿又说他昨天晚上做的一个梦，直到林小枫到家，才欢呼着跑开，令宋建平如释重负。片刻，林小枫进来，当当左右扯着妈妈的衣服让妈妈看他的变形金刚，全然没有注意妈妈的脸色。

"起开当当，先让妈妈把衣服脱了。"林小枫忍耐着。宋建平眼看电视随口接了句："就是。看弄脏了妈妈的新衣服。"算是跟妻子打了招呼。没听到回音，抬起头来，才发现妻子穿的不是新衣服，"咦，你没买衣服啊?"

"没买。"就这两字儿，头都没抬。

"为什么?"

"没钱。"

宋建平这才注意到她的脸色："情绪不高啊，怎么回事?"

林小枫不吭，自顾脱衣服，挂衣服，往橱子里放。宋建平不识趣，开始放马后炮："失望了是吧? 其实你就不该抱什么希望，早就想跟你说了，看你兴致勃勃的，不愿意扫你的兴。送你一句宋氏名言林小枫：初恋不可忘却的不是初恋的对象，是青春初始时的悸动，是对纯洁青春的怀念。所以，聪明的人们说，永远不要跟你的初恋对象见面，否则，他的苍老平庸，会把曾经有过的美丽彻底葬送。"

林小枫一声没响，但可以看出她在极力忍耐，终于，忍耐到了极限，她一下子把橱门砰地摔上，转过身来。"你错了宋建平! 人家既不苍老更不平庸! 人家风度翩翩有车有房，人家儿子上的是重点小学，钢琴考到了九级去德国参加过交流！……"

"听他吹，男人都爱吹！"

"那你为什么不吹，你不是男人？"

"想吹牛还不容易……"

"那你吹啊，吹一个给我听听，哪怕是假话大话空话！你不敢！你连吹牛的勇气都没有，你怕担责任！其实我无所谓宋建平，我半辈子都过去了我还求什么？但是当当不行，当当不能像我们似的窝窝囊囊一辈子，他已经被我们耽误了……"

"已经被我们耽误了？耽误什么了，他还不到六岁！"宋建平火了。他的忍耐也不是没有底限的。

"钢、琴！——所有幼儿园老师都说当当有音乐天赋，从他三岁的时候我们就计划着给他买钢琴，可到现在也没敢买：一节课一二百块钱的学费，还有调琴费、资料费，凭咱，就是买得起也用不起！"

宋建平连声冷笑："我看你这是，借题发挥。"

林小枫倒不明白了："我借什么题发什么挥了？"

宋建平斜眼看她，拖着长腔："是不是那位高飞先生春风得意事业有成，更重要的，家庭美满，让你感到失落了啊？"

林小枫大怒："宋建平！你！你不是东西！"

宋建平笑容可掬："我确实不是东西。我是人。"

林小枫尖叫起来："——庸、人！"

宋建平脸上的笑容一下子僵住，看着对面的那张脸，拳头不由自主捏了起来；林小枫毫无畏惧，一挺胸脯迎了上去。极静的片刻之后，宋建平垂下子眼睛，斗志在瞬间突然消失。没有了斗志，整个人仿佛都佝偻了。慢慢地，他转过了身去，向外走。不料对方斗志犹存，一步越过他去，堵住了他的去路。

"又想一走了之？没门儿！今天不把话说完你别想走！"

宋建平不说话，一把把她扒拉到了一边；林小枫再次冲过来，拼死拦在了门口。可她"拼死"也是个女人，怎么可能是男人的对手？宋建平只消稍一用力，就又把她扒拉到了一边，然后拉开门，出去，同时用力关门。殊不知这时林小枫已再次过来了，一只手就把在门框上，宋建平全然不知，关门时用了很大的劲儿，为的是能制造出一声"砰"的巨响，其思路类似"以物咏志"。不料预期中的巨响没有出现，倒是林小枫发出了一声异样的尖叫，与此同时宋建平也察觉到了关门时的手感不对，心中一懔，回转身来惊慌失措地连问："怎么啦怎么啦？……挤手啦？我看看我看看！"

掰开林小枫握着左手的右手，一片血肉模糊……

第二章

侦察连连长林小军要归队了，二十天的假期还没怎么过就过去了。无论叫谁说无论从哪方面说，林小军都是个男子汉，结实精瘦武艺高强直率豪爽，唯有在恋家这一点上，不是，像个女孩子，还不如一般的女孩子。当兵第二年因为想家，差一点儿做了逃兵。当时父母在电话中听出了他的这个情绪，火速把姐姐林小枫派去部队做他的思想政治工作。

姐姐长他八岁，从小，就是他半个家长。父母是话剧演员，演员的工作性质决定其作息时间与普通人相反。于是，在父母有演出的那些个晚上、、休息日里，小军都是由姐姐带着。姐姐上幼儿园接他，姐姐照顾他吃饭，姐姐带他睡觉。有时夜里他尿了床，姐姐就让他睡在她那一边，她睡在被他尿湿的尿窝窝里。

姐姐奉父母之命到部队后，对小军先是劝说，苦口婆心。没用。最后，姐姐急了，说你想怎么着就怎么着吧，反正你也大了别人管不了你了，但是小军你给我记住，你要是当了逃兵，你就不再是我的弟弟，我不想我的弟弟这么没有出息。一句话便堵住了林小军的退路。说到底，回家是因为了对亲人的思念，如果他的回去使亲人苦恼痛苦，那他回去还有什么意思？有什么意义？就这样，林小军在部队里坚持了下来。次年考上了军校，三年后以优异成绩毕业。尔后排长、副连长、连长，一路顺风。

恋家的孩子除却性格因素，大抵是因为了家的温暖，因为了那家对他有着深深的吸引和眷恋。

林小军走的那天是周六，十一点一刻的火车，父母晚上演出上午彩排没有时间——他们退休后又参加了老演员《长征组歌》合唱团——于是，由姐姐一家三口代表他们送他去火车站。姐夫宋建平替他提着箱子，他一手拎包一手抱着小外甥当当。一路上，姐姐一再让他把当当放下，他不肯；要替他拎包，他也不肯；话也少，两眼平视前方，只是偶尔，向姐姐的左手投去闪电般一瞥。那手缠着雪白的绷带，耀眼刺目。

"舅舅，有一个事我忘了跟你说了！"当当说。当当突然又想起一件事来。一件很重要的事。他奇怪自己怎么会把这样重要的事忘了跟舅舅说。当当是什么事都要跟舅舅说的，舅舅是他心中的英雄，他崇拜的偶像。到目前为止，除了在电影电视里，他还没有见过比舅舅更棒的真人了。而电影电视里的那些英雄，都是假的，装的。作为演员的孙子，当当还不知道是怎么回事吗？就说姥爷吧，在电视里演武林高手，打起架来虎虎生风，几十个人一块儿上都被他打得连滚带爬稀里哗啦；其实呢，真的他跟当当闹一会儿就得喘上半天，歇上半天。而舅舅是真的棒，很棒，不仅是听别人说，当当自己就亲眼目睹亲身经历过一回。那件事至今想起，仍让他激动得喘不动气。

那是他小时候的事了。有一次，舅舅探家回来，带他出去玩儿，他看到一个小偷正要偷一个人的东西，就告诉了舅舅，舅舅就告诉了那个人，小偷就没有偷成。谁知那小偷不是一个人，是三个人。那三个人从此就盯上了他们，他们上哪，他们就跟着上哪。当时当当在舅舅的怀里，眼睛朝后，看得一清二楚，吓得要命。舅舅叫他不要怕，抱着他一直往前走，头都不回。走到一个人少的地方，那三个人就围上来了，当当本能地把眼睛埋在了舅舅的肩窝窝里——至今他还为这事后悔，后悔因为自己的胆小没能看到接下来发生的事儿。他只听耳边"砰""叭""呱唧"的一阵乱响，然后就听到一个人在喊："他，他，他是警察！……快走！，"于是当当知道没有危险了，睁开眼看时，果然，那些人正在逃跑，两个人架着一个人，一拐一拐的。幸而他们还没有来得及跑得太远，使当当还有机会更正他们的错误。"我舅舅不是警察！我舅舅是侦察连长！"当当对着他们的背影大声说道。其实当时舅舅还不是连长还是副连长，不过跟坏人就没必要说那么仔细了。

"什么事？"听当当有事要说，舅舅马上转过脸来问。舅舅对当当的事一向重视，不管什么事。

"在幼儿园睡中午觉的时候，李南方老拖我裤子，我都睡着了他还拖，然后我就踹他的脸，然后他就咬我的脚，咬住我的大脚指头不松口，疼得我都哭了。"当当说着，心里又是一阵委屈。跟舅舅说这事，有告状的意思，更有想让舅舅给他撑腰的意思。

"是嘛！"侦察连长听罢顿时严肃起来，想了想，认真说道，"不过当当，我觉着这件事情咱们得这么看：你想啊，你用脚踹了他的脸，谁吃亏？他吃亏；反过来，他用嘴咬了你的脚指头，谁吃亏？还是他吃亏！"

当当眼睛一亮，立刻高兴起来："我的脚可臭了！"

"就是！臭死他！"

"臭得他好几天都不能吃饭！"

林小军再也忍不住地放声大笑，宋建平和林小枫也笑。当当看大人们都笑便也跟着笑，带着一点儿幸福的茫然进站了，到了上车时间。

"当当，舅舅走了？"林小军说。当当一听，眼泪哗一下子就下来了，一条小胳膊更紧地搂住了舅舅的脖子，侦察连长用粗大的拇指抹去那张小脸上的泪，"哎，男子汉，流血不流泪！来，给舅舅笑一个！"

当当边流泪边努力地笑，那一脸灿烂的假笑使林小军眼圈一下子红了，把孩子往姐姐怀里一塞，掩饰地转过身去接姐夫手里的箱子，顺手拉姐夫一把，"走，姐夫，我跟你说句话。"

二人走到一边，林小军说话面无表情，"姐夫，你是知道的，我很爱我姐，我们的感情跟一般姐弟还不一样，我姐对我有恩。我爸我妈也是，很爱我姐。我妈说，我姐长这么大，他们从来没有戳过她一指头……"

"我不是故意的，那是个意外……"

"要是故意的你今天就不会站在这里！姐夫，只此一次。若有二次，我，"他顿了顿，"——绝不原谅！"

回来的路上，宋建平抱着睡着了的当当，一句话没有。林小枫也没话。一家三口来到公共汽车站，林小枫眼睛看站牌问宋建平："咱们回家还是上我妈家？"没听到回答，她回过头去，"问你话哪厂建平仍是不响，林小枫这才想起了丈夫的一路无话，此前她是一点感觉没有。快十年的夫妻了，有话正常，没话也正常。于是问丈夫："你怎么啦？"

"……威胁我……居然敢，威胁我……"就咕噜了这么两句，没头没脑。

林小枫等了一会儿，也没等到进一步的解释，只好又问："你说什么哪？"

"你就别装了！"

"装？我装什么了我？"

宋建平终于爆发了："你跟你弟怎么说的？"林小枫依然是满脸的不解，宋建平进一步指出，"——就你手受伤的事！"

林小枫这才明白，一下子笑了起来："怎么说的？实话实说。……小军跟你怎么说的？"

宋建平没理她，自言自语："绝不原谅——我用得着他原谅！原谅怎么着？不原谅又怎么着？……不就是会些拳脚吗？可惜啊，晚生了二百年，要搁二百年前还可以算是条好汉，可以叱咤一下风云，现在？现在是法制的时代，科学的时代，文明的时代，他这样的算得了什么？哼，区，区一介武夫！"

林小枫听明白了，同时也不高兴了，"宋建平，有话当面说去呀，背后逞什么英雄！"

"背后逞英雄？我这叫不跟他一般见识。"

林小枫轻蔑地哼一声把脸扭向一边。宋建平转到她的脸对面．，追着她问："你哼什么？哼什么？……问你话哪，你、哼、什、么！"

林小枫仰脸看天，"你呀，也就是敢冲我厉害，欺软怕硬，胆小鬼！懦夫！"

这时正好有一路公共汽车到，林小枫一闪身上了车，同时撂下一句："我上我妈家去！"也没说让宋建平去否。

宋建平一时拿不定主意何去何从，犹豫间车门关了。车载着妻子走了，剩宋建平一人怀抱儿子孤零零站在车站，满心愤懑。

肖莉来了。

当时宋建平刚刚进家，刚刚把当当在床上放好，小家伙睡了一路，压得他胳膊都麻了，他硬是咬着牙坚持下来，把儿子放上床鞋都没敢给他脱，生怕把他弄醒。他要醒了宋建平今天就别想清静，六岁的孩子，缠人得很。肖莉就是在这个时刻按响了他家的门铃。门铃一响当当即醒，令宋建平所有的辛苦化为乌有。

肖莉住宋建平家对门，在医院五官科工作。说起来既是邻居又是同事，两人却很少来往。没有来往的必要，也没有来往的由头，因而彼此了解也不是太多。就宋建平这边，只知道肖莉的年龄跟林小枫差不多。性格似乎也好，因从来没看到也没听说她跟什么人红过脸、闹过别扭。比较明确的是长得不错，不是漂亮，而是美丽。就是因为了这个肖莉，宋建平才发现，在女人的身上，漂亮和美丽是有区别的。漂亮更多的是与生俱来，是天赋是遗传，美丽却还需要有后天的因素，比如，言谈举止的从容优雅。

肖莉想让她女儿妞妞在宋家待一会儿，她有点儿急事。宋建平一口气连说了三个"可以"；不是客气，是真心欢迎。两个小孩儿在一起可互为伙伴，省得他给那小子当全陪。

说是"待一会儿"，但是直到晚饭时分，肖莉也没有来。

宋建平端着菜去了大间，两个孩子正在大间的餐桌上画画玩。妞妞画一个小人儿，说是她妈妈，又画一个矮点儿的小人儿，说是她，又画一座带烟囱的房子，说这是她和她妈妈的家。

当当想了想，问，你爸爸呢？

妞妞说爸爸和她们离婚了。

宋建平闻此吃了一大惊，离婚了？什么时候离的？一个医院，对门住着，事先怎么没有一点迹象一点风声？本想就此详细问问妞妞，正思忖怎么开口的时候肖莉来了，把妞妞接走了。那一刻宋建平注意地看了一下她的脸，那脸显然是刚刚洗过，但哭过的痕迹是洗不掉的，眼白上布满血丝，眼皮子又红又肿。

这天晚上林小枫没回来。安排儿子睡下后，宋建平一个人躺在床上久久难以入眠。不是为了林小枫的没有回来——跟丈夫一闹矛盾就往娘家跑是所有女人的通病，不管在城市在乡下，有文化没文化——宋建平对此早已习以为常，令他难以入睡的是肖莉。

显然，肖莉所说的"有点儿事"的事，就是想一个人待会儿，一个人哭会儿。替她想想也是，感情上的创伤自不必说，单说一个三十多岁往四十上奔的女人了，得工作，得带孩子，往后，怎么过？曾经是那么般配、出双人对的两个人，说散，也就散了。不用说，问题出在男的身上，有新欢了，有钱了嘛。

肖莉的老公，前老公，原先也在国家事业单位供职，辞职下海后成绩斐然，不到一年工夫就买了车，本田汽车；有一阵儿两口子还到处张罗着看房买房。这些事儿都是林小枫回家说的，意在激励丈夫，学习对门好榜样。一直，肖莉就是林小枫具象化了的生活理想，肖莉，的丈夫，则相应地成了宋建平精神上的一块伤病。而今，理想破灭伤病消弭，心情有一点点激动也是正常。

曾几次想往老岳母家打个电话，跟林小枫说说这事，让她看看，看看她的榜样她的理想。终是把这个念头给按下了，终是觉着不好，有那么一点幸灾乐祸的味道。其实他打心眼里是同情肖莉的，尤其看到她选择这样的方式来消化痛苦：一个人，什么都不说，躲起来独自舔舐自己流血的伤口。如果需要，如果可能，他非常乐意帮她做点什么。但只要她不说，他就不能说，那会伤害到她的自尊。才发现肖莉是那么自尊的一个人，令宋建平在油然起敬的同时，产生了一份怜惜。

林小枫在那边一直沉默，直到第二天，还沉默。不回来，没电话。她沉默宋建平也沉默。从前每闹矛盾都是以宋建平的服软或说大度告终，不想倒给了她错觉给她惯出毛病来了。妻子像弹簧，你弱她就强。他腻了，也烦了，尤其是小舅子林小军那番没头没脑的威胁，更如同火上浇油使他陡生反感，决定，这一次，决不让步，决不能再助纣为虐。

上午，值班护士来电话说宋建平的一个病人突然出现剧烈腹痛，于是，宋建平把当当送去了对门肖莉处。病人是胃溃疡。胃溃疡突然剧烈腹痛极有可能是穿孔，是穿孔就得马上手术，一旦手术，时间就很难把握，因此必须先得把当当安排妥当。送去肖莉那儿心里不是没有过踌躇，昨天你刚帮了别人，今天就要求别人帮你，是不是有一点觉着理所当然的意思，有一点浅薄？但是，不求肖莉就得求林小枫。最终决定了求肖莉，也算是两害相权取其轻。

幸好病人不是穿孔，只是由于饮食不当加上精神过于紧张导致了腹痛。宋建平及时处理后，又在病房里守了一会儿，确定没什么问题后就离开了。到家时是下午一点，肖莉家没人，打她手机，说是在紫竹院公园的儿童游乐场。

　　游乐场里，当当和妞妞正玩得不亦乐乎，荡秋千，走平衡木，在钢筋水泥浇铸的假树洞里钻进钻出。肖莉则坐在一旁看他们玩耍；走近了，才发现她的目光并没在孩子们身上，没在任何地方，她在沉思，那目光是视而不见的，异常专注的，因而当宋建平出现在面前时，她竟受惊般一下子跳起来。随即她就镇定下来，寒暄了几句后坐下，把目光投向玩耍着的孩子们，饶有兴致的样子。尽管宋建平什么都知道，但是不能说。可两个人一块儿坐着，长时间的什么都不说也不正常，在宋建平搜肠刮肚想说几句什么的时候，肖莉先开口了。"林小枫还没有回来嗬？"宋建平没吭声。肖莉笑："去请啊！"

　　"我这回还就不去请她了，抻吧，看谁抻得过谁。动不动就往娘家跑，俗不俗啊？……别以为别人离了你就不能过，照过，过得更好。想用这一套来要挟我，你以为你是谁？你不是美国，我也不是伊拉克，要挟我？没门儿！……"

　　"老宋，这你就没劲了，不像个男人了，跟女人你较什么真儿呢？女人图什么？不就图句话吗？话说到了，你让她给你干什么吧！说句话又不费劲，还实惠……"

　　宋建平把头摇得货郎鼓一般："这次不一样，肖莉，你不了解情况。这次不是一句话的问题，这次是一个原则问题：你说，我凭什么非要按照她的安排她的设计去走，我为什么就不能有我自己的爱好我自己的人生追求？"

"她也是为了当当，为了你们这个家。"

"当当很好。我们这个家也很好，不愁吃不愁穿。"

"老宋，"肖莉摇着头笑，"我发现你这人有时还真的是不太讲理啊……"

宋建平也笑："你也开始发现了？慢慢发现吧，越发现毛病越多。"肖莉看着，依然笑，笑而不语。宋建平问："怎么不说话了？"

"不能说，怕你骄傲。……妞妞！"

她忽地跳起，向孩子们玩的地方跑去，妞妞摔了，摔得不轻，小手掌擦破了一大块皮，肖莉带着她先行离去。谈话就此中断。

妞妞摔得真不是时候。但也许这样更好，模糊着，朦胧着，给人留下一大块可供想像的美好空间。对一个经常遭受妻子打击的男人来说，来自女人的认可显得分外宝贵，尤其当这女人还是一个档次不低的女人的时候。

夫妻冷战持续快一周了。

一周里，宋建平忙上班忙孩子忙得晕头转向。林小枫惦念孩子记挂家里精神上备受折磨，都不好受，但是都不肯让步。最后如果不是因为了林家的一个突发事件，这场冷战真不知得持续到什么时候才结束。

林小枫远在山东的姑姑突然病危。

电话打来时一家人刚吃完晚饭不久，林小枫收拾厨房，爸爸妈妈去了客厅，客厅里电视开着，老两口边有一眼没一眼地看着，边说着话。结婚快四十年了，两人还是有着说不完的话，絮絮地，细细地，不慌不忙地，有滋有味地。全不像林小枫和宋建平，结婚还不到十年，就已然没有多少可以说的话了。

"这个演员叫什么？"林父看着电视问妻子。

"看着有点儿眼熟，叫什么？"林母皱着眉头想，想不起来。

"他学过表演没有？根本就没走心嘛，不会走心，压根就不是干表演的料！你看看你看看，一表演痛苦就皱眉头，一表演高兴就咧嘴巴，就这俩表情，轮流着来，啧啧啧，没法看，惨不忍睹！"

"小伙子长得还行，挺帅。"

"对对对，帅，能——'锁住眼球'，喊！"

"要我说，能'锁住眼球'就不错。演员嘛，不就是为了让人家看嘛。有模样的让人看模样，有演技的让人看演技。"

"就不能既有模样又有演技了？"

"少。这样的演员少。可以说，风毛麟角。咱是干这行的咱还不知道？这演员啊，一般来说，长得好的，戏不一定好；长得不好的，戏肯定好。"

这时林小枫端着盘水果进来，看爸爸一眼，凑趣地说道："为什么呀妈妈？"

"为什么？"妈妈两手一摊，"明摆着的，你长得不好，戏又不好，指什么在这个行当里混，换句时髦的话说，指什么去锁人家的眼球？……小枫，告你说，当年我是剧院我们那拨女演员里长得最一般的一个。"

"又吹又吹!"爸爸斜妈妈一眼。

"你爸爸呢,"妈妈不理老伴,径对林小枫说,"是他们那拨男演员里长得最帅的一个。"林小枫忍不住哈哈大笑,妈妈也笑,笑着,站起身来,"老林,我们出去走走?"然后仿佛很随意地对林小枫说,"你跟我们一块儿,拿上你的东西。我们顺路送送你。"

林小枫脸一下子沉了下来。妈妈的脸也一下子沉了下来。屋子里静下来。片刻后,妈妈开口了:"小枫,我只问你一句话,还打不打算跟他一块儿过了。打算一块儿过,就不要过分挑剔,不能指望老让别人按你的想法去做。两个人住一块儿,一块儿吃,一块儿睡,抬头不见低头见,都有自己的习惯,自己的爱好"自己的棱角,自己的追求,相互不知道让一让,遇事只想自己,这不是找不痛快吗?你不痛快,他也不会痛快,他不痛快,你就会更不痛快,那日子可就真的是没法过了。……小枫,你这个孩子啊,别的都好,就是对人不太宽容。"

林小枫一下子激动起来,"我还不宽容?"她挥了挥她的伤手,"我手都给挤成这样了我说什么了没有?没有。要换别人,任是谁,试试,还不得闹下天来?您还让我怎么宽容!……妈,我知道您是为我好,可我觉着您说话有时有点不负责任,没有原则——"

"夫妻之间有什么大不了的原则!"

"夫妻和夫妻还不一样!您以为天下夫妻都像您和爸

似'的，从小在一个剧院，同行，有着共同的爱好有共同语言……"

"照你这么说只要是同行就能做夫妻了？我们剧院你不了解，说你们学校，同行找同行的有没有离婚的！……说啊！……这不胡搅蛮缠嘛这！"

看到妈妈真生气了，林小枫便不说了，转身走了出去。妈妈有心脏病，她不便跟她硬顶。

姑姑病危的那个电话就是这个时候打来的。林小枫父亲接的电话，即刻后神情大变，放下电话后对林小枫母亲讷讷地道：她病得很重……这回怕是过不去了……她想看一看小枫……

这时如果旁边有任何一个第三人，都能看得出来，"她"和林小枫父亲绝不会是兄妹关系。

"她"是林小枫父亲曾经的情人。当年，林小枫父亲奉命去农村某公社毛泽东思想宣传队做辅导，她是公社宣传队队员。孤男靓女，干柴烈火，两情相悦，一拍即合。她没有任何要求，他没有任何承诺。、通常，这类结合会随着空间、时间、距离的拉开而拉开，而结束；不幸的是，在一次忘情的放纵中，姑娘怀上了孩子。曾想过各种办法把孩子做掉，没有办法，没有一种安全的办法。他是有妇之夫，她是黄花闺女，在当年，这种事若为人知那就是灭顶之灾。胎儿在他们的焦虑恐惧中不可阻挡地长大，长大到不能再瞒下去的时候，他对他的妻子将事情和盘托出，这似乎是所有办法中最安全的办法了。他的直觉果然没错，妻子出面做了一系列精心、周密、稳妥的安排。姑娘在神不知鬼不觉中把孩子生下来后返回了家乡，孩子留在了林家，顶在了林家女主人的名下，姑娘则成了孩子的姑姑。孩子是女孩儿，取名林小枫。

听说要去山东看姑姑，林小枫很是犹豫，眼下她的事情千头万绪：学生们面临期末考试，她是班主任；儿子当当马上要上小学，她给他报了一个学前班；妈妈心脏病，不适合一个人留在家里。当然这都是客观原因，主观原因是，她对那个远在山东的姑姑没有多少感情。一年见不了一次面，见了面客客气气也没什么话好说。爸爸的妹妹爸爸去看看得了，实在没必要让她在这个关键时刻撇下工作撇下家，仅出于礼节，大老远地跑那么一趟。妈妈却坚持让她去，理由是，爸爸身体不好，一个人出远门她不放心。

她只有去。要去就得跟宋建平说。一开口说话冷战就算到此结束。

不管出于什么原因，反正是林小枫主动和解，宋建平立刻做出了相应反应。在林小枫不在家的日子里，不管多忙，坚持每天早晚各给老岳母打一次问候电话，中午休息时间给老岳母买菜送去。从他家到岳母家骑车快蹬单程二十分钟，又是在一天里太阳最烈的时候，几天下来，人就变得又黑又瘦，以至有次从家里出来，与对门肖莉相遇，对方竟然愣了一下。

"给丈母娘当牛做马去了？"肖莉悄然笑问。

"差不多，就这感觉。"宋建平笑着点头。

"应该的，女婿是丈母娘的半子，半个儿子。"

"专门分管干活的那半个儿子。"

"有效没有？"

"我已经原谅她了。"

"你就吹吧你！"两人说笑着下楼，两个孩子早已在他们的前头跑下楼去。这天是星期天，肖莉带妞妞去舞蹈学院上舞蹈课，宋建平带当当去公园玩。不料到楼下后，两个孩子说什么也不愿分头行动。独生子女，也是寂寞。舞蹈课是正事，不能耽误，最后协商决定，由宋家父子陪肖家母女去舞蹈学院，待她们上完课后，两家人再一块儿随便去哪里玩儿。

本以为肖莉只是送女儿上课，没想到她自己同时也上课，也是舞蹈课。女儿在一间练功房，同一群差不多大的小孩儿一起；妈妈在隔壁的一间练功房，同一群差不多大的半老徐娘一起。

这是宋建平从没见到过的景象。一屋子妈妈级的中年女人，高矮胖瘦不一，随着音乐和老师的口令，把杆擦地，一招一式，认真投入。如不是亲眼所见，谁都会想像着这里情景的可笑，至少是不那么谐调，芭蕾本属于青春和美。但是身临其境时你才会突然发现，美不仅仅属于青春，美和美又有不同。正是由于她们的"半老"，那认真和执着才格外让人感动，格外地发散出一种对生活、对人生自信而乐观的美。肖莉是这里面的佼佼者，无论身材还是舞姿；尤其是她的神情，充满了忘我的迷恋和陶醉。

宋建平站在门口静静地看，心里头除却感动，还有震撼，还有迷惑。这究竟是一个什么样的女人啊，在刚刚经受了那么沉重的人生打击之后，仍能够按部就班、有条不紊、一丝不苟地继续着她的生活，这是不是有一点过分的冷静、坚强，甚至是无情了？

"妈妈班"比儿童班早结束二十分钟，肖莉和宋建平一块儿去了儿童班。这时儿童班已结束了把杆部分，孩子们正在进行结束前的小舞蹈《波尔卡》。

"老师说，妞妞是这帮孩子里舞蹈感觉最好的。"肖莉看女儿的眼神里满是欣赏。

"有其母必有其女。"

"行了。别当面吹捧了。"

"我说的是真的。肖莉，我觉着你很——"宋建平斟酌一下，"坚强。"

肖莉沉默了。钢琴弹奏的《波尔卡》在偌大的练功房里回响。

"听说过舞蹈心理治疗法吗？西方早就有，分类也很细，其中就有婚姻家庭一项。"再开口时，肖莉这样说。

宋建平蓦然一怔，呆呆地看肖莉。

肖莉不看他，仍看舞蹈着的孩子们，在《波尔卡》音乐声中，静静说了下去："中国现在据说也有了，我没找到。不过我想原理大同小异，无外乎是用积极抵御消极……"刹那间，一切的不解都有了合理的解释，令宋建乎在对肖莉油然起敬的同时，那份男人对女人的怜惜益军深切了起来。

回来的路上，两个孩子跑着玩着，两个大人走着说着。说了几句不咸不淡的闲话之后，宋建平直奔主题，问了那个他早就想知道的问题。

"那个，他，到底为什么要离婚？"

肖莉很快地答道："是我要离。"

宋建平扭过脸去，意外地："嗯？！"

于是，肖莉说了。起因是因为了一根女人的头发。肖莉出差回来，在床上发现了那根头发。长长的，酒红色。肖莉是短发，是没有染过的黑色。肖莉问男人这是谁的头发。男人说是谁的无关紧要。于是肖莉明白了，明白了这个男人的身心均已另有了归属。只不过男人并不想离婚，首先，他爱别人不等于不爱肖莉；再者，他还爱着他的女儿妞妞。但是肖莉坚持要离。

"……他是那种事业成功的男人，这是当初我被他吸引的重要原因。"说到这儿，肖莉自嘲一笑，"男人追求事业成功，女人追求事业成功的男人，谁也不能免俗。可惜，他既然能吸引我，就同样也能吸引别人，而他呢，偏偏又是一个非常——"肖莉顿了顿，"非常'博爱'的人。克林顿式。而我，却不是希拉里，既没有人家的本事也没有人家的心胸。……他有过不止一个女人，将来还会有，天性如此，我早就看出来了，他不到老得没有能力了不会安分。从发现他有第一个女人时我就在想，是装聋作哑维持现状同别的女人一块儿来分享我的丈夫，还是彻底放弃彻底退出？两种选择都不轻松，最后，我做了这种选择。"

面对着这样的透彻，宋建平什么话也说不出，肖莉也不再说。剩下的路，两人是在沉默中走过来的。幸而身边有着两个跑跳嬉闹的孩子，方使这沉默不那么明显，不那么复杂，不那么让人着急。这天晚上，安排当当睡下了以后，宋建平一个人躺在大床上，又睡不着了，白天同肖莉在一起的点点滴滴历历在目。她的笑容，她的泪水，她的坚强，她的柔弱，她的通达，她的体恤，无一不令他心动。

久违了的心动。心动的感觉真好。

原以为自己年奔四张饱经沧桑的那颗被婚姻磨起了老茧的心再也不可能被谁打动。当然当然，并不是说年轻漂亮的异性摆在眼前了他也无动于衷，他还没老到那种程度。区别是，那种"动"，动的是欲；对肖莉，他动的是情。对比着林小枫的霸道蛮横肤浅世俗，他不得不对自己承认，肖莉要可爱多了。

第三章

吃饭的时候，当当宣布晚上他要跟妈妈睡，林小枫同意了。宋建平瞪了当当一眼，心头却暗自窃喜。夫妻分别这么长时间，如果一块儿睡，就算妻子没有要求，做丈夫的也应该有一点表示。但是宋建平现在不想"表示"。不一块儿睡这一切自然就可以免掉，不由在心里感谢有孩子的好处。

林小枫走了整整十天。

到山东一周时，姑姑去世，两天后办完了丧事，次日父女俩就买票收拾东西张罗着回来。爸爸惦记着妈妈，林小枫惦着妈妈的同时还惦着儿子。若在平时倒也罢了，偏赶上儿子即将上学的关键时刻。暑假都快开始了，还没定下让儿子上哪个学校：是随大拨划片分去他们后面胡同里的那个小学，还是去实验一小。

小学对孩子的成长至关重要，上不了好小学就上不了好中学，上不了好中学就上不了好大学，上不了好大学孩子这辈子就算完了。但实验一小是那么容易去的吗？首先得有关系。作为教师这点关系资源林小枫还有；在有关系的前提下，还得交赞助费，一年六千，刚好等于他俩一个月的收入。按说硬交也不是交不起，但是，仅赞助费就要花掉一个月的收人，还有学费呢？小学中学大学。还要生活，还要买房子。买房子是趋势，将来不会再让你住不花钱的房子。此外，还要有种种意外的必需，比如生个病什么的。眼下，他们的这个家，如同八面来风中的一间小破茅屋，没有一点点抗风险能力，脆弱得不堪一击。

林小枫回来的时候是下午，简单收拾了一下就动手做饭，饭做好时父子俩进家，儿子一进家就感觉到了妈妈的存在，大声叫"妈妈"。林小枫应声从厨房里走出，当当尖叫着扑了上去，根本不给父母一个打招呼的空当。"妈妈，老师今天表扬我了！"

"是嘛！为什么呀？"

"老师说我声音洪亮有感情！"

"什么事啊，声音洪亮有感情？"

"朗读儿歌呀！"

"是学前班的老师吗？"

"是呀。是王老师。王老师不漂亮，爱穿黑衣服……"

在同孩子的对话中夫妻俩抽空点点头，笑一笑，就算是打上了招呼。孩子是夫妻矛盾时的润滑油。

接下来的几天，当当天天要求"跟妈妈睡"，渐成习惯后就不再要求，每天晚上洗完了就爬上父母的大床，四仰八叉在本属于宋建平的那个床位躺下，理所当然。刚开始宋建平还"窃喜"，时间长了就怀疑，时间再长就感觉不妙了。本以为夫妻之战已经过去，过了这么长时间，中间发生了这么多事情——且不提他在这其间的良好表现

——但是，显然是，没有过去。

看她那架势对当当的要求行为正求之不得，就不定那正是她暗示鼓励的结果。却是不再跟他吵了；也说话，但只说生活中必说的家常话，比如晚上吃什么，当当的某件衣服在哪里。别的要求，以往对他的那种种要求绝口不提。这是比激吵、冷战更深一层次的冷漠，令宋建平惶恐：难道，她对他真的失望了？就在这时，一个好消息及时地从天而降，给他了一点自信。

好消息是肖莉告诉他的：他有可能要被提拔为科里的副主任。但是同时她还告诉他了一个不那么好的消息：科里同时报上去了两个副主任人选，就是说，他还有一个竞争对手。最后肖莉让他务必争取一下，紧接着很体贴地补充道：在现有体制下，当官是当专家的必由之路。

回家后，宋建平立刻向林小枫报告了所听到的消息，林小枫只"嗯"了一声没发表任何意见，让他好生恼火。当然，也许当时她刚刚下班，刚刚骑了三十分钟车，很累，很乏，顾不上。他替她想。

吃完饭，照例，林小枫洗碗，当当看动画片，宋建平坐在当当身边翻看晚报。以往，这是一天里他最喜爱的时刻，碗碟清脆的丁当，动画片稚气的咿呀，由窗外斜射进来的夕阳，再加上肚子里不断发酵产热的丰盛晚饭，总会使他在微醺微醉的状态下想，人生有此刻足矣。然而这天，情境依然心境迥异，一颗心怎么也难以安定，慌慌然惶惶然，时而，心跳会突然加速，呼吸都有些困难。终于，他扔下了手中视若无睹的报纸，起身，向外走。到厨房门口，对正洗碗的妻子说："我出去一下。"

"嗯。"就这一声。至于他去哪儿，干什么，一概不问。这还像是夫妻吗？就是平常，也不该，何况眼下？眼下正是需要夫妻双方相互支持同仇敌忾的时刻，她不闻不问漠不关心，她到底想干什么？一时间，宋建平对林小枫态度的关注甚至超过了那件事本身。

"有个确切消息，甭管什么消息，总比这样吊着，七上八下的强。"他仿佛自语般又嘟噜了一句。他必须要得到她的反应。

"有这么严重嘛。"这就是她的反应，头也不抬，口气里甚至还带着点儿不屑。

宋建平立刻明白了，她对他这么看重的事压根儿就没有兴趣。她瞧不起他和他的事。对一个男人来说，还有什么事比让老婆瞧不起更窝囊的了？

他紧紧盯着林小枫的侧脸，林小枫无动于衷洗她的碗，没感觉一般。

"我知道你心里想什么，"宋建平一字字道，"我还劝你郴、枫，眼睛不要总盯着钱，钱不是一切。像你们那位高飞，还有对门妞妞她爸，有钱吧？又怎么样？再有钱，也没地位；走到哪，他也是一个体户！"说罢摔门而去。那"咣"的一声巨响使林小枫清醒了一点，方意识到自己有一点过了，过于任性了。既然不打算离，就得接受他的一切。总这么由着性子戗戗着来，徒然使他不快；他不痛快，自己只能是更不痛快——妈妈说得很对。当下痛下决心，往后，对宋建平要好一点。

这天晚上，林小枫说服儿子回到他的小屋小床上，好不容易等当当睡了，自己洗了澡，就手把衣服也洗了出来，宋建平还没有回来；看表，十点多了；上床看着书等，直等到快十一点。就在她准备打电话找他时，他回来了。

进屋他二话不说照直向小屋去，一看儿子在里头，扭头又去了大屋。牙不刷，澡不洗，直接脱衣服上床，对林小枫给他的新待遇一点都没注意，也许是根本就不在意。见此状林小枫心里不由咯噔一下，显然，事情于他不利。尽管她不赞成他在这个单位干，但是既然得在这干，她就希望他顺利。说到底，他们是夫妻，有着共同的各方面利益。

林小枫看着丈夫的脸色。"定下了？"

"嗯。"

"不是你？"

"嗯。"

"要我说，提他也对，"林小枫好言相劝，"四十多了，比你大半轮儿呢，还是个普通医生，也怪可怜的。"

宋建平这才长长地出了口气："怎么能够这样使用人呢？又不是慈善机构，谁可怜谁弱就救济谁。"

"要不说你们单位没劲呢，根本不是凭能力，整个跟社会脱轨，多有才的人在这种环境里干下去，也得给埋没了。"

宋建平没吭气，然后突然拍床而起，"他妈的！不就是个副主任吗？谁爱干谁干。老子反正是不干了，请我干也不干！"

"我说也是。"林小枫小心翼翼地，"什么主任副主任，还不是撑着个空架子，自己穷乐？说到底，没钱，什么也不是，这是趋势。"

宋建平不说话，只是扭过身子拉开床头柜的抽屉，拿出一叠名片翻。

"你找什么？"

"那些合资医院给我的名片……"

一时间林小枫不敢相信自己的耳朵，"你的意思是说，不在这个单位里干了？"

"对，不干了！辞职！走人！"

林小枫怔怔地看着宋建平，猛地，抱住了他，激动地叫了声"建平"就哽咽住了。

这天晚上，夫妻俩直到凌晨方睡，为了那个充满诱惑然而也是未知的未来，设想、安排了许多。其中主要是林小枫在说，说的主要内容只有一个：家里的事情她全包，全力支持他，做他的坚强后盾。

宋林当，也就是当当，决定上实验一小。或者说，他的父母决定让他上实验一小。

这天，林小枫在食堂打饭时遇上了肖莉，两个人叽叽喳喳说了许久。由于孩子的上学问题，使两家女主人的关系空前密切了起来，相互提供消息，一块儿分析磋商，互通有无，互相帮助。

肖莉的女儿妞妞也上实验一小，赞助费学费她爸爸全包。对小孩子来说，有一个有钱的爸爸真是重要。不过当当爸爸宋建平马上也要成为有钱人了：刚刚放话要辞职出去，立刻就有好几家外资医院闻讯来找，高薪聘请。开价最低的一家，年薪十万，税后。可以这么说，钱都摆那了，就等他们综合各方面条件之后，做决定要谁家的钱了。

打完了饭，两个女人肩并肩、头靠头地向回走，边走边说。

"……操场还没个巴掌大；教学楼更差，满楼道里的尿臊味。听人说，一个学校好不好，甭看别的，闻闻它楼道里有没有尿臊味就知道了。那校长自己都不自信，开家长会的时候说——"

林小枫说的正是她们家后面那所胡同里的小学，肖莉没等她说完就叫了起来："不是定了去实验一小吗，你还去参加他们的家长会干吗！"

"听听呗，也是个对比，比较。"那对比比较的过程实际上是一个享受的过程，这话林小枫没说，怕让人觉着浅薄，"那校长说，她不能保证孩子成才，但能保证孩子成人。"

肖莉笑起来，"那还用得着她保证嘛！"

"可不是？家长自己就能保证了。"

"那个学校唯一的好处就是离咱们家近……"

"近也不去！就去实验一小！"

"对！就去实验一小！"

厨房的案板上搁着切好待炒的菜，红绿白黄一片，林小枫腰里扎着围裙，正在忙活。炉灶的另一边，高压锅嗤嗤地冒着热气。这时电话响了，当当接了电话，片刻后跑来，报告说爸爸晚上不回来吃饭了，事情还没有谈完。

这让林小枫有点失望，但更多的是欣慰，嘴上却禁不住地埋怨："你爸爸也是，不回来吃饭早通知啊！妈妈做了这么多的菜，怎么办呢，当当？"

当当瞪着黑黑的眼睛看妈妈，不知该如何回答，他搞不清妈妈是生气还是高兴。儿子发愣的样子使林小枫觉出了自己的可笑，就笑了："当当啊，以后，爸爸就要开始忙了。家里的事，你的事，就全要靠妈妈了。你还小，帮不了什么忙，但要做到不帮倒忙，要听话，记住了吗？"

当当敷衍地答应了一声就跑开了。林小枫深深地吁了口气，眼睛看着一个目光所不能及的远方出神，陷入幸福的遐想。

又是一日。饭菜都好了，都上桌了，就等人来吃了。林小枫坐在床边，给当当削铅笔，削好一枝，放铅笔盒里。铅笔盒旁放着一个新书包，林小枫就这样边削铅笔边跟当当说着话，说是跟当当说话，不如说是跟自己说话。"……上了重点小学，就能上重点中学，初中，高中，然后，北大，清华……"

当当对这个遥远而抽象的话题毫无兴趣，趴在窗口向夕隋。"爸爸怎么还不回来呀？我都饿了。咱们先吃吧妈妈？"

"再等等，等爸爸一块儿。"

当当跑过来拿起床头柜上的电话，"我问问他还回不回来吃饭！"

林小枫忙把电话按死，"哎，爸爸忙，我们不打扰，啊？"

早晨离家时宋建平告诉她，今天要晚些时候回来，下班后应约去跟新加坡的一家医院谈，看时间此刻可能正在谈着。不料她话音刚落，开门声响了，宋建平回来了。林小枫立刻放下手里的活计迎了出去。宋建平满面春风遮都遮不住。林小枫的心立刻快活地激跳起来，扭身去了厨房。

宋建平在餐桌前落座，端过妻子递给他的饭就吃，一副当仁不让的架势，令林小枫心里越发的笃定踏实。显然，一切都已谈妥，谈好。她什么都不必问了，只等丈夫跟自己说了，说细节，细则。

给丈夫盛饭，给儿子盛饭，最后，给自己盛饭。一家三口吃饭。吃了好一会儿，宋建平也没说话，只管大口小口地吃，林小枫实在等不及了。

"看样子，跟他们谈得不错？"林小枫笑脸相迎。

"谁们？"宋建平愣了愣，方明白了林小枫所指，"噢，他们呀。我今天没去。"

"咦，你不是说今天就去跟他们谈吗？"

"是。但是，情况临时又有了变化。快下班时主任通知我院长要找我谈话，刚刚谈完。"说到这他停住，等林小枫发问。林小枫不问。她对他们医院里的事情没有兴趣。宋建平只好自己说了："今天得到的消息才是最后的正式的消息——小枫，这次提的副主任不是别人，是我！"说罢深深吸了口气，向一个看不见的远方看去。

"这充分证明了，我们单位，还是不错的；我们领导，还是公正的；他们对人才，还是重视的；我在这个单位里，还是有发展前途的！我已经想好了，下一步如何工作——"

"咣当"，一声巨响，截断了宋建平的施政演说，林小枫推开椅子离席而去。

宋建平嘴里含着半口饭和一大堆的话，愣在了那里，直听到"砰"的关门声，方赶紧站起追了出去。跑下两层楼后又想起家中六岁的儿子，又噔噔噔跑上楼来，敲了对门的门。肖莉什么都没有问，连连答应帮他照看儿子，他有事他去忙请他放心。关键时刻肖莉表现出的体贴通达温柔令宋建平心中悸痛阵阵。

林小枫在街上走，沿着马路，漫无目标，生活都没有目标了。边走，泪水边止不住地流。走．累了，就在一个街边健身小区的椅子上坐下。肚子很饿，也渴，身上没钱。还不能去妈妈家，不想再让他们为自己操心。更不想回自己家，那么逼仄的空间，那么漫长的黄昏，那么相悖着的两个人……

一个人推着自行车来到了她面前。她没有抬头，她已经知道了那人是谁。那双过了时的三接头皮鞋，那条没有中缝的西服裤子，那辆轮胎已磨平了的自行车，都为她再熟悉不过。一个男人，已到中年，还是这副装束这副装备，前途在哪里？希望在哪里？

"回去吧小枫。"男人开口了。林小枫没响，没动。"有话我们回去说。"男人又说，低声下气。

"说什么？都定下了的事情还有什么可说的？"

"小枫，希望你能理解我。我们医院毕竟是大医院，作为医生，尤其是外科医生，还是在大医院里工作好一些……"

"咦？可是你自己说的你们单位没劲啊，说请你干你也不干啊，怎么突然又变卦了呢？"

"唉，那你还不明白，明摆着是一种吃不着葡萄就说酸的心理嘛。"为息事宁人，宋建平主动坦率，坦白。

"噢，你吃不着葡萄就说酸，吃着了就说甜，别人呢，别人怎么办，你想过别人的心理别人的感受没有？"

"谁是别人？"

"我！还有当当！"

"这跟你有什么关系，你照常上你的班，当你的老师……"

"当当呢？"

"当当怎么啦？"

"当当就要上学了！一下子要交三万六！"

宋建平一下子沉默了，片刻后说道："小枫，其实小学无所谓，哪个学校都一样，综合比较，咱后面这个学校还要好一点，至少离家近。真要上那个实验一小，天天路上就得一小时。真的小枫，小学无所谓，无外乎加减乘除啊波次得……"

林小枫气得连声冷笑："是嘛！上哪个学校都一样！……宋建平，这回能不能请你事先告诉我，这次你是真的这么认为还是一种吃不着葡萄就说酸的心理？"

宋建平有些生气了，"林小枫！别过分啊！"

"你我算是看透了……"话未说完，林小枫哽住，但那双含泪的眼睛准确表达出了话语未尽的意思，那眼睛里满是厌恶鄙夷。

"看透了吧？看透了好！我就是这么个人，知足常乐，清心寡欲，淡泊名利……"

林小枫气极反笑："淡泊名利？你？给个副主任就美得忘了东西南北了还淡泊名利？……用错词儿了吧宋建平？应当是，胸无大志吧？"

"对，胸无大志，不良不莠，窝囊平庸——怎么着吧你！"

林小枫一下子站了起来，几乎是与宋建平脸贴着脸，"我能怎么着你？我一个小老百姓，你一个堂堂大医院大科的副主任，我能怎么着你？"

"说话就说话啊，少往他人脸上喷唾沫！"

"人？你还能算是人？自私，懦弱，胆小，怕事，还，虚伪！……真想不通啊，当初怎么就看上你了呢？"

这天晚上，宋家的就寝格局又变成了儿子和妈妈睡大屋大床，爸爸一个人睡小屋小床。这一格局——持续就是一个月，并且大有永远持续下去的趋势，叫宋建平腻歪透了。这大概就是女人们的所谓杀手锏了，离又不离，和又不和，不死不活，令人窒息。那感受是如此之深彻，竟使外科医生宋建平触类旁通，对临床上那些求生不成求死不能的病人的痛苦有了切身体会。

终于有一天，宋建平忍受不了了，下决心将这事做一个了断，是死是活，都比这样半死不活的强。

当时是晚上，当当已睡了，宋建平躺在小屋的单人床上，听着林小枫在卫生间里洗这洗那。洗完了，出来了，脚步橐橐。

"林小枫！你过来！"

片刻后，林小枫出现在了门口，她当然听出了宋建平口气的不善，一脸临战前的警觉。

"你到底什么意思？"宋建平问。

"什么什么意思？"林小枫反问。

"你还有完没完？"

"我怎么了？"

"你打算就这个样子，"宋建平把两手向两边一分，"过下去？"

林小枫不语。

既然开了口了，宋建平索性直白到底，"是……惩罚吗？"

林小枫摇头。

"还为那些事生气？"

林小枫仍摇头。

"那你到底是为什么！"

"不为什么。没你想得那么复杂。就是当当要跟我睡——你也听到了的——我同意了，仅此而已。"

大睁着两眼，耍赖。她什么时候变成了这个样子？曾经，她是多么的清纯，坦率，而现在的所作所为，无异于任何一个彻头彻尾的家庭妇女。或者——宋建平突然想到了另一个因果关系——家庭妇女就是这样在婚姻里炼成的？

"仅此，还，而已——林小枫，咱都是成年人，谁也别把谁当傻瓜！"

闻此，林小枫沉默一会儿，尔后，抬头，直视对方："是。我是那个意思。我觉着咱都这个年龄了，又不是小年青儿了，没必要非得天天纠缠在一起。"

"你是不是性冷淡啊！"

"可能。……说真的，我真觉着没啥意思，每个月非得来那么几回，千篇一律，有什么意思你说？也许，男女的感觉不一样？……你要是需要，我无所谓。"说着向屋里走，走到床边坐下，解浴衣带子，"完了我再过去睡就是了……"

宋建平低吼一声："滚！"林小枫扭过脸去，看他，宋建平大吼一声，"你给我滚！"林小枫真的起身就"滚"，无所谓。于是宋建平明白，他们的婚姻到头了，剩下的问题只是谁提出来的问题了。

这是一家街边的小馆子，宋建平正在独斟独饮，手边放一瓶小二锅头，面前摆几碟花生米、拍黄瓜、凤爪之类，热菜只要了一个，京酱肉丝。没要饭。

手机响了，他看一眼显示，是林小枫，遂不接，任其自生自灭。片刻后手机又响，仍是林小枫，他仍是不接，也不关，也不改振动，任它响，示威一般，引得旁边人侧目，他全不放在心上。一瓶小二锅头很快光了，他又要了一小瓶。这场酒喝得滋润，透彻，使他想起了许多被生活琐屑磨蚀得消失了的往事。

他刚认识她的时候她多大？十九？二十？大概是二十，正上大三。在一次大学生联欢会上，她报幕。当她手拿话筒含笑从侧幕里飘出来的时候，他都能感觉得到全场全体男生的目光刷地向台上射去的力度。如果目光具备一点物理学意义上"力"的力度，她肯定会被当场击倒。

一流的人才。

那年。那天。那个冬天的小站。他将乘火车从小站经过，停留八分钟。她在小站所在地实习。说是"所在地"，实际上她要到小站还得乘一个小时的火车。

他的抵达时间是凌晨一点，从上车后心就没有过片刻安宁，那心情用通俗歌曲歌词的套路形容就是：期待着不可能的可能，等待着不会发生的发生。卧铺车厢旅客都睡了，鼾声高高低低，只宋建平一人坐在车厢过道的小座椅上向窗外望，窗外是目光穿不透的夜暗，他仍执着地向外望……

火车进站，蓦地，他在小站昏黄的灯光下看到了她。她在月台上蹦着，跳着，抵御着冬夜的寒冷，他冲下车去。……站在白天化了夜里又上了冻的雪地里，两个人手拉着手无言对视，要说的太多了，八分钟怎么说得完？只好不说。事后他才知道，为了这八分钟，她折腾了整整一夜。先是乘车到小站等，他走了后，她还得等离开小站的车

那一刻，一个个誓词炸弹般在宋建平心里爆裂，轰响：海枯石烂！至死不渝！一生牵手！非她不娶！

刚开始她说她不想要孩子，因为他想要，她就也想要了。那时候，她以他的想法为想法，以他的需要为需要，她崇拜他。女人对男人的崇拜，是爱的基础。而今崇拜已不复存在……

喝醉了的宋建平一个人在静夜的马路上艰难地走，终于走不了了，就地坐下，坐着也困难，顺势躺下，躺下后一秒钟没有就睡过去了。到处静静的，白天拥塞不堪的公路空寂无声，已是凌晨两点。

一个男子骑着辆女车过来，瞥了宋建平一眼，正要骑过去时，忽然手机铃响起，把男子吓了一跳，过一会儿才反应过来铃声的出处，不由在宋建平身边停住，饶有兴趣

地细细观察他。

手机铃在空寂的夜里听来格外响亮，宋建平一动不动。男子慢慢蹲下身子，先试着用手推推地上那人，无反应。男子终于放下心来，开始掏宋建平的兜，先掏出的是手机，那一瞬间，手机铃停。男子继续掏兜，掏空了宋建平身上所有兜里的所有东西。

这个夜半电话是林小枫打的。当当起来撒尿时她看了下表，整两点；忽然想起睡前宋建平没有回来，想去看看他回来没有，就下床去了小屋。不看犹可，一看一惊：小屋小床上空空。林小枫马上拨宋建平的手机，没有人接。紧张思索了片刻，她敲了肖莉家门。她无人可以商量，她担心宋建平出事。肖莉认为不会出事。一个男人，又不是有钱人，无财五色，能出什么事？事实上林小枫也这样认为，同时还认为宋建平也不会为他俩之间的事情有什么过激行为，快奔四十的人了，又不是小年青儿。但是如此的半夜不归杳无音讯于他却是头一回，这就不能不让人心里不安。肖莉建议她再打一下手机。林小枫再打，仍是通的，但是，响了没两声，就没声了；再拨，关机——这自然是那贼所为，可林小枫哪里知道？于是，在重重放下心来的同时，开始生气，气得脸都红了。

"居然把手机关了！一看是我，就关了！"

"……老宋人不错的。"

"他要是个坏人倒好办多了。"

肖莉谨慎得没再说什么。

肖莉走后，放下心来的林小枫刚刚睡着，又被电话吵醒。电话是警察打来的，让她去领宋建平。不得已，林小枫再次敲了肖莉的门。当当正睡着，家里不能没有大人。

"老宋怎么了？"肖莉问。

"喝醉了。"林小枫简洁说道，"我去把当当抱过来？"

"你怎么去？深更半夜的，街上车都不一定有，有也不安全；"

肖莉说，"我去算了，我开车去。你帮我看一下妞妞。"

肖莉有一辆二手的富康。妞妞父亲给的。为了让肖莉接送他女儿上下学。

"对不起……对不起！"看着肖莉的满脸倦色林小枫喃喃，心中的痛苦无以言喻。

肖莉开车，宋建平坐她旁边喋喋不休。

"肖莉，知不知道对一个男人来说，最窝囊的事，是什么？

……"然后自问自答，"那就是，让老婆瞧不起。……林小枫，瞧不起我……"

"她没有。刚才她还跟我说来着，说你是一个好人，真的。"

"这……我信。"宋建平笑，"要是女人说一个男人是好人的时候，那就有问题了。在女人的辞典里，好男人的同义词就是，没有出息的男人……"

"得了！别假冒专家了——我就是女人，我就不这么认为！"

"那是因为，你不是我的老婆……"

"老宋，别自寻烦恼了，林小枫总有一天会明白的。"

"明白？明白什么？"

"明白你。明白她应当珍惜你。"

宋建平怔怔地看着肖莉，觉着碰上知音了，猛地，扑到她肩上哭了，把肖莉碰得手中方向盘转了半个圈，差点把车开到马路牙子上。

"老宋！坐好！我正开车呢！"肖莉喝道。宋建平讪讪地坐了回去，肖莉命令他，"系好安全带！"宋建平乖乖地系好安全带。肖莉接着命令，"睡一会儿，抓紧时间，明天，不，待会儿，还要上班！"

宋建平很快就没声了。肖莉看他一眼，确定他睡着了，给林小枫打了个电话。告之他们马上就到，并说宋建平非常痛苦，让林小枫对他好一点。

放下电话后林小枫把睡着的当当抱去小屋单人床上，把宋建平的铺盖拿了过来。这一次，宋建平虽在醉中却立刻发现了这变化，笑着问林小枫道："怎么，给我恢复双人床待遇了？"

林小枫不说话，帮他解鞋带，脱鞋，脱衣服。伺候他上了床后，又来来回回给他拿毛巾擦脸，端水让他喝水，态度很好，很体贴。说到底她是一个善良的人，看到自己的丈夫因为自己痛苦成这样，心里也是不忍。最后，她端来盆水让宋建平洗脚，宋建平穿着袜子就把脚伸进了水里

'林小枫一声不响蹲下去为他脱袜子。

宋建平怔怔地看她，忽然叫："小枫!"

林小枫拎着两只湿淋淋的袜子："嗯?"

"你……还爱我吗?"

"嗨，都这个年龄了，还谈什么爱不爱的，过日子呗。"

"就是说，你不爱我了。"

林小枫不耐，隐忍地拎着他的湿袜子走，"你洗吧，我给你拿毛巾去……"

月光皎洁如水。忙活了半夜的林小枫睡熟了，突然被一阵近乎粗鲁的动作弄醒。睁眼一看，是宋建平。

"你干吗?"她迷迷糊糊地问。

"我想知道你到底还爱不爱我……"

林小枫彻底醒了过来，试图推开趴在她身上的宋建平，"别闹了! 时间不早了! 白天还得上班，睡不了多一会儿了!"

"不行。我今天一定要得到一个答复。"

"宋建平，你有病啊你!"林小枫挣扎着。

宋建平不说话了，只管动作，林小枫拼命挣扎，几近窒息。由于两人都还记着那屋里睡着的儿子，因而所有的争吵、厮打都是压抑着的，听来反而格外揪心，紧张。宋建平到底是男人，渐渐占了上风，突然间，林小枫一下子停止了挣扎，一动不动，倒把宋建平吓了一跳，不知道又出了什么意外，他停了手，细细看林小枫。

一线月光由窗帘的缝隙里照进来，正好照在林小枫脸上，那张脸因用力厮打而出了一层细汗，细汗在月光下反射出冷冷的光。片刻的寂静之后，林小枫开口了："好吧，我给你答复！宋建平，我讨厌跟你在一起！讨厌！"

第四章

这是两个人的宴席。

菜吃得十分精致。两人都只靠自己那边吃，因而每盘菜的中间部分，还保持着原先的饱满；鱼刺骨头以及挑出的姜片大料，被细心地放在一只小碟里；桌子上，几乎不见菜的汤汁。显而易见，这是异性之间，并且是彼此都想给对方留下好感的两个异性之间的就餐风格。

但是林小枫到家的时候，桌边只有宋建平一人。

林小枫是回来给当当拿落在家里的小学生字典的。那夜之后，林小枫再次回了娘家，并且，前所未有的，带走了儿子。从前吵架回娘家她从来不带儿子，就是要留给宋建平带，就是要用这种方法让他感觉到她的重要她的存在。这次，却把儿子带走了，显示了一种空前的决心。她一开家门就闻到了那股酒菜混合的浓重香味，待进得屋后，便看到了那桌佳肴盛馔。宋建平只身坐在桌前，面前放一只酒杯。他对面放着一只同样的酒杯，杯中还有残酒，人不在。

那人是谁？为什么走了？为什么来？

但是林小枫什么都不说，不问，没看见一样。尽管心中好奇，但为不给对方一个她还很重视他的错觉，她宁肯就这样好奇着。进屋后，径直去书桌、书柜处翻找。

"你找什么？"她不说话，宋建平只得先开口。

"当当的小学生字典。"既然他先开了口，她就可以大度一些。回答完问题后向餐桌看了一眼——像是刚刚看到——随口问一句，"来客人啦？"

"啊。"

"谁啊？"

"同事。"

"男同事女同事？"

"要是女的呢？"

"单身的还是已婚的？"

"要是单身的呢？"

"算你有本事！"林小枫甩下这么一句，拿上字典从宋建平身边走过，一阵风般。吱，开门；咣，关门。

宋建平本来不错的心情一下子消失殆尽。那个人是肖莉。

两人正吃饭的时候，她科里来了个电话把她叫走了，似是一个她经治的病人出了点什么问题。她头脚走，林小枫后脚到，仿佛天意。宋建平告诉林小枫的全是实话：同事，女同事，单身女同事。但是实话不等于实情。

实情是这样的。他刚下班进家，刚进厨房，刚拿锅接上水坐炉子上打开火准备给自己下面条的时候——林小枫走后他就开始了他的单身生活，出门进门一个人，吃饭上食堂，很少在家做，自己做自己吃有什么意思？食堂吃烦了，就回家下面条——肖莉就是在这个时候到的，手里拿著一张软盘，脸上挂着拘谨的笑。"老宋，这是我的论文，想请你帮着看看。"

"什么论文？"

"晋升正高……"话未说完，脸一下子红了。肖莉深知自己晋升正高有一些吃力，或者说，还不到时候。"我就是想试试。如果看着有问题，你能不能帮着给改改？"怕对方也是怕自己尴尬，紧接着马上补充，"你要没空就算了。"

但凡是个有教养的男人，这种情况下都无法说不。见宋建平点了头肖莉立刻释然，向外走时路过他家厨房，看到了坐在火上的锅，不由分说走过去把火关了。"晚饭你别做了，我多做点儿就有了。"

"劳务费吗？"宋建平笑。

"算是吧。"肖莉也笑。

实事求是地说，论文很平，为让它能够出色能够与众不同宋建平足足花了三个小时，同时，还把评委可能提出的问题及如何应对也顺带给她写了，正好弄完的时候，肖莉来了，两手端着仨盘子，放到桌上后扭头又走，说是还有。来来回回跑了三趟才搬运完毕，她做了八个菜，还拿来了一瓶干红。妞妞不在，让她爸接去奶奶家了。

得知宋建平论文已修改完肖莉显得有些不太相信，或者说不太放心，饭都顾不得吃，也顾不得让宋建平吃，非要马上看，就在宋建平的电脑上看了。一口气看完后长长出了口气。真的是太好了，好极了。找宋建平她算是找对了，这的确是一个才子。

二人吃饭。酒酣耳热之际，肖莉眼睛亮亮地凝视着宋建平，突然说："老宋，你想没想过，也许，到最后的时刻，你我会成为竞争对手？"

全身心沉浸在酒和美色的双重包裹之中的宋建平一时没能明白，"什么？"

"据说这次院里只有一个晋升正高的名额。"肖莉说，忽又笑着一摇头，"自作多情了！我哪里可能是你的竞争对手？无论水平、贡献、资格、职务，都不能跟你比。这回我没戏，权当是热身。"

宋建平闻此感慨："我已经热了三次身了。"

"你呀，太清高。得多跟评委们沟通，评委也是人，有血有肉有感情。"

"让我为这个东家跑西家串求爷爷告奶奶？"宋建平一摇头，"那我还宁肯就这么着了！"

"不过这次你没问题，轮也轮到你了。来，为了你的成功——"举杯，宋建平摇头拒绝碰杯。肖莉说："那你说吧，为了什么。"

宋建平举起杯子，意味深长道："为了你对我的认可和欣赏，为了我们的——"一顿，"友谊。"

"当"，肖莉爽朗地同宋建平碰了杯，反倒化解了宋建平的意味深长。尔后，两人谈的全是论文、工作、人事，以及诸如此类。也就是说，这看上去暧昧、有着无穷深意

中国式离婚

的餐桌，实际上单纯得很，不过是一种同事对同事的答谢方式。

这就是实情。宋建平之所以不愿意说出这实情，不是为了怕林小枫误会，恰恰相反，是怕她不误会。总这样说走就走说撂就撂，总这样没有危机感不成。却不料会是这样的一个结果：她无所谓。

林小枫走后，宋建平坐在餐桌前，阴沉着脸，半天没动。本来还打算吃一会儿的，现在一点儿都不想吃了，食欲全被林小枫破坏了。恰好这时来了急诊，摩托车祸造成的腹腔出血，需马上手术，宋建平放下电话就出了家门——这样的家他一秒钟也不愿意多待，宁肯辛苦。

助手是年轻医生小于，两人沿着洁净安静的长廊向手术室匆匆走去。到头，拐弯，一眼就看到了等在手术室门外的那个女孩儿。女孩儿衣衫不整，神情焦虑，散乱的长发上沾满了尘土，草屑，脸上有擦伤；即便如此，她的漂亮仍是遮不住的醒目。宋建平和助手会意地对视了一下，毫无疑问，这就是刚刚和那个伤者经历了同一场车祸的人了。男孩儿屁股后面驮着这样的一个女孩儿，他能不出事吗？

女孩儿对他们的身份显然也做出了自己的判断，迎面走了过来。"你们是医生？……来做手术？……辛苦你们了！"说着就把攥在手里的一大卷子钱往宋建平工作服口袋塞，宋建平猝不及防，下意识去挡，动作猛了点，那钱散落了一地。在女孩儿低头拾钱的工夫，宋建平带着助手进了手术室。

"主任，请客不到送礼不要，是很伤人的。"助手笑着说。

"拣着这个时候送礼，是很伤人的。"宋建平学着助手的口吻。

"你还指望着她事后给你送？"

"对。"

助手一笑，心想：怎么可能？

作为外科医生，宋建平的不收礼是出了名的。他的不收礼与其说是出于道德，不如说是出于人格。你想，当一条生命赤裸裸地毫无保留地横陈你面前时，你能因为他送了钱就做好一点，不送钱就差一点吗？那绝对是对医生人格的怀疑和污辱。事后送就不一样了，事后送是一种纯粹的情感，是认可是感激。可惜，事后病人家属即使是送，往往送的也不再是钱了，而是一些无关紧要的、漫不经心的纪念品之类。有钱得花在刀刃上，现在的人们都很实际。

二人换手术衣、洗手、进手术间，手术室护士将接诊病历递到宋建平面前，病历姓名一栏"刘东北"三个字赫然在目，宋建平吃了一惊，急向手术台上已麻醉完毕的病人看去。那张脸此刻出奇的苍白安静，但他仍能一眼就认出来：正是他认识的那个刘东北。

高高吊在手术室墙角的音箱传出轻柔的音乐，器械在手上传递的叭叭声，器械与器械相撞时的丁当声，低而短暂的交谈声，在音乐中交织。时而，宋建平会向那苍白无知觉的面孔瞥上一眼，目光里带着一种非职业的、亲人般的特殊关切，还有恨——恨铁不成钢的恨。两人老家都在哈尔滨，而且，住对门，刘父管宋父叫老师。刘毕业留京后刘父指定宋为其监护人。助手小于为此感慨世界之小事情之巧，宋建平没说话。心说，不巧啦，整天骑着个破摩托到处乱窜，跟外科医生打交道还不是早晚的事？

"破摩托"其实是一种感情用事的说法，刘东北那辆白摩托车价值十万，得算是摩托车行里的顶尖级水平。令宋建平难以理解的是，有这钱怎么就不能老老实实买辆正经车开着。无论是实用还是虚荣，后者都强于前者；若再加上安全因素，一个肉包铁，一个铁包肉，是非明暗，一目了然。说他，不听；再说，就找不着人了。现在二人失去联系已达两年之久了。两年前宋建平见过他的女朋友，不是现在这个。

刘东北伤得不算太重，脾轻度破裂，宋建平为他做了修补术。术后送他出去时，那女孩儿还等在外面，一看躺在平车上无知无觉死人一般的恋人，眼泪刷地就下来了。当宋建平告诉她没事，过不多久他们又可以出去玩了时，她高兴得不知怎么办才好，猛地，把一直攥在手里的钱往宋建平口袋里塞。宋建平完全没有想到，连忙拦，女孩儿动作猛烈不容置疑，宋建平不便与其做亲密接触，表情尴尬。助手在一旁笑观不动。

"小于！"宋建平是求援，也是谴责。

助手忙笑着指着远去的刘东北的推车对女孩儿说："还不赶快跟着他们走！要不你待会儿上哪找他去！"女孩儿这才放弃了宋建平，随车而去。

宋建平欣赏地目送跑开的女孩儿，摇头："这个女孩儿不一般。"

助手亦欣赏地目送女孩儿，点头："非常漂亮。"

宋建平的意思遭到了亵渎，又无以辩白，很是不满，皱眉斜了助手一眼。

上午，宋建平查房。刘东北半卧床上，精神好多了。宋建平进来，刘东北用讨好的目光迎接着他，宋建平没看他一眼，直接向最里面的病人走去，询问几句，又到第二个病人床前询问。这是一个三人病房，刘东北住最外面。

总算，宋建平来到他的床前了，"感觉怎么样？"口气是职业的，好像根本不认识他一样。

"好多了，不那么疼了。"刘东北连连点头。

"你很快就能恢复，就能出院，"宋建平点点头，神情'淡然，语气也淡然，"就能骑摩托——接着撞。这才是普外，胸外、颅脑、骨科、泌尿科咱还没去呢，最好能挨科转上一圈。"

"我错了，哥，我错了还不行吗？"

宋建平一下子变了脸，"哈，现在说软话啦，早于吗去了？……你这个小王八蛋，为了躲我，把手机号都给换了！"

刘东北小声道："手机坏了，换了个新的……"随即明白这个借口完全不成借口，再一看宋建平脸色，马上从枕头下摸出手机，拨号，拨宋建平的手机，眼睛直巴巴地看着对方，目光里充满羊羔一般的温顺。

"你是不是有什么事啊？"宋建平起了怀疑。

"是。娟子马上来。就你见过的那个女孩儿。"

"这是第几个了？"

"第八个……跟她说是第三个厂刘东北双手合十对宋建平作揖，意思是请替他保密。

"跟你说东北，这女孩儿对你可是够意思，你不能再见一个爱一个朝三暮四水性杨花毫无责任感……"

这时刘东北用急切的目光向他示意，他回头一看，那个叫娟子的女孩儿来了，手里拎着东西，冲宋建平嫣然一笑，宋建平忙还她一笑，回头瞪了刘东北一眼，走开了。娟子对刘东北悄然笑道："又挨训了？"

刘东北一摆手："烦！跟妈似的！"

这是刘东北从有记忆以来的第一次住院。

这次住院让他对宋建平有了一个全新的认识。从前他躲他，同他断绝联系除受不了他的唠叨，一个重要原因是，他瞧不上他。他的陈旧迂腐，他的窝窝囊囊，他的医生职业——刘东北一向认为，只有女人和女里女气的男人才会当医生——都让他瞧不上。这次住院，于倏忽间，他明白了过去一直没搞明白的一个问题为什么在发达国家医生会同律师、法官一样，成为收入最高的职业。从终极意义上说，这都是主宰人的命运的人，角度不同而已。对医生的尊重就是对生命的尊重。我国医生没这待遇是因为我国还不够发达。这次短暂的住院生涯，让刘东北充分领略了医生的意义和风采。尤其当他得知，倘若给他手术的医生没有高超的医术和充分把握，他原本很有可能而且是理所当然地被切掉那个唯一的脾。那么，从此后，他就是比常人少一个零件的残疾人了。即使外观上看不出来，即使一般生活不受影响，心理上的创伤、精神上的折磨，少得了吗？从此后，刘东北对他爸给他指定的这个"监护人"态度上便有了质的变化。不仅仅是尊重了，还有着由感激而衍生出的关心、关切。

他因之很生林小枫的气。她凭什么这样对待他哥，就因为有几分姿色？徐娘半老的了还想指着姿色要挟男人，笑话。令他不解的还有宋建平，怎么就不能休了她，另找一个，多好的机会！说不通！

宋建平比他年长十岁，按一岁一代人论，差着十代，这可不是一点半点的差距。说不通就另想办法，总之不能任由他哥这样的优秀人才生活在这样恶劣的生存环境里。通过与他哥的交谈和他自己的思考，得出的结论就一个字，钱。万恶之源钱为首，贫穷夫妻百事哀。于是，出院后，有一天，他有事找宋建平时，顺便给他拿了张四万元的卡。理由也想好了，小侄子上学需要三万六的赞助费，这四万就算他这个当叔的一点心意。

宋建平不要。

"哥，跟我你不用客气。"刘东北在一家著名网络公司做企划部经理，年收入二十万以上，四万块钱于他实在不算什么。

"你管得了我一时，管得了我一辈子吗？"宋建平喝口面条汤，从锅沿上方斜了对方一跟。刘东北来时他正吃晚饭，面条就着锅吃，碗都不用。林小枫依然没有回来，他依然单身。

"那我管不了。我又不是大款，你也不是女的……"刘东北嬉笑着开始胡说八道。

宋建平皱起眉头，"你到底有什么事？"来前电话里他说他有"要事"。

刘东北立刻收起嬉笑说事。他一个朋友的女朋友怀孕了，想请宋建平帮着找一个好一点的妇科大夫给做了。"人那女孩儿是处女！"最后他特地做此强调，为是引起对方重视，宋建平"哼"了一声，他方察觉到了话中的巨大纰漏，找补着，"我的意思是说从"不是娼子吧？"

"怎么可能？我怎么可能干那事？"

"哈！"

"我的意思是说，我绝不可能让自己的女朋友怀孕。"宋建平一个电话就把刘东北朋友的"要事"给办了。由于自身业务好，需要的人多，在医院，宋建平帮人办这类事就是一个电话的事。但于受惠方却是大事，来自妇科专家的友好礼遇使刘东北的朋友在女朋友面前深感脸上有光。很想带上东西亲自登门感谢，被刘东北好歹给劝住了。不是一路人，不往一块儿引，徒然使双方不快。最后达成协议，由刘东北代他送上东西聊表谢意。

刘东北来的时候宋建平刚刚把下面条的锅坐到火上。一见宋建平又是一个人在家吃面条，刘东北非常生气，二话没说关了火，拉着宋建平出去吃。心里打算着吃饭时好好就这事跟他哥谈谈。

二人去了一家新开张的东北餐馆。

"我真的不明白，哥，凭你这样的人才，又正处于男人一枝花的年龄，什么样的找不着，非她不可！"

"你没结过婚你不懂。"

"我不懂你跟我说说啊。"

这一下子打开了宋建平的话匣子，"我们结婚十年了，恋爱谈了三年，有着这么多的共同岁月，还有着一个孩子……她十九岁时认识的我，大学生文艺会演，她演《玩偶之家》里的娜拉。真漂亮啊，当时，她……尤其那皮肤，可谓'吹弹即破'。但是，在众多的追求者里，她选中了我。谈恋爱时印象最深的，是一个冬夜，冬天的——"

刘东北一点头，"冬天的夜晚，明白——接着说，哪个冬夜？"

宋建平便说起那个冬夜，那个小站，那八分钟，那一刻心里的誓言。深情，神往，眼神都有些虚渺起来。说得过于投入时就忘记了交流，成了纯粹的回忆，自语，独白，心声，全然不知中年人诉说的恋爱在年轻人听来，既无味又肉麻。

刘东北倒不在乎，乐得埋头苦吃，只在必要的时候，

中国式离婚

胡乱"嗯"两声表示个在听的意思。抽空他还招手把小姐叫了来，指指邻桌上的啤酒，让人家照样给他来上一杯。在宋建平的独白声中，刘东北喝完了一大杯啤酒，又招手叫小姐，让她照此再来一杯。可惜这次来的这位不如上次刃啦善解人意，一来就大声大气地问"请问先生要点什么"。这一声惊动了宋建平。宋建平停止独白，愣愣地看他们。

刘东北忙道："哥我怕你说得渴了给你要点饮料。"又对小姐道，"请给这位先生来一杯冰柠檬！"

宋建平审视地看他，又低头看看几个吃得空了一多半的盘子。

"你刚才没在听我说。"

"哪里！一直在听！特感动，心里！"

"是吗？……那你说说我说了些什么。"

"就你和林小枫的那些事。结婚三年了，恋爱谈了十年……"

宋建平冷笑一声，站起身来，刘东北慌得连忙拦他："哥，哥！"

宋建平扒拉开他的手："我上趟洗手间。"

刘东北方才释然。宋建平一走，他赶快用筷子将吃得乱七八糟的盘子里的菜拢了拢，使之显得好看一点，丰满一点。

宋建平从洗手间出来，习惯性地在腋下擦着两只湿手，偶抬头，愣住，他看到了和一个年轻男子相对而坐的娟子，在餐馆的一个角落。那男子戴着副白边眼镜，斯斯文文。宋建平回到餐桌前坐下，．看着浑然不知的刘东北，不忍说又不能不说，想了想，随意地问："东北，你和那个娟子怎么样了？"

"不怎么样。"刘东北随口答道。他正从猪肉炖粉条的大碗里用筷子捞粉条，那粉条是地瓜粉做的，很滑，很不好对付。

宋建平脸一下子沉了下来，他对那个叫娟子的女孩儿很有好感，"又换了？"

刘东北摇头，把一筷子粉条顺利送进嘴里后方做进一步解释："她太令我失望。俗。"

"你准是又有新欢了，把人家女孩儿甩了。东北，你前面那七个我不了解，没发言权。这娟子我可是了解，你别想凭着你一张嘴说什么是什么。她俗，俗在哪了？我怎么就没看出她俗来？"

"你当然看不出来了，她又没要求跟你结婚。"

"她要跟你结婚？这不好事嘛！"

"可我不想跟她结婚。"刘东北进一步道，"不是不想跟她结婚，是不想结婚。"

"为什么？"

"不知道。"刘东北停了停，"就是不想早早把自己跟某个人绑在一起，跟谁都不想。我喜欢自由，追求自由是人的天性。"

宋建平冷笑。刘东北这么聪明的人怎么会不明白这冷笑的意思？不待对方说，自己先说了："当然当然，也不能过分自由，艾滋就是一例。所以我说，现在的婚姻，不过是诸多不完美的男女性关系中相对完美的一种，就是说，它不是没有缺陷，而我呢，是一个追求完美的人，因此，我不适合婚姻。"

"诡辩！"

"绝对不是诡辩。别人不说，说你们，当初不也是海枯石烂至死不渝？又怎么样？"宋建平不响了，刘东北不客气地，"那时你们的感情是真实的，现在你们的感受也是真实的，这只能证明我的理论是正确的：感情是流动的。所有的爱，只存在于一个个瞬间，只在瞬间永恒。所以说，仅凭一时的爱情就非要把两个人绑在一起的做法，是不明智的，是不科学的。"

"就是说，你为了不结婚，宁肯不要爱情。"

"对！就像那姓裴的匈牙利诗人说的，生命诚可贵，爱情价更高，若为自由故，二者皆可抛。"

"人家说的可不是你说的这意思……"

"他就是我这意思，是你们非要给人家加上一些革命的意思。"宋建平啼笑皆非，懒得与之再争，抄起筷子吃菜，嘴里呜呜噜噜地："你这样说我就放心了。"

刘东北不明白。宋建平用筷子点了点娟子所在方向："你朝那看。"

刘东北只看了一眼，脸便霍然变色，腾地一下子立起，绕过一张张餐桌，向那边走去。

餐馆一角，戴白边眼镜的斯文男子盛上一碗汤，殷勤地放在娟子面前。娟子用两手接过，连道谢谢。就在这时，一大块阴影投到了他们的桌子上，他们同时抬头，同时一惊。一个人立在他们的餐桌旁，一张脸阴得吓人。

"娟子，你出来一下。"那人开口了。

娟子摆弄着手里的汤匙，不动。斯文男子的神情如一头嗅到了危险的犬。

那人又叫："娟子！"

娟子起身向外走。那人跟着她走。斯文男子跟着那人走。一直伸着个脖子密切关注这边动静的宋建平见状赶紧起身，跟着斯文男子走。他怕他们打起来。万一不可避免地打起来时，他还可以搭一把手。

宋建平到时，刘东北已开始和娟子谈判，顾长灵活的身体有效地隔在娟子和斯文男子之间，不让二人有丝毫可交流的余地，目光交流都不行。

"娟子，我发誓"要是结婚，我肯定跟你结。"刘东北说。

"要是结婚——又是一个假定语。"娟子的脸上充满讥讽。

"娟儿，我的心里只有你，你的心里只有我，这不是很好吗？为什么……"

"为什么你就是不愿意结婚呢？是在等更好的吗？"

"你怎么能这么说话！"

娟子轻蔑地看他一眼，哼一声，转身向餐馆走，被刘东北拦住。"娟子，你看啊，我们在一起，彼此相爱，各方面谐调，这才是生活的本质，为什么非要人为地找一些麻烦呢？"

"少跟我扯这个，我就知道一条，男大当婚，女大当嫁！"

"娟儿娟儿娟儿！咱好歹也是一跨世纪的女孩儿了，怎么净说些老奶奶们才说的话呢？"

"那是因为，老奶奶们的话说得有道理，知道为什么吗刘东北？因为它经过了历史的考验、时间的淘洗，它有着顽强的生命力。谁反对它，只能证明谁有问题。"

"你是说我有问题？"

"我是泛指。"

"娟儿你不能不讲道理！"

娟子就是不讲道理，指着他的鼻子下最后通牒："刘东北现在我正式通知你，两条，你选：要么结婚，要么分手！"说罢扭头就走，向路边走。刘东北没动，斯文男子追去。但是娟子连他也不理，兀自伸手打车。

刘东北呆呆地站在原地，看娟子上车，看汽车迅疾消失在夜的车流里。宋建平过来拉他走开，他没有反抗地跟着，蔫头耷脑，一反以往的潇洒。宋建平长叹一声，揽住了他的肩……

冷战终于结束——林小枫向宋建平提出了离婚。

晚上，当当在客厅边吃饭边看电视，笑得格格的。林小枫和爸爸妈妈在饭厅的餐桌吃饭，视线里正好可以看到他。看着无忧无虑的孩子，林母的眼圈红了。"瞧这个傻孩子笑的！天都要塌了，还什么都不知道呢！"

'哎！'天都要塌了'，它怎么就能塌了？别说这么邪乎！"林父道。

"这么小的孩子，父母可不就是他的天？"林母道。

"就算是离了婚，当当还有妈妈，还有姥姥姥爷，还有舅舅！"

"不一样，老林，不一样。"林母摇头，尽量随意地看了女儿一眼。女儿只是吃饭，面无表情。林母终于忍不住了，"小枫啊，你下定决心了？"

"是他下定决心了妈妈。他说的那个'单身女同事'，看来是真的。"

以往冷战，顶多七八天十来天的，宋建平就会告饶认输；这一次他的表现非同寻常。她带着当当离开好像正中他的下怀。当时不觉什么，现在只要一闭上眼睛，那场景就会在林小枫面前出现，栩栩如生。时间越长，越形象生动：那两个人的，精致拘谨的，晚宴还有酒。事后一点一点回忆，她又想起了一些当时被忽略的细节，比如，宋建平对面的那只酒杯，酒杯边上的红印。不用说，是女人的唇膏了。还有，她为什么突然走了？如果是光明正大的，完全不必回避她嘛！当时以为他说"单身女同事"是赌气，是气她；现在看来，是实情，是真情，是一种告白，是宣言。否则，按照以往的经验，按照林小枫对他的了解，他不可能坚持这么久。

"再跟他谈谈！"妈妈说。

林小枫用筷子扒拉着碗里的米粒儿，"都到这份儿上了，还谈什么谈？"

"得谈！。不谈怎么能知道他和那女的到底什么关系。"

"不谈也能知道。证据在那儿呢。"

"你没搞清楚我的意思。我的意思是：他是一时冲动啊还是真打算和那女，的怎么着了……"

"有什么区别吗？"

"本质的区别。"

"就算他是一时冲动，我也不能接受！"

妈妈语塞，张了张嘴，看丈夫一眼，欲言又止。丈夫埋头吃饭，不说话。餐桌上静下来了。好久，林小枫开口了："不仅是为了那事妈妈。那事不过是压倒骆驼的最后一根草……"

"那到底是为了什么嘛！"啪，妈妈放下了筷子，带出了一直忍着的怒气。

"我对他已经彻底失望了。"

"——什么事！"

"说得好好的事情，说变就变，连商量都不带商量的。行为方式就像个孩子，想起一出是一出，随心所欲！满足于一时之得，满足于表面的虚假繁荣。对这个家，对孩子的将来，一点打算一点考虑都没有，什么事都是从他的喜好他的情绪出发，三十而立四十不惑，人到了四十一事无成，只能是一辈子向下出溜，他已经三十八了，妈！"

"也许他是喜欢他现在的工作环境……"

"那我还喜欢我原来工作的实验中学呢！不是说走也就走了？为了什么？不就为了能离家近一点，对孩子对他能多一点照顾？你没结婚你是一个人的时候，你的一切可以随着你喜不喜欢来定；你结了婚了有了家了，就得为这个家负起责来，考虑决定事情的时候，就不能只考虑你。说他，还生气，下了班自己跑出去喝酒，招呼都不打，电话也不接。喝醉了，睡马路上，手机、钱包全丢了，最后让人家派出所打电话来，半夜三更的，我求人把他接回来。回来一点歉意没有不说，还、还、还无理取闹！"

"建平是好人……"

"好人和好人不一定能成好夫妻。"

"夫妻俩，哪能总那么顺溜？天生一对地设一双，那是书里、戏里。生活中的夫妻，总有点这样那样的问题。就说我和你爸。你爸年轻时的照片你看到了，那真是一表人才，加上他人聪明，心眼好，很是招人，招女孩子。不少女孩子明里暗里地跟他表白，他都是有妇之夫了还跟他表白，写的那信，我看了都感动，你爸作为当事人他能不感动？他年富力强发育正常也不是钢铁做成的……"

这时林父嘟噜一句"什么事都扯上我干吗"，皱眉端碗起身离开母女俩，去了当当那里。

林母压低嗓门："小枫，你替当时的我想一想，那是一种什么滋味！"

郴、枫却道："我现在的心情是，就算你真有了外遇，成；只要你能像个男人，把你的这个家撑起来！"

"怎么才叫撑起来？"

"妈，前两天在报上看了个消息，说一个男人为了妻子孩子，愿把自己的后背租出去，租给人家做人体广告。我看了非常感动，成不成，另论，人家有这份心，为了老婆孩子舍得自己的这份心。而在宋建平心里，他自己是第一位的，当当都在他之下，至于我，没位置！结婚前，甜言蜜语千方百计；结婚后，我就是他找来的一保姆，全方位服务，自带工资！……妈妈，我对他很失望，真的很失望，越来越失望……"说着泪就流下来了，说不下去了。

离婚是在电话里提出来的，快下班的时候。当时她正在批作业，批着批着，心里突然起了冲动，按捺不住的冲动。当即抓起电话就拨，电话只响了两声他便接了，于是她说了。只说了一句，"我们离婚吧"。说完，不待回答就把电话挂了。

接到林小枫的这个电话，宋建平晚饭都没吃，没有胃口。下班回家后，又回病房转了转，直待到不得不走的时候。很晚回家。打开门，刚一进去，熟悉的环境熟悉的气味便迎面扑鼻而来，他的眼眶一下子湿了。当下心里头对一句俗得不能再俗的俗话有了深刻感性理解：失去方觉宝贵。打开电视看了两眼，关了，嫌闹；翻了翻晚报，扔了，全是广告；在不大的两间屋里走进走出，这儿摸摸那儿弄弄，六神无主，才发现家里的每一个物件都是一个故事，一段情感，一缕思绪……电话沉默，手机沉默。最后，他给刘东北打了电话，跟一个比自己小十岁的人倾诉感情上的事，实属无奈。事到临头，他才发现自己竟没有可以倾诉的朋友。一向只知道做学问，忙工作，忙老婆孩子，把自己都给忙丢了。

宋建平电话打来得非常不是时候，刘东北正在家里，床上，没穿衣服，床上还有一个人，娟子，也没穿衣服。倘若是可视电话，相信宋建平会即刻把电话挂掉。

这是自那次东北餐馆后刘东北和娟子的第一次相聚。

这天下班时间过了好久，娟子才得以下班。娟子是一家外资医院的院长助理，院长有事没走她就也不能走，一直耗到了这个时候。刚走出办公楼大门她便看到了站在暮色中的那个熟悉的身影，顾长匀称；旁边那摩托车也是她所熟悉的。随之而来的，是涌上心头的熟悉感觉。

上哪儿？他问。

直走。她说。

一直走？

一直走。

那会走到美国去的。

到了美国还直走——

一直再走回到这里。他点头做恍然大悟状。

对了！绕地球一周！她快乐地大笑起来……

最后——次在一起的情景历历在目。那是一个周末，他接她出去玩儿。说完上述那番话后，她便跨上车搂住了他的腰———次偶然的车祸影响不了他们对摩托车的喜爱

——摩托车随之吼叫着野马般蹿出。那一次他们去了锥臼峪，那地方显然尚未被旅游部门完全开发出来，人少，风景好。清澈见底的小河旁边甚至有来饮水的牛。中午，在日光的微醺下，在潺潺的河流声中，她谈到了未来；他拒绝了。

暮色中，娟子昂然地走。刘东北追上她，抓住了她的胳膊。"娟儿，我同意结婚。"

这天晚上他们一块儿吃的饭，饭后，一块儿回了刘东北的家。刘东北的家是一套一居的公寓。公寓实行酒店式管理，就是说，有人给你收拾屋子有地儿吃饭，非常适合工作忙碌收入不菲的年轻白领。

娟子从卫生间出来时刘东北已在床上等了许久。"许久"也许只是他的心理感受。沐浴后的娟子向他走来，发丝湿亮，面孔光洁，青春勃发，令他情不自禁。他迫不及待地伸出手去，一把把她搂在了怀里。

"娟儿，知道吗？"他在她的耳边絮语，气息咻咻，"我是一个自私的人，像我这样自私的人都能决定结婚，可见我爱你的程度——可见你可爱的程度……"情话从女孩儿的耳朵直接灌进身体，那身体立刻就有了反应，绵若无骨皮肤泛红津液如潮水一波接一波涌出。恰到好处的情话是女孩儿最有效的春药。女孩儿身体上的反应反过来对刘东北又是一个有效刺激。宋建平就是在这个二人交替上升的关键时刻，打来了电话。

娟子说："不许接！"

刘东北笑:"要是跟挣钱有关的事呢?"

娟子不笑:"光有钱没有了生活又有什么意义?"

当然最终刘东北还是接了电话。真有事,这个电话不接对方还会打手机来,刘东北公司里有一条纪律,须二十四小时保持手机畅通。

"东北,在家干吗呢?"一听是宋建平,刘东北一把将怀里的娟子更紧地搂了搂,对电话道:"在家里——卿卿我我呢!"说着胳肢娟子一下,娟子猝不及防,忍不住笑出了声。

风铃般的笑声由电话传进了宋建平的耳朵,宋建平忙道:"那就再说。"挂了电话,神情落寞。

在一个面向湖水的长长的茶廊里,宋建平、刘东北在一张方形红漆桌旁相对而坐。桌上放着一壶茶,两碟瓜子。茶是毛尖,碧绿,清香。瓜子一黑一白,黑的是西瓜子,白的是南瓜子。

刘东北次日就给宋建平回了电话,问宋建平有什么事——这是宋建平第一次主动打电话给他,受宠若惊的同时,他直觉着宋建平有事——宋建平当时正在班上,不好说什么,二人约好了见面的时间和地点。

见面后,宋建平跟刘东北说了林小枫要离婚的事。

"离离离!坚决离!解释都不解释。我就是有外遇了,怎么着?噢,你擅离职守不敬岗爱业,还要求我忠贞不贰守身如玉,凭什么呀?"

宋建平失神地看前面的湖水,不吭声。

刘东北恨铁不成钢，"哥，你怎么这么没出息呢你！"

"你不懂……"

又是这话！刘东北耐下性子，循循善诱："就算我不懂，但是，人家大主意已定，你一个人在这里生扛，又有什么意义？"

宋建平又不吭声了。

"哥，你应该换个思路想这个问题。如果那个肖莉对你真有意思，你对她印象也不错，就不能考虑一下有没有这种可能性吗？"

宋建平一怔。

"你这个人，你们这类人，我太了解了，属比较想不开的那一类。"刘东北继续侃侃而谈，"你是不是担心万一你这方说出来后，对方没这个意思，以后见面就会比较尴尬？"宋建平没理他，刘东北毫不在意地接着说，"就是说，你们之间不宜用语言表达。而根据我以往的经验，当不宜用语言表达的时候，就用行动。"

宋建平斜他一眼："你就流氓吧你！"

刘东北大笑："是你想歪了吧哥！我所谓的行动是营造一种氛围，一种特殊的氛围。比如，约她出来，再比如，就约她到这儿。孤男寡女，碧水垂柳，喝喝茶，说说话。此情此境，你哪怕只跟她说些无关紧要的闲话，只要她智商正常，她都会想，那么多人，为什么单约我呀？那么多地方，为什么非到这儿来呀？……这个时候，如果她也有意呢，就会做出相应的反应；如果她无意呢，就会装傻。她若装傻你也装，大家谁也不尴尬。"

宋建平怔怔地看着刘东北，不得不承认这小子颇有一些他不及之处。刘东北立刻感觉到了对方情绪上的变化，立刻巴谈话往深里引，"不是说非让你怎么着了，非得弄出个什么结果来，放松一点。哥，享受生活，享受过程，享受生命，不要辜负了造物主对人的厚爱……"

湖水荡漾，波光闪闪，一只母鸭带着五只小鸭从他们面前排着队游过……

第五章

　　夕阳西下，湖面波光粼粼，流金溢彩。兄弟二人在茶廊里聊了整整一个下午，茶叶就换了五次。喝得痛快，聊得透彻，直到都觉出肚子饿了，方才起身，向外走。尽管什么实质性问题都没有解决，但经过这一通的喝、聊，宋建平的心情比来前疏朗多了。在北京这么久他怎么就没有发现这个可爱的去处？他怎么就不知道原来生活还可以这样的从容，惬意，优美？难道真如东北所说，他的生活观价值观、生活状态有一些问题？二人一前一后，沿着鹅卵石铺成的甬道走，身旁是飒飒作响的竹林。竹林散发出阵阵沁人脾肺的竹香。

　　感觉到了宋建平的变化之后，刘东北话倒少了，态度也谦和了，时而，会若有所思地沉默一会儿。宋建平突然想起一个一直想问一直忘了问的问题。"东北，昨天你屋里那女孩儿是谁？"

　　"就是她。"

　　"和好了？"

　　刘东北笑了起来："本人实在是，难以抵抗她的魅力。结果只能投降——同意结婚。这个决定是深思熟虑的结果：结了婚，会失去自由；不结婚，会失去她。最后只好，两害相权取其轻。"

宋建乎慨叹，摇头，但却没敢像从前那样张嘴就训。不知是感觉到了刘东北的深度，还是感觉到了自己的局限，也许，二者兼而有之。这时，听刘东北又说："真希望将来政府能做出这样的规定，给婚姻规定年限。比方说，三年，一个婚姻只许存在三年；三年过后，必须离。要是你说，我们俩确实恩爱，不想声，那么，成，由政府派来调查小组，经过认真调查，证实这两个人确实恩爱，可以续婚，好，再续三年。再好，再续，再好，再续，想白头到老的也不是不可以嘛……"

宋建平被逗得哈哈大笑，露着一口雪白的牙齿，像个天真烂漫的大孩子。刘东北看着他，心情复杂：这么可爱的人，这么好的医生，怎么就过不上与之相匹配的好生活？

那天两人一块儿吃的晚饭，饭后又聊了一会儿，方才分手。刘东北到家时娟子在，正在电脑的 QQ 室里和人聊着天儿，等他。听到他回来的声音，头也不回，欢快叫道："他要求跟我见面！"

刘东北边脱外衣脱鞋边问："谁？"

娟子边说了声"谁知道他是谁"，边飞快地打字，劈里啪啦一打一大串。刘东北好奇地凑过来看，荧屏上娟子打出来的字是：如果你是男孩儿，请穿白袜子，如果你是男人，请穿灰袜子。

刘东北问娟子："为什么？"

　　娟子拿起手边的一张报纸一掸，笑道："这上面说的。'新种好男人'的判定标准。"

　　刘东北拿过报纸看，上面还有诸多条款，比如：永远不用牛仔裤配皮鞋，不用西裤配旅游鞋；再如，不留女人式长发，指甲要干净；还有，要抢着付账，要认为男人买单是天经地义，哪怕是假装；最后一条，礼物不在多频繁，在于出其不意，不在多贵重，在于里面的小字条。刘东北把最后一条高声念了出来，并连声夸赞这一条好，说得在理，以后他可以照此办理。娟子嗷一声叫着扑了上去，二人笑闹一团。

　　那个电话就是在这个时候来的。一个最终改变了宋建平命运的电话。挂上电话后刘东北许久沉吟无语。

　　"谁呀？"娟子等了一会儿，忍不住问。

　　刘东北仍是那样深沉地沉吟着："……我一大学同学。毕了业不务正业，跑山西挖煤去了，没想到还真让他挖成了，现在光固定资产就上千万。"

　　"那跟你有什么关系？"

　　"他爸病了，山西的医生让他爸到北京的大医院来看，他想请北京的医生去山西给他爸看。他爸病得不轻，他不想让他辛苦。"顿了顿，"我想把老宋介绍了去。跟他要出诊费，要……十万。"

　　"出一次诊十万！太贵了吧。"

　　"贵不贵都是相对而言。只要他肯出，就说明它不贵。他不肯出咱再慢慢往下落呗……老宋太可怜了，空有一身本事，转化不成财富，闹得现在老婆都瞧不上他。像这种智商高情商低的人，得有人帮他一把。"

接着就把电话打了回去，将宋建平隆重推出后，报上了价钱，十万。同时等着对方讨价还价，心里头做好了艰苦抗战的准备，二万一万地往下落，底线三万，这样至少小侄子上学的赞助费差不多就算挣了出来。不想那傻帽儿根本不还价，一个子儿不还，感觉上就是二十万三十万，他也会全盘接受。弄得刘东北心里头那个难受，放下电话后狠狠地扇了自己一个小嘴巴。

第二天，刘东北去公司转了一圈，把该安排的事情安排了，就迫不及待地骑上摩托去了宋建平的医院。事先打了电话，说有事，没说什么事。这种事还是面谈好些。内心深处"不得不承认自己浅薄的一面，作为施者，他很愿意当面看到受施者的反应。

宋建平不在科里，在看门诊。刘东北到时已快下班了，诊室里还剩一个病人。那是一个面色黄黑的中年男子，坐在诊桌前跟宋建平喋喋不休地诉说，身体前倾，看宋建平时的眼神是软弱的，充满期待的，诚惶诚恐的。

"……恶心，不愿意吃饭。酒量也不大行了，以前一顿半斤八两白酒没事似的，现在喝点儿就醉……"

宋建平边听边在病历纸上刷刷地写。宋建平的字也漂亮，柳体。刘东北屏息静气地看着，生怕弄出动静，有一丝惊扰。因受那病人情绪的感染，他对宋建平不由自主也产生了三分敬畏。

宋建平写完病历，一抬头，看到了站在门后诊床前的刘东北，遂示意他在桌对面椅子上坐，尔后给病人开单子，"做一个B超，验一个血。"

病人双手捧着单子边看边走，没走两秒钟又转了回来，"大夫，不会有什么事吧？"

"现在说不好，等化验结果出来再说。"

病人走后，宋建平问刘东北有什么事，这时刘东北却对刚才的那个病人已产生了好奇和牵挂。看着病人消失的方向，答非所问："他会是什么病？"

"得等化验结果出来再说。"

"你估计呢？"

"肝癌。晚期。"

刘东北吓了一跳。看看宋建平，一张脸平静如常，见怪不怪。那一瞬间，刘东北突然就明白了他那个挖煤的同学：他比他们都懂得医生的价值，懂得医生的价值就是懂得生命的价值。刘东北把挖煤同学的事跟宋建平说了，宋建平听了之后半天无语。

刘东北有些纳闷："哥，想什么呢？"

宋建平慢吞吞答道："我在想，林小枫知道了这事，会怎么想。"

晚上，下班后，回到家，宋建平给林小枫打了电话。这是冷战以来他第一次主动跟她联系。本来他一直被动，被动地接受命运或说林小枫的种种安排。他被动是因为自忖没有主动的资格。尽管对自己都不想承认，他的主动那十万块钱起了不可忽视的作用。钱是男人的胆。打电话时的心情颇矛盾，既想让她高兴，又不愿看到她就为这个高兴。于是想，上来先不说钱，先说点别的，比如当当怎么样，爸爸妈妈怎么样，她怎么样，然后，视情况，顺便把那事说了。没料到她不在，还没有下班。电话是当当接的，当当正在看动画片，耐着性子敷衍了爸爸几句后，就把电话挂了，也不问爸爸有什么事，令宋建平好不沮丧，十万块钱带来的喜悦都打了折扣。

宋建平又开始下面条。面条下好时发现盐没了，只好敲对门的门。对门家妞妞过生日，请了五六个小朋友来，家里头一片尖叫笑闹。肖莉在忙着下厨，为小寿星小客人们做菜，冰箱上贴着菜谱，列着八个大菜。八个菜一个还没出来，厨声已是混乱一片。油都。热了才发现葱还没切，等切了葱油已冒起了浓烟，油烟机还没有打开。宋建平的到来使肖莉喜出望外，不容分说请他帮忙，事情多得数都数不过来，择菜，洗菜，剥蒜，勾芡，泡海米，打鸡蛋……宋建平拒绝了她的分派，径去拿她手中的锅铲，她一下子笑了起来。二人相较，他是当然的大厨，她才应是小工。她不仅交出了锅铲，还把围裙也解下来替他系在了腰上。二人一个掂勺一个配菜，混乱立刻变得井然。

二人边干边聊，聊着聊着就聊到了山西，聊到了十万块钱。肖莉一听也是一振，接着主张马上跟林小枫说。宋建平不提自己想说而没有说成的事，只道他们的问题不是个钱的问题，钱只是一个诱因，一个表面现象，根本的问题是，他这个人使她失望，他不是她心目中的那个人。她是个追求完美的人，他不完美。潜意识是，想再从肖莉那里听到一点顺理成章的赞许和鼓励。不料肖莉的精神仍集中在那十万块钱上，"先别下结论。跟林小枫说了再说。十万块钱不是个小数。"

宋建平在心里叹了口气，点了点头。

八个菜不知不觉就出来了，且质量超出了预期。肖莉长长出了口气，这才想起了一件事：宋建平来有什么事。得知了他的来意，即力邀他与孩子们一起，共进妞妞的生日晚餐。宋建平拒绝了。他一个大男人，戳在一堆儿童妇女里，他不自在，别人也不自在。遂拎着肖莉给他的一袋盐——肖莉非要给他一袋，而不是他要的"一点"——回了自己家。

他们家正冲门的地方是一面穿衣镜，林小枫安的，由于天天进出门天天看到它，早都忘记了它的存在。今天它却使宋建平愣了一愣：那里面出现的男人有些陌生，腰里系着一个钩花边的碎红花围裙，怪模怪样的，待反应过来后不禁哑然失笑。尽管依然是空着肚子，心情却比离家前愉快多了，伸手将那个围裙解下——不能马上送回，怕再遭邀请——搭在穿衣镜上，尔后去了厨房。

离家前下的那锅面条已坨成了一坨，正在考虑是倒掉重下还是热热将就一下的时候，门开了，林小枫回来了，肩上背着她那个上班用的棕色皮包，显然是下班后直接来了这里。

林小枫看到穿衣镜时也是一愣：搭在穿衣镜上的那个围裙女性味十足。她表情淡漠的脸上闪过了一丝惊愕。宋建平闻声从厨房里探出头来，正好看到了这个瞬间，刚要开口说什么，林小枫已风一般径直去了大屋，宋建平紧跟着去了，去时林小枫已在挨个拉写字台的抽屉。

"你找什么？"宋建平问。没得到回答。他很想解释一下那个围裙的事，不知如何开头。她若是问的话，就好办多了；她不问，他怎么说都有点此地无银三百两的味道。

她背对着他在抽屉里翻找，宋建平这才发现，原来脊背也是可以有表情的：生硬，冷淡，冷峻。宋建平咳了一声："我最近可能要出趟差。"对方聋了哑了一般。他只好鼓足勇气继续独白，希望下面的话会使对方有一点变化，"去山西。出诊。出诊费十万。"

"十万"出了口，那脊背依然如故。

宋建平生气了，"跟你说话哪，听到了没有？"

这时林小枫已找到了要找的东西，当当的疫苗接种本，拿着向外走，看也不看宋建平一眼。棕色皮包也始终背在肩上，找东西时都没有放下来过，清清楚楚表明着她的来意，她来只是为拿东西。

宋建乎看着她来，看着她走，无所作为，无可奈何，全没料到接下来还会有更糟糕的事情发生。——在林小枫拉开门的时候，肖莉正好到他们家门口。两手端着仨盘子，盘子里他们一块儿做的那八个菜挨样码了一些。码菜时显然是用了心的，红绿黄白相间。这还不算，更要命的是肖莉的穿着，出奇的漂亮，还化着淡妆。肖莉显然不知道林小枫在，一下子愣住。这一"愣"，更是如同画龙点睛的那个"睛"了。

林小枫先开的口："肖莉，你今天真漂亮！"

"人，还是衣服？"这工夫肖莉也镇定了下来，开着玩笑，态度大方。

"人和衣服。"林小枫回答，笑微微的，同时把身子向一旁一侧，请肖莉进来的意思。

肖莉就顺势向里头走。"我们妞妞今天过生日，"她边走边说，"一定让我也穿上漂亮衣服。小女孩儿毛病就是多，还非让我给你们送来一些菜，一块儿庆贺她的生日。"说着进了屋，把盘子放在桌子上。

肖莉走了，门关上了，宋家复归平静。静静的，林小枫开口了："我说这围裙看着怎么眼熟……你说的那个单身女同事，也是她吧？"

宋建平没马上回答。都是，又都不是。不是林小枫以为的那个"是"。正在他想怎么回答的时候，林小枫已经走了。她没有要他回答的意思。她的询问根本就是一种肯定式。

林小枫刚走，肖莉又到。感觉上，她一直就躲在自家门里面，倾听着对门的动静。一进门就连声道歉："对不起老宋，对不起，因为我的疏忽造成了你们夫妻的不和……"

"不是这样的，不是这样的一个因果关系。"宋建平摆摆手，"还是因为我们俩的不和造成了——"止住，发现有点说不下去。

肖莉笑了："造成了我的疏忽？"

宋建平也笑了。沉重的气氛轻松一些了。趁这工夫，肖莉建议宋建平近期找个时间跟林小枫好好谈谈，有机会她也找林小枫谈，等误会消除后再说山西，说十万块钱。感情的事情没有解决好就谈钱，对方不会接受，起码面子上就说不过去，人都是有自尊心的。宋建平承认肖莉说的是，佩服的同时，也感激。

但还没等宋建平和林小枫谈，事情发生了急转直下的变化。

山西那边经过调查，得知宋建平是副教授级，便不同意他去会诊，他们要教授。不管刘东北如何举荐，保证宋建平的实际水平绝对在教授之上，人家只尊重和相信那些可见、公认的标准。逼急了，就跟刘东北说，如果宋建平实在困难，他可以赞助一万两万。刘东北后悔死了，后悔不该这么早就跟老宋说。该等完全落实下来再说。娟子倒觉着一万两万也行，也比没有强。让刘东北跟他们说别光说嘴，把钱拿来。刘东北对娟子道："找'啐'啊！老宋要是能拿这钱，至于到今天这地步嘛！"

噩耗来时宋建平刚刚接了林小枫的一个电话。林小枫明天下午没课，决定请假去把他们俩的事儿办了，打电话是为通知宋建平提前请假。那边电话刚挂这边刘东北电话打来，哼哼叽叽吞吞吐吐，没等说完宋建平全明白了，高声答应着"知道了"把电话挂了。挂上电话心里头一阵钝痛。不是为山西为十万块钱，是为了那背后的一切一切。一瞬间他觉着自己的人生非常失败，事业、家庭、爱情。也许，这一切根本就是一回事，一荣俱荣一损俱损。

下午，宋建平在家等林小枫。

离婚所需文件都在家里，结婚证、户口本、身份证，电话里说好她先来家，取了东西后两人再一起去街道办事处。从一点等到四点三刻林小枫才到，进门后气都没有喘匀就开始解释：刚出办公室碰上了年级主任，被抓去替二班老师代了堂课。二班老师有痛经的毛病，痛起来大汗淋漓腰都直不起来没法上课。宋建平随口说了句那你也该打个电话来啊。她马上就说对不起对不起对不起，说正要打电话时上课铃响了就没有打，实在是，对不起！一连串的"对不起"说得很密很溜，仿佛贤良的日本妇女。令宋建平顿时感到了深深的忧伤：林小枫的客气是因为了即将到来的别离。

结婚证、户口本、各自的身份证都齐了，该走了。两人站在大屋中间，不约而同作四处的环顾——这个家有点小，有点凌乱，摆设也有点陈旧，但却是他们一手建起来的，每一样东西，都有着一段共同的记忆。林小枫不敢再看，扭头向外走，"走吧。"

宋建平没动，他突然想起件事来，"不用到单位开个信啊什么的？"

"不用了吧。新婚姻法有规定，离婚以后不用单位管。”

“噢。”

“走吧。”

“我觉着咱们还是有一点轻率了。”

“什么意思？”

“我的意思是，咱们内部总得先拿出个基本方案来，万一有什么不一致的，总不能跑到人家那里去争，去吵。”

“好吧。”林小枫坐下来，“谈谈你的条件。”

“从来没有离过婚，没经验。”宋建平也坐下，学着某部电视剧里的一句台词，“离婚的第一步是什么？”

“听说是把该分割的先分割一下。”

“那就分割！”

林小枫心一下子凉了，“——房子归你。”

宋建平闭眼一点头，“同意。”猛地又睁开眼睛，“不同意。不，不是不同意……”

“到底是‘是’还是‘不’？”

“房子本来就是我的，我们单位的。”

“当当归我。”

“不同意。”

“说说理由。”

“你一个人能带好他吗？咱们现在是两个人你都……”

“两个和尚没水吃。”

“小枫，我并不是非要跟你争这个孩子，”宋建平态度极其诚恳，“就像那谁说的，孩子那还不跟庄稼似的，哪儿水土肥沃，哪儿向阳利于生长就种哪儿。我主要考虑的还是你。一个女人，三十多了，要工作要带孩子，还要考虑再建立家庭吧？……难。"

林小枫被宋建平态度中的诚恳周到打动了，想哭，她极力掩饰，"谢谢，我你不用担心，我会安排好一切。让人担心的是你。平心而论，你的条件不错，有地位有房子有前途，又正处于'男人一枝花'的年龄，一旦你获得人身自由的消息传出去，肯定会有很多人毛遂自荐找上门来。"

"这可以想像得出。"

"凡是冲着房子地位来的，一概不能要。"

"不要。我会严格掌握标准择优录取。"

"要慎之又慎。你的身份不允许你一而再再而三地离婚，会给你造成不好的影响。"

"这你放心。"

秋日的阳光西斜着由窗子倾泻进来，一块块印在地板上：其中一块正在林小枫脚下。她盯着那块阳光，极力睁大眼睛，一眨不眨地看。那眼睛里已蓄满了泪水。就这样看着那块阳光，她说了："建平，还记得吗，咱们结婚的时候也是秋天。咱俩骑着车子去香山看红叶，回来时我的车带给扎了，你就带着我，一手掌把一手推着我的车子，一走就是十多里路……"

"那时候年轻啊！"宋建平脸上也露出了神往，"更主要的是你坐在身后。没听说吗，一个漂亮女孩儿就是男人的一部永动马达!"

这时,林小枫突然地就问了,问了那个她一直回避一直不想问的问题:"你觉着她漂亮,是吗?"

宋建平马上就反应了过来。事实上他在等着的,就是她问"她"。

他把事情的来龙去脉说了,态度诚恳,一五一十,实事求是,尔后说道:"非常感谢那天你没有当面跟肖莉说什么,感谢你的大度和体谅。"

"哪里!"林小枫惭愧一笑,"说实在的,本来我想去她们家找她算账的,都到她家门口了,都要敲门了,最终没去,是因为我觉着丢人,我自己丢人……"

"你是个诚实的人,小枫。"

"你也是。"

"是啊,要不是有着这么多共同之处,我们也不会走到一起……"

谈话一下子触到了敏感区,两人都住了口。空气中弥漫着淡淡的忧伤,不远处邻家飘来了音乐,二胡曲。在如泣如诉的音乐声中,宋建平开口了:"好好对他——你的丈夫,不是指我啊,指我的接班人。小枫,知道男人最忌讳的是什么吗?忌讳被老婆瞧不起"我没有!我只不过是恨铁不成钢,是激将法。"

"不管是什么都不成。有些话是不可以随便说的,即使是在夫妻之间——尤其是在夫妻之间!那是很伤人心的。"

"谢谢你的提醒。建平，你也要好好对她，你的妻子，我指的也是我的接班人。知道女人最忌讳的是什么吗？……"

这时，门外传来对门母女俩到家的声音，妞妞的童声格外。向亮："妈妈，我们今天开运动会了……"

林小枫一下子站起身来："坏了——当当！"

平时都是林小枫去实验一小接当当，她有事才会告诉父母去替她去接。因不愿让父母担心，更是因为不愿听他们唠叨，她没把今天的事儿告诉他们，也就忘了告诉他们接当当的事儿。

"走走快走！我们打车去！"宋建平嚷。夫妻俩匆匆出门。

学校里老师孩子都散净了。本来，没人接的一二年级小学生，老师是不许走的。经常会有来晚了的家长，塞车，下班晚了，都有可能。这种情况下，老师通常会陪着等会儿，若是再晚，剩下的孩子会被安排在传达室大爷屋里等，由传达室大爷统一看管。再晚也晚不了多久，都是独生子女掌上明珠，再忙再有事家里再没人，就是托邻居亲戚朋友，也会赶来把孩子接了。但是这天却例了外，天都黑了，这个叫宋林当的一年级小学生也没人来接，传达室大爷嘱咐他在屋里好好写作业，就去洗菜准备做饭。大爷屋里没有水，水管在院里，就这个工夫，孩子没了。

林小枫一下子急了，"怎么办，建平，怎么办？"

"别急别急，当当不会有事，这孩子有数。"

"再有数他也才六岁！"

"给你们家打个电话，看当当是不是自己回去了。"

"千万别直着问！我妈不担事！"

宋建平打了电话，岳母接的，宋建平跟她说找小枫，顺便也就问了当当。岳母说小枫不在当当也不在，早晨走时听当当说要吃麦当劳，估计娘俩可能吃麦当劳去了。这时林小枫已听出当当不在家里，已开始流泪，等宋建平一挂上妈妈的电话，立刻痛哭出声："当当要有什么事，我也不活了！"

出租车两边的车窗大敞，宋建平、林小枫一人看一边。车内收音机里一女声说："河面上发现了一具男孩儿的尸体，六岁左右。白上衣，蓝裤子……"

林小枫一把抓住了宋建平的胳膊，"建平！发现一男孩儿的尸体！"

"当当早晨穿的什么衣服？"

林小枫一时竟然记：亿力丧失，想了好久，想不起来，只道："不会是当当，绝对不会，当当没有白上衣……""我怎么记得他好像有一件……"

"他没有（一）"林小枫嘶声喊叫，"我清楚还是你清楚？！"出租车师傅好心问道："你们去派出所报案了没有？"

…………

天黑透了，宋建平夫妇从派出所出来，神情茫然，不知现在该向哪里，做些什么。"给家里打个电话吧，总让老人这么等也不行。"

林小枫拨了电话："妈——"一下子用手捂住了嘴，再也说不下去。

"小枫！小枫？你上哪去了广林母声音由话筒里传出，"也不接孩子！让当当自己跑了回来，七八站地，这么远的路，你倒是真放心啊！……"

宋氏夫妇喜极而泣，猛地，紧紧抱在了一起。共同的巨大伤痛和喜悦将他们连到了一起。

"我也有问题，操之过急。其实你说得对，我们的生活还是不错的，比上不足，比下有余……"

"还是你说得对，不能总往下看，总跟差的比。作为一个男人，有责任给老婆孩子安全感，用你的话说，让这个家具有一定的抗风险能力……"

"不不不！我这话说得太极端太片面，咱们家要没抗风险能力，那人家一月收入两三千一两千的怎么过？就说我们一同事吧，爱人下岗了，家里就他一个挣，孩子也是刚上小学，过得也不错嘛……"

晚上，儿子睡了以后，夫妻俩躺在大床上，争着抢着做自我批评，如同冷冬之后必有暖冬，大灾之后必是丰年，两人都表现出了空前的高姿态。

宋建平说："这一阵子我想了很多，对下步生活做了安排。首先，把正高评上——"

林小枫打断宋建平："其实按你的水平——"

宋建平打断林小枫："那也得重视包装！这次山西事件给了我很大触动。你光自命清高不行，整个跟社会脱节嘛。"

"建平……"林小枫感动得要哭。宋建平摆手让她不要打断他，"正高评上后，再加上我的实力，我想，我们以后的状况会比现在有所改善。"停了停，不无遗憾地说道，"不过，一次十万的机会怕是不会再有了。"

郴、枫不同意这观点，"机会只能越来越多！随着国家经济越来越好，医生这个职业的收入肯定会越来越高，像发达国家那样。说到底，还是那句话，对医生的尊重就是对病人对生命的尊重。"宋建平感激地搂了搂妻子的肩。

林小枫又想起来件事，"这次评正高你不会有问题吧？"

"放心，百分之百！"

林小枫把脸埋进了宋建平的怀里……

没想到，这件"百分之百"的事，百分之百地落了空。医院这次只有一个晋升正高的名额，不光宋建平，所有人都认为这名额非宋建平莫属，最终，却属于了肖莉。

从肖莉上台述职，宋建平就发现她这次参评根本不是她自己所表白的那样，是为了"热身"；而是全力以赴，志在必得。"热身"一说是战术，麻痹战术，麻痹对手。谁是对手就麻痹谁。她从一开始就比所有人都清醒，都周到。

肖莉述职："……五年来，本人不等不靠不争不要，努力以做好本职工作的实际行动，以出色的工作成绩，来证明自己。尤其是在家庭发生了重大变故以后，"念到这儿，她的眼圈一下子红了，停了停才继续念，努力克制着声音中的哽咽。那努力的克制比痛哭失声更令人感动、同情。"我一个人带着女儿，要工作要学习还要承担起一个家庭的全部，即使在这种情况下，在完成工作之余，还在《核心源杂志》上发表了论文三篇，其中《中国外科》两篇，《中华胸外科》一篇，其中一篇获中华医学会优秀论文奖……"

在肖莉哽咽时，会场上起了轻微的骚动。评委们显然被打动了，参评的人们则担心着评委的被打动，气氛凝重的会场上涌动着一股紧张亢奋的暗流。

看着形容单薄孱弱的肖莉，宋建平感到了阵阵寒气。

述职完毕，答辩完毕，评委们开始投票，投票结果，竟被肖莉言中：在最后的时刻"肖莉和宋建平打成了平手。两人得票最多，各为五票。于是再投，仍是各为五票；再投，还是。

下班时间已过许久，被评的人们精神紧张神经麻木浑然不觉，评委们却早就感到了冗长乏味。年年做评委，年年这一套，也知道这件事之于别人的重要。正是由于知道，他们才会表现出如此空前的耐心；否则，怎么可能让这么多超重量级的专家们聚集一起一聚几天？个个都是身兼数职，个个都忙得不可开交，个个都是病人们求之不得的人物。第三次为了宋建平和肖莉的高下之争唱票时，评委们开始更频繁、动作幅度更大地看表，手机也是此起彼伏，接手机时的内容也比较一致，都是"会还没完要不你们先吃吧"之类。声音也很大，传递着同看表的动作一样的心情。

也不怪评委们不敬业，已是快晚上七点了。肖莉说得对，评委也是人，有着人的所有需要所有弱点。因而当评委会主任宣布再投、并说出所有评委的心声——希望是最后一次时，不知谁喊了一嗓子："女士优先算了！"

宋建平霍然循声看去，没找到说这话的人。

再投的结果，宋建平五票，肖莉多了一票，六票。共十一名评委。肖莉胜出。

．郴、枫义愤填膺，"她痛哭流涕当众作秀，你干吗不晕倒过去一头栽那儿？作秀谁不会做！说什么女士优先，这跟男女有什么关系？不就是想早点回家吃饭吗？早回家吃饭比一个人的命运都重要？……这不是草菅人命嘛这！"又道，"建平，这事不能就这么认了，得找院里！"

宋建平躬腰坐在床上，十指交叉放在腿上，两眼看着脚前的一个点，不吭声。从跟林小枫说完了这事，他就一直这个姿势坐着，一直不吭声。林小枫急了，"说话呀建平！"

宋建平抬起头来，"小枫，我不干了。我走。"

"走？什么意思？"

"离开这个医院。"

林小枫意外地睁大了眼睛。宋建平神情平静，那是一种大主意已定后的平静。

宋建平下班回来，西装领带，腰背笔直，步子充满了弹性。身后有人在叫"老宋"，他立刻加快了步伐。他听出了是谁。他不想跟她说话。

她却赶了上来。她不会看不到他有意躲她的用心，她就是这么顽强。她赶上来，在他对面站住，使得他不得不站住。她含笑看他，上下打量着他，带着真诚的关切。他的心不由一阵刺痛——他喜欢过她，对她曾有过好感——于是不看她，把脸扭到一边，看路边的冬青树。

"你很适合穿西装。"

他听到她说。他没说话。

"你去的那个爱德华医院，好吗？"她问。他还是不说话。

"老宋，那件事我想跟你谈谈，你什么时候有空？"

这次他不能不说话，于是装傻，"哪件事？"

"评高级职称的事。"

"噢，那事啊。那事儿给我的感觉已经很遥远了。"

"不可能的老宋，这才事隔没多久……"

"什么都是可能的，肖女士，因为人的感觉不仅跟时间有关，跟空间也有关。我现在已然不在你们那个圈里了。不是圈中人，不问圈中事。懂了?"说罢抬腿就走，肖莉一移身子挡住了他的去路，两眼直视着他，清澈的目光里有恳求，还有难过。

心里又是一阵痛。最终他屈服了。时间定在了明天。明天是周末。地点是宋建平定的，那个茶廊。去那里是因为那里无遮无挡，人来人往，光明正大。

二人隔着一张方桌而坐，侧身相对，面向湖水。湖水对面是层层叠叠的绿，绿的远方，是湛蓝湛蓝的天。

宋建平一直没怎么说话，主要是肖莉在说。既然是她约的他，那么，说话的责任自然应该由她担起。

"我知道你是怎么想的，我承认，我的确没有把这次晋升正高作为一次热身，的确是全力以赴志在必夺……"

这时一直没开口的宋建平开口了，"你之所以要那样说不过是为了麻痹敌人，使他们丧失警惕，让他们自以为胜券在握，甚至还可笑地，自以为是地，伸出一双热情的手去扶困济贫!"

肖莉难过极了，"老宋，别说那么难听……"

宋建平轻淡一笑："做都做了，还怕说?"

肖莉沉默了。湖光潋滟，微风轻拂。许久，肖莉方又开口，眼看着前方，仿佛自语，"老宋，你知道的，我现在是单亲家庭，换句话说，我的女儿只有我，我既是她的母亲又是她的父亲。我常爱以我小时候的感受去体会她的心情。小时候的我，希望从母亲那里得到的是关心和温暖，希望从父亲那里得到的是荣誉和骄傲。我曾愿我父亲的职务一升再升，对于年幼的我来说，那时父亲的职务就是我用来衡量父辈事业成就的唯一标志。我想，我的女儿一定也是这样地希望着我，注视着我，尽管她没有说。我小的时候，也从来不说。孩子不说，不等于不想。而我们大人最容易犯的一个错误就是，忽视、轻视孩子——忽视、轻视他们的一些内心感受……"单身母亲的肺腑之言，没有这样的感受绝对说不出来。

"那也不能为了这个就不择手段，不惜利用别人，踩着别人的尸体往上爬吧——你有孩子，别人也有！"宋建平说，带着点责怪，心里头已经原谅了她。"责怪"其实是为了给对方提供一个为自己辩解的机会。她却出人意料地没为自己辩解。

"你恨我也是应该的，因为无论按什么，按水平成绩，按资历地位，你都在我之上，不止一档。所以，我不得不下很大的工夫，很大的额外工夫，去战胜你，以能赢得那唯一的一个名额……"

宋建平于不知不觉中扭过了脸去，她仍看着前方，一张侧脸轮廓极其清晰秀丽。看着前方，她继续说："如果我不这样做，我估计我这次撑破天也就能得个一票两票。老宋，我事先找过所有的评委，跟他们一个一个地谈过，一个一个做工作；有的，还谈过不止一次！你听了是不是更瞧不起我了？你是个清高的人，你清高是因为你自信，你自信是因为你有自信的资本，有真才实学，所以你能为了自尊牺牲实际利益，而我不能。老宋，如果你也肯下我所下过的工夫，哪怕一半，三分之一，我都没戏。"

宋建平惊讶得一句话也说不出。不是为了她做出的那些事，而是为了她说出她做出的那些事。

这时，肖莉扭过脸来，对他嫣然一笑。她笑的时候格外美丽。"老宋，知道吗？这个世界其实就是以这种方式构筑着某种平衡，让所有人都能生存，都有活路。"

第六章

宋建平能够原谅肖莉，大概有这么三方面的原因：一、他是个厚道人；二、肖莉对他的伤害最终没能构成伤害；三、肖莉的坦诚和美丽。最后一点的后一点并不意味着宋建平对肖莉有想法，规律而已。美丽是女人在男人那里的通行证。所有男人。正派的和不正派的。

宋建平现在在娟子所在的那家外资医院工作。这里头娟子的作用只是引荐，最终凭的还是实力：名牌医科大学研究生毕业，在美国进修过两年，说一口漂亮纯正的英语。薪酬是年薪三万美金，税后。较之从前，这变化可谓翻天覆地。人文环境单纯，很适合宋建平的个性。唯一的不如意，是医院规模较小，比原先医院小得多。对医生、尤其是外科医生来说，医院的规模非常重要。但是，谁也不能要求十全十美。因此，对这次人生的重大选择，宋建平可说是基本满意。

他没有将这满意告诉肖莉，不是不想炫耀，但更想保持他在她面前的受害者形象，否则，她怎么可能会如此谦卑？请他喝茶，同他聊天，向他敞开她的心扉。轻拂的微风，碧绿的香茶，如画的山水，身边再有着这样一位美丽聪明的女人作陪，无疑是人生一大快事。是从刘东北那次开始，宋建平才开始懂得了什么叫做生活。生活的内容不拘是工作老婆孩子油盐酱醋。

谈话期间肖莉的女儿妞妞打来了一个电话。电话中她对女儿时而微笑，时而轻斥，大部分时间是唠唠叨叨地叮嘱一些家常事情：什么门要关好了呀，要多喝水呀，要认真写作业呀……令一旁的宋建平感慨，感动。她说的都是实话，她和她的女儿，她们的这个家，都在她单薄的肩上担着呢。肖莉收起电话后立刻敏感地觉察到了宋建平情绪上的变化，神情随之一下子轻松了。她忙给宋建平续茶，把盛皿子的盘子向宋建平面前推，并适时选择了新的轻松话题。

"老宋，你在新单位里是不是有一种如鱼得水的感觉？"

语调里不自觉带出的由感激而生出的讨好、奉迎，越发使宋建平过意不去，觉着自己实在是有一点得便宜卖乖，于是诚恳说道："如鱼得水谈不上，比较适合我而已。外企的人事关系相对要简单，我这人就简单。"

"是，简单。"肖莉点了点头，两眼凝视着宋建平补充，"单纯，善良，可爱……"

刹那间，宋建平脸上的笑容消失了，他做了个"停止"的手势，粗鲁地打断了她："打住，肖莉，打住！不要再挑逗我，不要再给我错觉，不要再让我瞧不起你——咱们刚才谈得挺好，因为了你的真诚！"

肖莉立刻不作声了。宋建平也不再作声。

　　下班了，宋建平走在医院的林阴道上，娟子从后面赶了上来，兴高采烈的。院长杰瑞今天又一次夸她，为她引荐了宋建平。宋建平现在俨然成了爱德华医院的专家，是唯一——个进医院没多久就被允许单独上台的中国籍医生。

　　事情始出于宋建平来后不久参加的一次手术。患者是欧洲某国外交官，急腹症人院。来时已出现早期休克症状，之前有暴饮暴食史，曾被怀疑为急性胰腺炎。奇怪的是血清淀粉酶不高，才200单位，于是决定为他行剖腹探查术。主刀是一位美国医生，宋建平是他的助手。由于患者身份重要，院长杰瑞亲临现场。病人麻醉了，手术巾铺好了，手术即将开始了，这时，宋建平突然发现病人脐部皮肤呈青紫色，仿佛外力造成的淤血。这种情况他在临床上见过，仅止一次，印象深刻，病人术后立即死亡。事后，他查了书。此刻，书上的相关解释一字字在他脑子里飞快掠过：那青紫极有可能是急性胰腺炎特别严重时，皮下脂肪被外溢胰液分解，使毛细血管出血所致——他拦住了美国医生执刀的手。

　　"他有可能是急性胰腺炎……"

　　"血清淀粉酶才200单位。"

　　"除了血清淀粉酶偏低，他所有的症状，暴饮暴食史，都像是急性胰腺炎……"

　　"血清淀粉酶高低才是胰腺炎的重要依据。"

　　"胰腺遭到严重破坏时血清淀粉酶有时反而会降低。"

"如果不是胰腺炎呢？不做手术他会有生命危险！"

"如果是呢？做了手术他更会有生命危险！"

对方从口罩上方紧紧盯着宋建平的眼睛，仿佛要探测他有几多勇气。宋建平毫不回避，迎视对方。终于没有手术。

事后证明了宋建平的正确，那位外交官果然是急性胰腺炎，而且是其中较重的一种，出血性胰腺炎。出院时体重比入院时减了二十公斤，由胖子变成了瘦子，走时高高兴兴与医生们告别，开玩笑说从此后他再也不必为减肥苦恼，全然不知他是如何在生死线上走了一遭，没有人告诉他手术室里曾发生过的激烈争执。美国医生不会告诉他。宋建平更是只字不提。这件事使宋建平备受称赞，不仅医术，还有医德。

外交官出院后到处给他们做义务宣传，使医院在外资医院里声望陡增。好多人慕名而来，院长杰瑞现在正准备进设备扩大医院规模。

"知道吗，"娟子走在宋建平身边，侧脸仰视着他，"今天杰瑞说我是伯乐。"

"说谎说露馅儿了娟子，美国佬哪里知道什么伯乐不伯乐。"

"我说的是他的话的意思！英译汉！"

二人说笑着到了医院大门口，刘东北已等在外面，摩托车不在，手里拎一只皮箱。原来二人马上要去机场，乘当日最后一个航班去上海。美国音乐剧《悲惨世界》正在上海演出，他们托朋友买了次日也就是周六晚上的票，完了周日回来，周一正好上班，什么都不耽误。

宋建平简直不敢相信自己的耳朵，"就为了看个音乐剧，你们就去——上海？"

"美国百老汇的！英文原版！中国首演！"娟子强调指出。

宋建平只是摇着头感慨。一路上就这么感慨着，一直感慨到家。到家后见到林小枫，又跟林小枫感慨："你知道他们去上海干吗？……看音乐剧。我都没好意思问这么一趟下来得多少钱，估计两个人连吃带住加机票戏票，没有几千块别想拿下来。"

"附庸风雅！钱多了烧的！"林小枫当当当地切菜，头都不抬，细细的萝卜丝排着队从她的刀下出来。

"也是一种生活方式，经济基础到这了。想干吗，想上哪儿，哪怕就是为了附庸一下风雅，人家有这个能力，可以做到抬腿打个飞'的'就走。

""羡慕了？"林小枫问，同时抬头看了他一眼。那一瞬间，他看到了那额上的抬头纹。以前那额头光洁晶莹。她似乎是在突然间老了起来。

自宋建平辞职去了爱德华医院，林小枫便承担起了全部家务。其一，爱德华医院离他们家很远，宋建平早出晚归没有时间；其二，不得不承认的是，宋建平成十倍增长的收入改变了他在家中的地位。他现在是支柱，核心，是值得全力保障的重点。

除了工作、家务、孩子，近期林小枫一直在为晋升正高职称准备英语考试，每天没有一分钟空闲，睡觉时间都要挤出一部分来，从前总要去美容院或在家里做一下的美容，更是一概免去。操劳辛苦，睡眠不足，不注意保养，再加上正处于三十六七往四十上走的这个关键年龄段，她的骤然苍老实属必然。

林小枫的英语考试没过，59 分，差 1 分。曾经，英语是林小枫的强项，她有语言天赋，没考过是因为考试那天她突然发起了高烧。发烧的直接原因是头天接当当放学时淋了点雨，间接原因是一直过度操劳免疫力下降所致。夜里，当发觉自己发烧时她一下子吞了四片强力维 C、一片百服宁，企望早晨能够恢复正常。她现在病不得，病不起。宋建平出差外地，就是不出差，她也不想牵扯他的精力。早晨起来时烧似乎是退了些，但是全身疼痛不减，更沉重的是心情：当当要上学，她要考试。若是先送当当走她就得迟到，若是她先去考场当当怎么办？头天晚上打算的是今天早一点走早一点送当当去学校，夜里一发烧把一切计划都给打乱了……

幸亏肖莉。

那天一出家门，就遇上了也带着妞妞出门的肖莉，肖莉马上热情邀请他们同走。之前，肖莉跟宋建平建议过，既然她有车，两个孩子在一个学校，两家住对门，以后当当就跟着她走得了，却遭到了林小枫的坚决反对，她才不会为省事方便就放弃原则。她下过决心，永远不再跟那个阴险虚伪的女人打交道，自当不认识。迎面遇上就直直地过去，看不见。肖莉几次试图与她的目光对接，都被她闪开。为此，宋建平做过她的工作——用不用她帮忙另说，对门住着，这样很尴尬的——被她给顶了回去，还讥讽他是好了伤疤忘了痛。

那次她接受了肖莉的邀请。人再要强，也抵不过现实情况的严峻；肖莉先把她送去了考场，走前还告诉她下午也不要去学校了，她会接当当回来。

考试怎么考下来的林小枫全无印象，只是觉着头痛头昏，犯困，一心一意想躺下，想把沉重的身体放平，想睡觉。走出考场后打了个车直接回家，连假都忘了跟单位请。到家后上床就睡，一觉睡到傍晚，睁开眼时，足有好几秒钟，脑子全然空白，想不起是在哪里是怎么回事，只觉着全身无比松快，感冒似完全好了。待到能思考时，方才发现，她之所以能够睡得如此踏实酣畅，大概因为有了肖莉的那句承诺：下午她接当当。当当此刻不用说，在肖莉家里；不用说，晚饭也在人家家里吃的。

没有孩子的家里静静的。肚子觉得饿了，从早晨到现在她一口东西没吃。她去厨房下面，热热地吃了后，又把碗洗了，才去敲对门的门。

肖莉开门一看林小枫，二话没说扭头就叫"当当"，当当马上欢叫着从屋里跑了过来。有孩子在场，可免去许多大人们之间的尴尬，肖莉大约就是这样想的吧。她的良苦用心令林小枫心头一热，同时想起了宋建平做她思想工作时的话：肖莉一个人带着个孩子还要工作，很不容易的。

林小枫带当当离开肖家，到门口了，又站住，回头道："以前没有体会，你一个人带着孩子有多难。以后有事儿，说一声。"

英语没有考过林小枫难过了好一阵，是夜，半夜未眠。当年，也是目标远大激情满怀，也是学业出色才华横溢。曾经，是全校最年轻的副教授级教师，而今，竟连普通的英语考试都没能考过。明年再考？再考只能更糟。英语不像别的，时间越长越生。当然，反过来说，时间长复习时间同时也长；可是，现在，就她家的具体情况来看，她不可能再有这个时间了。是在近凌晨时一下子想通的：也罢，要是一家只能保一个，那就保他。接着她就睡着了，睡得深沉纯净，梦都没做。

这件事她没告诉宋建平。

宋建平出差回来从老岳母那里听说了这事，他必须得跟妻子谈谈，这是件大事，装不知道不行。谈话的中心，是劝林小枫不要放弃。林小枫不以为然，"你本身不是东西，号称超高也白搭！什么正高，副高，中级，初级，差不了几个钱。虚的，都是虚的。就为了这么个虚衔，闹得狗撕猫咬你争我抢人仰马翻，有什么意思！你就没有评上，现在过得比他们谁也不差，还强！"

"你我还不一样。你毕竟还在这样的环境里，这样的体制下，人家看你，还是得看这些。事实上，人们争这个职称大多数不是为钱，是希望能得到认可，是一种精神上的需要。从前，我们医院内一科就收过这么一病号，为职称没评上犯了心脏病，死了。"

"还真有想不开的！"

"对了，这你算说到点子上了。我就是怕你想不开，你是个要强的人……"

"得了吧，你我还不知道？你是怕担责任。"宋建平嘿嘿地笑了，林小枫不笑，郑重道："放心，建平，这是我自己的选择，没你的事儿。"

林小枫将切好的萝卜丝放进咕咕嘟嘟的锅里，锅里炖着海米，已炖出了乳白的颜色，放上萝卜丝，放上细粉丝，盖上锅盖，接着炖，起锅时放盐放鸡精滴香油，最后再撒上一点点黑胡椒粉，鲜香微辣，一人盛上一碗，吃上后开胃顺气助消化，堪称美味的健康食品。自从痛下了"一家保一个"的决心，林小枫厨艺迅速见长。这天的晚饭是四菜一汤，是林小枫下班后接了当当回到家后赶做出来的。一家三口在餐桌旁坐下，看着桌对面袅袅热气中妻子日见苍老的脸，看着她左一筷子右一筷子地给他给孩子夹菜，宋建平茫然地想，这就是他渴望的幸福生活吗？

刘东北和娟子从上海回来。一进门扔了包，蹬掉鞋，刘东北就把自己放倒在了沙发上，一阵麻酥酥的松快立刻从两只胀痛不已的脚传遍了全身。娟子却依然兴致勃勃，开箱子开包，从里面往外掏东西，掏出一大堆各色包装的小吃，边掏边美滋滋道："就喜欢上海的小吃！"

刘东北从沙发背上斜她一眼，？我说，你是不是为了这才要去上海啊，音乐剧不过是一个借口？……其实那些东西咱这儿都有，没必要非跑到上海。"

"人家不是为这个！"娟子嚷，同时把手里的一包东西当手榴弹没头没脑地向刘东北掷去。

"OK！OK！"刘东北做投降状，"你是为了艺术，顺便——顺便买回来这堆东西。……累死我了。娟儿，以后你要逛商场，尤其是这样大规模地逛，务必请提前通知我，让我有个思想准备，OK？"揉着自己的脚丫子，"至少，至少得换上双旅游鞋吧。"

"别夸张了，有这么严重嘛！我怎么没觉着累？我还穿着高跟鞋呢！"

"时代不同了，男女不一样。"

"德行！"娟子不再理他，撕开20克一小包的小核桃仁，先拈一个放进刘东北的嘴里，再给自己一个，"好吃口巴？"

"北京有！"

"没有这种小包装的！"

"你又不是吃包装！"

"老外了吧？"娟子边往自己嘴里塞着小核桃仁，心满意足地嚼着，边说，"你要想—上班的时候偷着吃点东西啊，还就得是这小包装，一次一包，正好，目标也小。那种大袋的，目标大，不容易隐蔽；一次吃不完，放又没地儿放……"边吃边说，自得其乐，天真、青春、毫无矫饰，令刘东北怦然心动，他忘记了脚痛，一把把她搂了过来。二人在床上一直缠绵到天黑。

傍晚时分，天开始下雨，越下越大，电闪雷鸣，窗子都被大雨浇成了不透明的毛玻璃。娟子深深缩进刘东北的怀里，倾听着外面的风声雨声，脸上是一'片迷蒙的陶醉。

"真喜欢这种天啊，外面刮着大风，下着大雨，我们俩在屋里，在——起……"刘东北没说话，咬了咬娟儿的耳垂儿。那耳垂儿又凉又软。

"我们什么时候结婚？"

刘东北还是不说话，又去咬那耳垂，娟子一摆头躲开了他。

"说话！什么时候！"

"你说什么时候就什么时候。"

于是娟子就说定了。同时说定的，是要举行婚礼。照刘东北的想法，哪天抽空去街道办事处把那个程序走了就完了，根本没必要举行什么婚礼。但是因为有不想结婚的前科，就没敢说；不仅是不敢说，还得表现出同娟子一样的热情和兴致。为此，心里头甚是郁闷。

这天，刘东北来医院接娟子下班，遇上了下班出来的宋建平。宋建平下班前刚接到娟子郑重其事发给他的深红烫金结婚请帖，那请帖此刻就在他的包里，他准备拿回去请林小枫过目，因为请帖上注明了要"携夫人"。宋建平中午和刘东北通过一次电话，一点没听他提及此事，见到后便顺嘴问了一句，一下子引出了刘东北一大堆的牢骚："……我的意思是不办。你说，两个人住都住一块儿了，还走那形式干吗？烦不烦啊？那丫头死活不干！跟你说，哥，我发现这女人啊，甭管古今中外，甭管有文化没文化，甭管是大明星大美女还是乡下柴火妞儿，甭管是现代的还是传统的，骨子里都一样，一样的俗！"

"刘东北，你说什么哪！"

刘东北吓得噤住，一时间不敢回头，娟子的声音近在脑后。

宋建平大笑着离去……

林小枫对娟子却是百分之百赞成。两手捧着那结婚请帖，前面看，后面看，打开看，合上看，仔仔细细研究。横条的布纹质地，大小如一本小开本的书，除了"请帖"两字烫了金外，其余是一片亚光的深红。深红中鼓凸出一枝亮亮的玫瑰，那枝玫瑰两朵花，两片叶，花儿饱满丰盈，叶片细长纤秀，大小不一，高低错落，在亚光的深红中闪闪烁烁……林小枫爱不释手，赞不绝口，钦羡之色毫不掩饰。

"我说，要是你现在结婚，是不是也想照此办理一下？"

"看经济条件允不允许了。"

"要是允许呢？"

—"还用说吗？"

"为什么？"

"为什么,"林小枫两手捧着请帖,轻轻支在鼻子尖上嗅着——那请帖有一股淡雅的清香——神往地答道,"为什么还用说吗?一辈子就这么一次,就这么一次当主角的机会……"宋建平恍然。

接下来的日子,娟子、刘东北的婚礼成了他们闲谈时的主要话题。同时,林小枫也开始着手实际准备,主要是穿着方面。宋建平好办,西服即可,她穿什么就需好好费一番心思。没钱时可以因陋就简,有钱了就不能不对自己严格要求。那些日子,有点时间,林小枫就去逛服装店,没中意的倒罢,稍有中意的,宋建平就得被拉了去,当参谋。参谋的严格意义就是有权说,无权定。所以,尽管宋建平对林小枫要他参谋的每件衣服都倍加推崇,没用。最终,林小枫总会在一番试穿、远眺、近观之后,说出一点或两点不尽人意之处,尔后,放弃。

令宋建平后怕。别人结婚尚且如此,自己结婚又该如何?蓦地,对刘东北生出了无限同情。总算万事俱备,不料,在最后的一刻,林小枫拒绝前去。起因很复杂,点点滴滴积聚的结果。

最开始的一次是她终于定了衣服,买了回来,试穿给他看的那次。也许之前早有端倪,宋建平没发现罢了。

那是晚上,当当睡下了以后,他们夫妻也洗了上床了,聊了几句闲话,聊着聊着,又聊到了他们即将要参加的婚礼。聊得兴起——林小枫兴起——她腾一下子就跳下了床,从衣柜里翻出了那套新装穿上。应当说林小枫眼光是不错的，质地很好的黑紧身衫黑裤子黑鞋，外面配浅藕荷色的毛绒无扣短外套，加一串深海珍珠项链做点缀，简洁高贵，亮而不艳，很适合她的年龄身份和气质。但是，就算如此，也不能一试再试没完没了地试。

从她从床上跳起，要试穿衣服的那一刹那间，宋建平就开始叹息，心里叹息。每次试穿她都要从头到脚，一样不落，包括袜子，包括项链。完后还要端详，还要让他端详，不仅端详，还要发表意见。他发表了意见，她还要就他发表的意见发表意见。整个一套程序下来，得小一个小时。而他这时候已有了睡意，于是人就没那么有精神，表现得就不那么热情。对此她当时没说什么，都是在事后，秋后算账般一一向他指了出来。

当时，当她装扮好了后——连设计中肉色丝袜都没有忽略——让他看，他立刻说好；她似笑非笑地看看他，仿佛不相信他似的，但是没说什么，而是转过身去，自己去照镜子。近景，中景，全景，没完没了。这时宋建平上下眼皮黏得睁都睁不开了，却还得强打着精神敷衍，生怕有一丝得罪，生怕她感到不满。

从前他们的夫妻关系不是那样，从前他们的关系要自然轻松得多。从前要是林小枫这样折腾，宋建平会直截了当告诉她：睡吧。别烦了。我困了。

现在他不敢。这种局面从他辞职去爱德华医院之后开始。原因再简单不过，他在人生的道路上步步高升，她为他的高升牺牲了自己，做出了贡献。

林小枫端详镜中的自己，感慨："老了，真的是老了。"

"谁还能不老?"宋建平随口答道。

林小枫闻之霍地转过了身来，"我真的老了吗?"

宋建平连说"没有"，心里头后悔得直想扇自己。

"那你刚才怎么说'谁还能不老'?"

"这是实话嘛。你能说你现在跟你十八岁的时候一个样? 那当当别叫你妈了; 该叫姐了。"说罢放声大笑。

林小枫根本不笑，根本不为他的虚张声势所惑，掉过身去重新对着镜子审视自己。这时的宋建平睡意全无，小心翼翼地看她，唯愿她不再为他的失言纠缠。她什么都没说，只是走到门边把房间的顶灯关了，于是屋里只剩下宋建平床头柜上的那一盏台灯，屋子里的光线顿时变得昏暗柔和。

林小枫穿过昏暗柔和的光线再次来到镜前。

"这样子就好多了。"她自语，"光线一暗就好多了。人年纪一大，真经不起明亮光线的挑剔了。"宋建平只默默看她，什么话都不敢说。

是夜，一夜无事。

本以为这事就这样过去了，却不料这才只是个序幕，戏还没正式开始。仿佛一出好戏，一波未平，又起一波，一波三折之后，还有高潮。

又一波起在几天之后。是周六，按照事先说好的，他们一家三口去林家。林小枫爸妈这天晚上演出重排后的

《长征组歌》，希望他们能去看看。刚一出门，他们遇上了带着女儿去舞蹈学院上课的肖莉。于是两家人一块儿下楼。当当和妞妞为伴，先行跑了下去，三个大人说说笑笑跟在后面。不知是因为里面已经穿好了紧身舞蹈练功服的缘故，还是因为提前进入了上舞蹈课的状态，肖莉显得格外生气勃勃，由里向外喷发着一股动人活力。

"舞蹈课一直坚持上着啊？"林小枫问道。林小枫现在对肖莉非常热情，这里面除了理解和感谢，还有一种居高临下的心理优势在起作用。

"一直上。"肖莉答。

这时，宋建平掺乎进来搭讪道："难怪！难怪你总是能保持这么好的——"停住，选择了一个较为含蓄的词，"好的状态。……会不会跟练舞蹈有关？"

肖莉笑着以问作答："先说说好的状态是指什么？"

宋建平对林小枫笑："逼着别人奉承她！好吧：年轻，有活力！"

肖莉笑道："你这是夸自个儿呢吧？"又转向林小枫，"林小枫，你发现了没有，你们家老宋这一段时间以来简直就是倒着长，越长越年轻！"

林小枫看了宋建平一眼，也笑："是，是是。我正为这个担心呢，担心他再这样长下去就长成当当了。"

三人同时笑了。笑声中，肖莉说声"我先走了"，轻盈地跑下楼去。宋建平目送她的背影消失在楼梯拐弯处，同时若有所思地对妻子说："小枫，你是不是也可以考虑一下去上一上舞蹈课?"

他没有注意到,肖莉一走,林小枫的脸就"夸答"一下子沉了下来,如果注意到了,或者如果他说这句话前能动一动脑子的话,他决不会这样说。

"怎么,嫌我——'状态'不好?"林小枫脸阴着。

宋建平心里那个悔呀!"哪里!"他想为自己开脱一时却找不到理由,只好嗫嚅道,"这不是说话嘛,话赶话说到这儿了……"

"年轻!有活力!——宋建平,你夸起别的女人来倒是毫不吝啬不遗余力啊!"

"你看看你这人!你不是也一直跟我夸她吗?我这也是一种向人家表示感谢的方式嘛……"

林小枫冷笑一声,噔噔噔下楼,宋建平追去,不小心还把脚给崴了一下,顾不上疼,一瘸一拐,继续追;不追,又是事儿。

林家进门迎面的墙上,贴着老演员演出团《长征组歌》的演出海报。海报上,担任朗诵的林父林母比肩而立,占据了一个最突出醒目的位置。林小枫一家三口刚进门,林父就招呼他们看海报。当当看了一眼就溜了,林小枫比当当强不了多少,勉强敷衍了两句,也走开了——她给妈妈带来了一方大披肩,急于让妈妈试试——结果最终只剩下宋建平一个人老老实实站在海报前,听岳父的讲解,神情认真专注。

"爸!建平!你们看!"是林小枫在叫他们。他们回过头去，看到了披着大披肩的林母。那披肩是林小枫在秀水街为自己挑参加婚礼礼服时发现的，大红大绿大黑，色彩极鲜艳极浓烈。当时宋建平说不会好看，林小枫坚持买了下来。现在看，她是对的。鲜艳浓烈与林母的苍苍白发，组合一起竟是出奇的谐调。后者赋予了前者以高贵，前者赋予了后者以生气。

"真好！妈妈！'二宋建平夸道。

"确实不错！……小枫眼光确实不错！"林父也道。

于是林母披着大披肩走到了海报的下面，和老伴站在一起，问女儿女婿："当初要是有这个披肩，披上它照张相，印这上面，效果是不是更好？是不是看着就能比你爸年轻一点儿？"

林小枫笑道："您本来就比爸爸年轻！"

林母笑着摆手，"年纪上是小着几岁。"突然她想起什么，"哎，还别说，从前有那么一段日子，我长得也比你爸年轻。"转向林父道，"刚进剧团的时候，咱们是不是还演父女来着，你演我爹？"林父笑着点头。林母接着转向女儿女婿，"可是没过几年，我们俩就演夫妻了，再过些年，演母子了，我倒过头来成他老母了！"

大家都笑了。笑声中，林母感慨："这女人啊，老得就是这么快，怎么还没怎么呢，刷，老了！不像男的，总有那么十几二十几年的……停止生长期。你爸四十多岁的时候，看着也就是三十出头，那些年我都不爱跟他一块儿出门，怕人搞不清人物关系，说是妈吧，小了点；说是老婆吧，老了点。"

林小枫的脸阴下来了，一扭头，进了别的屋。别人没注意，宋建平可注意到了。不过这次他没去追，不管她，反正这次的事儿，与他无关。他是过于乐观了，也过于天真了，他老婆的事，即使不是他惹的，也不可能跟他无关。

晚上，看完演出，回到自己家里，当当睡下来后，林小枫对宋建平宣布，她不参加娟子、刘东北的婚礼了。

宋建平一下子急了，"那怎么行！人家大喜的日子，我也跟人家说好了——"

"说好了也不是就不能变了：病了，再不，孩子病了，或者单位里临时有事，都有可能。"

"到底为什么嘛！"

林小枫有一会儿没有吭声，"建平，我去了对你有什么好处？衬托你的年轻吗？"模仿肖莉口吻，"'你们家老宋这一段时间以来简直就是倒着长，越长越年轻'——不不不，建平，我不去，我可不想跟你站在一块儿被人议论。"

"议论什么？不认不识的，他能议论什么？"

"议论什么？用妈的话说吧，我怕跟你在一块儿人家会搞不清人物关系！"说罢，欠身过去，隔着宋建平，叭，关厂床头柜上的台灯。屋子里一下子黑了。宋建平试图再说点什么，她已然翻身过去，后背对他，用"肢体语言"向他表示：她要睡了。宋建平做林小枫的思想工作直做到最后一天，也就是说，次日就是娟子、刘东北的婚礼了，仍做不通。无奈，他只得打电话通知刘东北。

先是拨刘东北家的电话，拨一半挂了，怕万一娟子在那儿，怕她接电话。他没法直接跟娟子说这事儿。娟子给他请帖时曾特地点着上面"携夫人"三个字让他看。记得他当时还跟她开玩笑，说，我一个人去不行？娟子神情严肃道：不行。杰瑞都答应带夫人。带夫人是一种规格一种礼仪一种现代精神。遂又不无怀疑地对他盘问：为什么不想带夫人，该不是觉着夫人拿不出手吧？

宋建平拨刘东北的手机，手机是通的，发出一声声"嘟——"的长音，他捏着话筒，耐心等机主接电话。不料电话是娟子接的。情况是这样的。

这天晚上，睡前，娟子宣布说要睡客厅，就是说，不跟刘东北睡。原因是明天她要结婚，明天晚上才应是她的新婚之夜。当时她刚刚沐浴出来，头发上、脸上、身上，哪哪都挂着水珠儿，如一朵雨后的梨花，娇柔鲜嫩，令刘东北无法自禁，定定地看着，一把将女孩儿横着托起，抱向床去，告诉她，她的新婚之夜不是明天，而是一年前的某夜。娟子一听登时生气了，反抗着，挣扎着，坚决不去床上，刘东北见状马上改口："好好好，明天晚上是你的新婚之夜。但是，今天晚上也必须是。我保证你，天天都是！"什么样的女孩儿能够经得住这样热辣辣的、含义深长的情话？于是娟子再一次被软化，乖乖地任由刘东北抱了上床……宋建平的电话就是在这个时候打来的。本来刘东北的手机的确是由刘东北接的，只因这个时候他不想听宋建平唠叨，但又不敢不听，而娟子可以不听，于是，就让娟子接了。

宋建平一听娟子的声音先就气馁了三分，"娟子，明天的婚礼我太太去不了了，她有点——"

"不舒服？"娟子替他说，仿佛在替他圆谎。

"不不不，是——"

"孩子不舒服！要不就是单位里有事——我不勉强你。反正，我的意见都跟你说过了，你看着办吧。"咣，收了电话。刘东北热情如火地上来，被娟子一把推开。

那边，宋建平听着电话里的嘟嘟声，闷闷地想：唉，要是当时不跟娟子开那个带不带夫人的玩笑就好了。有那个玩笑垫底，现在他说什么都像是一个谎话，一个预谋。

第七章

肖莉晋升正高一事由上级高评委正式批下来了。这天晚上，她把女儿叫到她的大床上，一起睡。妞妞细细看妈妈的脸。一般来说，妈妈叫她跟她睡，通常是两种情况，特别高兴时和特别不高兴时。妈妈的脸笑盈盈的。妈妈笑起来的时候好看极了。班里的女同学都说，她的妈妈最漂亮。妞妞为此自豪。显然，妈妈今天叫她一起睡，是因为她高兴，为什么事高兴呢？

肖莉的确高兴，原因也明确，只是不知道该怎么跟妞妞说。她那么小的个孩子，不会懂得正高副高、中级初级这些大人们的事。但她还是决定跟女儿说。痛苦需要有人分担，幸福也是同样。目前，她只有女儿。

"妞妞，妈妈评上高级职称了，正高，今天正式下的通知。"

"正高是什么呀？"

"相当于——教授吧！"

"噢，教授呀。"妞妞仍是觉着不得要领，想了想，"这很了不起吗？"

妈妈笑了，"有一点点。"

妞妞仍是皱着眉头。她仍是不太明白，只是不知该如何问起。突然，她有了主意，"那，当当的妈妈是吗？"

"不知道。应该不是。"

"他爸爸呢？"

"不是。"口气十分肯定。

有了明确的参照，小女孩儿终于明白了；明白了之后高兴极了，翻身搂住了妈妈的脖子，把柔滑的面颊紧紧贴在妈妈的脸上，"妈妈真棒！"

肖莉闭上眼睛，细细体味女儿温软的小身体传递给她的幸福。

上午，母女俩去上舞蹈课，一出门，遇上了同时也正要出门的宋建平。宋建平衬衫雪白，西装革履，头发梳得一丝不苟，簇新、郑重。他显然没准备遇见肖莉，脸一下子红了，没等对方发话自己先主动解释：他要去参加一个同事的婚礼。

肖莉上上下下打量他，连连摇头，"老宋，你这个样子去参加婚礼，不行。"

宋建平心里顿时有些发毛，"哪里不行？……衬衫？，……领带？……鞋？你说！趁现在时间还来得及！"

"整个的不行。"肖莉说了。

"整个的不行？"宋建平机械重复。

直到宋建平完全的茫然不知所措了，肖莉才大笑出声，"对了！整个的不行！你这个样子去会喧宾夺主的老宋，会让人搞不清今天是谁结婚！"

宋建平这才明白肖莉是在开他的玩笑，同时感觉到的是肖莉由衷的认可和欣赏，一颗惴惴不安的心立刻放了下来。

三人一块儿下楼。

"老宋，你这身行头，得上万了吧？"

宋建平笑笑，没有说话。肖莉立刻明白，不止上万。宋建平现在收入具体多少她不知道，看这架势，低不了。车已经买了，本田；上万一身的服装；前不久林小枫还向她打听，去哪里买房比较好。如此算来，年薪二三十万绝无问题，也许更高。当下心里一动，刚刚评上的正高，也使她底气较足，于是对宋建平说道：

"老宋，你们那儿还要不要人啊？要的话，给引荐一下。"

"谁？"

"我啊。"

"别开玩笑了！你在这儿干得好好的，我们那个小庙……"

"不开玩笑。民以食为天……"

感到肖莉真不是开玩笑时，宋建平沉吟了。引荐是没有问题，成不成就得另当别论。宋建平在爱德华医院能有今天凭的是真才实学，否则，一般中国医生去到那里，人家不管你是正高副高，一律先从普通医生干起，尔后视其业务情况，决定升与不升。以肖莉的业务水平，以宋建平的判断，她恐怕很难干得上去。干不上去，就不如不动。现在她收入虽说低些，可还有个地位，有个身份。她是个自尊的人，不会为了点钱就放弃一切。再说钱对她也不是多么紧迫的事儿，除了她的收入，她前夫在这方面对她们母女一向非常宽厚。综上所述，他认为她不动为好，却又不知该怎么说。总不能跟人家说，你业务不行。

"老宋?"肖莉催促。

"要不这么着，"宋建平有了主意，"今天的婚礼，我们医院除了值班的，几乎全去，头头脑脑都去。你上完了课后，顺路去一趟，先感受一下。如果感觉好，我就替你引荐，怎么样?"心想，等肖莉去了，他就可以通过介绍同事的方式，把医院状况不动声色地介绍了。当她看到某些原先的专家现在干的是普通医生的活儿时，对自己就会有一个正确评价和掂量。她业务虽然一般，但在别的方面，尤其人情世故方面，颇有悟性。这种事最好是能自己悟出。他不想让她尴尬。

肖莉欣然同意。当下说定，她上完舞蹈课后，就去婚礼现场找他。

不料等肖莉上完课赶到婚礼现场时，宋建平喝高了。宋建平的没有"携夫人"成了今天被他的中国同事罚酒的一个把柄。一上来，还没怎么吃东西时，就被新娘娟子罚了三大杯干红，当下就有些晕晕乎乎。他一向不胜酒力，很少喝酒，除了那次的小酒馆醉酒，从没醉过。那次喝的是白酒，还没感觉到什么的时候就被撂倒了。这一次感觉不同，感觉不错。走路都不用费劲，一路飘着就过去了。婚礼方式是西式的，西方酒会式的。偌大的厅里，散放着餐桌，桌上摆满各种饮料、糕点、冷肉。客人们无固定餐桌，谁用谁取。宋建平一路飘着一路喝着，来者不拒，不知不觉地就喝高了。肖莉到的时候，正是他状态最好的时候：飘飘欲仙，如梦如幻。看到肖莉，笑眯眯招手让她过来。

肖莉绕过一张张餐桌，向宋建平走去。所到之处，无不引起人们的注目。宋建平感到了人们对这个向他走来的女人的欣赏，男人的虚荣心顿时得到了极大满足。肖莉来到了他的身边。

"宋医生，给介绍一下啊！"立刻就有人大叫。

宋建平一把搂住肖莉与之并肩而立，嬉笑着："这还用得着介绍吗？"

"哇噻！男才女貌啊！"一女孩儿尖叫起来。作为对她尖叫的呼应，宋建平在肖莉腮上亲了一口。立刻有闪光灯雪亮地及时一闪，负责婚礼拍照的人把这珍贵的一幕给拍了下来。肖莉知道宋建平是醉了，笑着皱眉看他，试图把他推开。结果不仅没有推开，却被他拥着下了舞池。

娟子看肖莉的目光充满羡慕。那是年轻女孩儿对成熟女人的成熟美的羡慕。同在场所有人一样，她也认为这就是宋建平的夫人。同时也认为，这是很般配的一对。在场的唯一知情人是刘东北，他却始终保持缄默。他不能跟任何人出卖他哥，哪怕这个人是他的妻子。不仅是保持缄默，看着在舞池里将肖莉紧紧拥在自己怀里的宋建平，心里还感到阵阵的幸灾乐祸：你不是传统吗？你不是正派

中国式离婚

吗？这么传统这么正派的人怎么还会做出这种事来？别想拿喝多了当借口，如同酒后吐真言一样，酒后露真情。那真情就是：所有男人，只要他是男人，就不会对美丽的异性视而不见无动于衷。

舞池里，肖莉几经努力，方把宋建平推开，并扶到了沙发上，宋建平立刻倒下就睡。林小枫就是在这个时候到的。

这天，宋建平走前，林小枫就走了，和爸爸妈妈当当一块儿去了香山。本来没打算去，突然地就在家里待不住了，无端的烦躁，于是决定去香山。潜意识里，是想用这种表面的忙碌和快乐摆脱掉内心的空虚。不想刚到半山腰，妈妈把脚给崴了。好不容易连搀带扶磕磕绊绊地到了山下，妈妈脚已肿得老高。当下给宋建平打电话，想通知他去医院里等，他们随后赶到。不料电话打不通，想是婚礼上太过热闹听不到铃声之故。于是决定，回来时路过宋建平参加婚礼的酒店，叫上宋建平。一开始妈妈不同意叫他，说上医院不一定非他不可。林小枫却说："上医院不一定非他不可。回家上楼怎么办，我们仨谁能背您？"老太太便不吭声了。

林小枫按照服务员的指引向宴会厅走，路过洗手间时，刘东北从里面走了出来。他没看到她，她看到了他。他是太醒目了，簇新的西装不说，口袋里还插着一枝玫瑰花，于是她叫："东北！"

刘东北听到叫声，大脑还没有明确反应过来是谁，心已被吓得跳了一跳，慢慢地，他转过身去，发现自己的感觉没错。"嫂子！"他欢天喜地地说，"您来了！我哥说您不来——"

那欢天喜地是如此真挚，让林小枫不由得歉意，第一次想到不该因为了自己的任性，就置他人的感受于不顾，"对不起东北，我今天实在是有事。宋建平呢？"

"您不是来参加婚礼的？"

"我妈脚崴了，有可能骨折了。"

刘东北在心里大大地松了口气。只要她不是来参加婚礼的，就好办。否则，就算他哥此刻没有什么忌讳，林小枫的现形，她的出现也是件颇为麻烦的事，因为，现在，那里边，人人都认为宋建平的夫人是肖莉。刘东北把林小枫安排在大堂里等。

"里面人很多，得找。我去给您找。"刘东北礼貌周到地给林小枫叫来了一杯鲜榨西瓜汁。林小枫也乐得在外面等：一张素脸，一身家常服，她不想这副样子出现在这种场合。

在沙发上呼呼大睡的宋建平被刘东北叫醒，一听林小枫来了，吓得酒登时醒了一大半。尽管醉了，他对自己刚才的所作所为、对自己的潜意识绝不是一无所知。他所担心的正是刘东北替他担心的：现在，这里人人都以为他的夫人是肖莉。林小枫来了，他介绍还是不介绍？介绍，怎么介绍？说林小枫是他的夫人，那肖莉是他的什么？他从沙发上爬起来，跟着刘东北匆匆向外走，跟肖莉都顾不上说，只嘱咐刘东北帮着招呼一下。

林母果然是骨折了，足背第五根骨头骨折。从医院出来后，那只脚就根本无法沾地，最终，是宋建平背着她上了楼。宋建平把老太太背进家已是满头大汗，放下老太太，气都没喘，就张罗着铺床，放靠垫，帮老太太垫高伤脚……忙得不亦乐乎。弄得老太太非常过意不去．又不便跟女婿过于客气，只好不停地招呼林小枫："小枫啊，这里这么多的事——做饭你急什么！这才几点！"

这时宋建平正抱着林母脱下的外套外裤向外走，林小枫在厨房里高声地回道："没事儿，妈妈！他照顾您还不是应该的。"嘴上这样说，其实心里头充满对宋建平的感激，还有歉意。自己是有些任性了，不知在他同事的婚礼上，自己的缺席，会不会对他有什么影响。宋建平把林母的外衣在门厅挂好，路过厨房时被林小枫叫了进去。

"建平，"接下来本想说"对不起"，话到嘴边又拐了弯。不习惯。一向不管什么事，即使她心里早已认了错，也只是表现在行动上，嘴上是从不说的。看一眼丈夫脸上累出来、忙出来的涔涔的汗，她说："建平，妈妈骨折了，我恐怕得住在家里了。"

"那是当然。这时候家里没人不成，光指着爸爸不成。"

"当当只有交给你了。"

'役问——'"题"字还没有出口，宋建平猛然止住。婚礼开始时，杰瑞跟他说让他去四川，参加一个重要会诊；会诊结果如需手术，他还得留下给人手术。他跟林小枫说了这事儿。

"需要多长时间？"林小枫闻此停住了择菜的手，抬头关心地问。

"说不准。"

"……去吧。"

"当当怎么办？"

"跟着我。"

"算了，我跟院长说，让他换别人去。"

"那怎么行！"林小枫接着低头择菜，意思是，这件事就这么定了。

宋建平定定地看妻子埋头择菜的侧脸。从侧面看，她比正面看更要显老。主要是脖子。本来，那脖子到下颌是一条流畅圆润光滑的曲线，现在，流畅圆润光滑不复存在，尤其当她低下头来的时候，下颌下面会耷拉出一块明显的赘皮，松松的，毫无弹性的。女人老，先老脖子。宋建平不敢再看，下意识地，无明确目的地，伸出一只手，搁在了妻子的肩上。那肩在他手下微微一颤。片刻，林小枫含糊地说："建平，今天的事儿，对不起，是我太任性了……"

悲哀，酸楚，感动，一时间，宋建平心里百味杂陈。

阳光铺洒在办公桌上，晒着摞着高高的作文本。院子卫充满孩子们的笑闹声，正是中午休息时间。林小枫埋头批改作文－，批到妙处，笑了起来。抬头四顾，办公室里没人，不由得失望。通常碰到好作文，她总是要念给她的同事听，一块儿分享属于老师的那种喜悦。这是一篇记叙文，写得真实、平实、不拘一格，其中最让林小枫欣赏的有这么一段：

"周日出去玩了一趟，和小学同学，四个人。总的来说，尚算愉快，没什么大喜事，但是挺轻松。细细分析，大概是因为和小学同学无功名利禄之争吧。就算什么也不说，什么也不做，静静地在一起，就挺好。……"

林小枫埋头写批语：好！寥寥数笔，轻描淡写，就使一个面临中考的初三学生的学习环境、压力、心情跃然纸上。

这时，一女老师拿着洗好的饭盒进来，一看林小枫的架势，不由笑了起来："林老师，你写起批语来，比学生的作文都长了，照这个速度，什么时候才能批完那些作业？"

林小枫抬起头来，怔怔地看对方，"开饭了？"

"都吃完了。"

"怎么不叫我一声！"

"叫了你不止一声！……快去吧，现在还来得及。"

林小枫看了看堆得高高的作文本，深吸了口气，"算了。免了。一顿不吃死不了人。"复埋头于面前的作文里。

林小枫担任着两个初三班的语文教学，同时是一个班的班主任。一般说来，语文老师的工作量比理科老师的工作量要大，大得多。从教学上说，理科的教学内容是相对稳定不变的，语文的教学内容则是要"与时俱进"的。内容与时俱进了，老师的备课讲课都要与时俱进，不可能像理科老师那样，一套教案只需做小小调整，便可以一直这么用下来。这是——部分的工作量。再就是批改作业。理科不仅内容固定，作业答案也固定，1 加 1 就是等于 2，没什么好说的，批起来就简单得多。语文就不一样了，语基部分还好一些，阅读部分，尤其是作文部分，作业的批改质量除了老师的水平，很大一部分要仰仗老师的职业道德，或说良心。一目十行地草草看下来，最后写上个"优""良""差"，是批；逐字逐句认真看，并且把看后感觉到的优劣一一给学生指出来、写出来，也是批，但工作量就会因此有着天壤的差别。与此成比例的，是学生的受益程度也会有着相同的差别。

　　这次的作文题目是"记一个星期天"。于是孩子们就开始"记"了，从早晨起床，"记"到晚上睡觉，中间部分要么是帮父母做家务，要么是如何认真写作业，要么是出去跟什么人玩了些什么，说.白了，就是一本本流水账，有"事"而没有"人"。这一篇篇大同小异的作文使林小枫看得头都大了，她仍是认真看，一本本批；你不批，不给他指出来，他就不会进步。说到底，语文老师要教会学生的，就是说话、表达；用笔说话，用笔表达。如此，对学生作文作业的批改，就显得非常重要。终于看到的这篇好作文仿佛是一支兴奋剂，使已相当疲惫的林小枫精神为之一振。埋头继续批改，直到下午上课。

下午上课时方才感到了饿，肚子咕咕地叫，她不得不提高嗓门，以盖过肚子的叫声。否则，绝对会让前排的学生听到，那将多么不雅。

下午上了两节课。放学时，桌子上又堆了两大摞孩子们的作业本。习惯性地想装进包里一部分，带回家去批；装一半又拿了出来。回到家根本就不可能有时间批，何必做这种姿态自我安慰？再说回去的路上还要接当当，要买菜，背着装满作业的大包跑东跑西，何必？还是实际一点为好。

林小枫骑车往实验一小赶，腿肚子发软，一点劲儿没有。一顿饭不吃固然死不了人，但是感觉肯定比死要强烈——她一边奋力蹬着车子，一边感慨。又坚持蹬了一会儿，实在蹬不动了，只好下车，在路边小店买了一袋"乡巴佬鸡蛋"，也顾不得雅与不雅，就站在人家的柜台前，撕开，几口吞了下去，这才有了力气重新上路。

宋建平出差外地，妈妈骨折卧床，爸爸须臾不得离开，于是，家里的事情全部落到了林小枫肩上。回到家，分秒必争地洗菜做饭，吃完了收拾，收拾完了给儿子洗、给妈妈洗。等一家人都睡下了，她还要把老的小的换下的小衣服洗出来。次日六点就起，忙早饭，督促儿子起床穿衣服，吃饭，送儿子上学，自己上班……工作也是她忙碌的一个大头。学生中考在即，这是孩子们一生中的第一次冲刺。学校里抓得很紧，开会次次讲，大考小考名次回回排，硝烟弥漫。

把爸爸妈妈儿子换下的小衣服、袜子等洗出来，已是晚上近十一点了，林小枫却还不能睡，明天下午家长会，她还得做一点必要的准备。

家长会通知的是下午三点，一点刚过，就有家长在校门外徘徊。想是怕路上堵车，来得过早所致。都是一个孩子，独生子女，家中的希望，父母的命根，谁都怕万一迟到，在关键时刻漏掉了关键信息，因此而贻误了孩子的一生。

下午林小枫没课，坐在办公桌前批作业。家长会要讲的内容头天夜里已做了充分准备，写在了本子上，却仍是心神不宁。从她办公桌旁的窗外看下去，正好可以看到校门外的情景。随着开会时间的逼近，校门外渐渐聚起了一大群家长，校门口的那条狭路更是被家长们的汽车、自行车占去了一半。

在最近一次的考试中，她带的班的名次由年级第二一下子降到了第六，这就是她心神不宁的原因，也是近日压在她心上最重的一块石头。她该如何对家长解释，又该如何面对他们可能的诘难？心里一点底都没有。

林小枫在讲台上讲话。孩子们的座位上座无虚席，家长无一不到。林小枫的讲话已近尾声："……总的来说，孩子们都进入了初三的学习状态，我们也一直在进行这方面的气氛渲染，希望家长们配合，在家里也进行这方面的气氛渲染。我就讲到这里，看家长们还有什么问题？"

"林老师您看我们有没有必要给孩子请家教？"一个家

长高声说道。

"我个人认为，"林小枫谨慎答道，"只要严格地跟着学校老师走，应该没有问题。现在孩子们的负担已经很重了，再额外请家教，我怕会适得其反。当然，个别孩子某科如果落得太多，必须请家教，也不是不可以，但希望你们事先能跟任课老师沟通一下，咨询一下，有的放矢为好。"

这个家长没再说什么。这是位男性家长，也许他不想让台上那位看上去清秀而略显憔悴的女老师过于难堪。他请家教一说其实是一种委婉说法：孩子们成绩下降，是不是老师的问题？

一位女性家长就没这么客气，"林老师，刚才我们听了一下这次考试的成绩，这个班的成绩从上次期末的年级第二降到了第六，什么原因？马上中考了，班里的成绩反而下降，我们很着急！"轰，议论声骤起，接着这个家长的话，家长们七嘴八舌，一发而不可收——狼终于来了。

林小枫决定辞职。事先跟谁都没说。跟丈夫，跟父母，跟同事，都没说。小事勤商量，大事不商量。

宋建平那边的工作越来越忙，出差越来越多，早出晚归不说，常常，业余时间都得搭上。随之而来的，是他收入的成倍增长。目前，他已成了家中当之无愧、毋庸置疑的经济支柱。但是，再随之而来的，就是他没有一点时间一点精力顾到家里了。最忙时，他一天上过三台手术。那天，他累得回到家里倒头就睡，一睡不醒，有尿也不醒，生生地尿在了床上，直到睡在身边的林小枫都被他的尿泡得醒了过来，他都没醒。

左右考虑，前思后想，林小枫决定辞职。如果是干别的工作，任何工作，只要不是教师，林小枫都不会辞职。从小，她从妈妈那里受到的教育，就是自立；从上小学，她的成绩就一直是名列前茅；高考时没有让父母操过一点心，稳稳当当，一举考过；工作后，是他们那拨老师里第一个当班主任的，第一个被评为优秀教师的，第一个晋升副高的。她热爱她的工作，热爱她的学生。决定辞职后，班里头那个平时最淘最让她头疼的、曾一心盼着他立马转学走人的刘天天，都让她觉着难以割舍。

家里的事情无人可与分担，工作丝毫容不得懈怠，懈怠的直接结果是误人子弟。在这种情况下，如还有一点教师的良知，唯有辞职。明知孩子们不喜欢老师的唠叨，尤其不喜欢老师下课铃都响了时的唠叨，这天，下午放学后，林小枫还是把孩子们多留了一刻钟，对孩子们最后"唠叨"了一回。话还是那些话，一定要好好学习之类，但是，这一次，孩子们表现得格外安静。她话刚一讲完，刘天天就举手站了起来。刘天天身高一米八〇，在班里男生算中等个儿，这一代孩子营养好。尽管身高超过了一般的成年人，脸却还是娃娃脸，毕竟年龄在那，刚满十五。"老师，这次考试班里成绩下降，是我的责任，是我拉了班里的成绩，不是老师的责任。希望老师给我一个机会，不要对我失望……"说到这，一下子哽住，娃娃脸因此憋得通红，片刻后，泪水流下。就是这个刘天天，有一次跟人打闹打破了头，事后缝了五针都没有掉泪，十五岁的男孩儿，视掉泪为耻，此刻，却当众流了泪。

女孩子们更不用说，早已哭得稀里哗啦。林小枫扭头冲出了教室……

同一天，宋建平被提升为爱德华医院的外科主任，副的这一级都没经过，直接扶正。任命是在全院大会上公布的。会议结束后，宋建平一秒钟都没有滞留，匆匆向外走。生怕这时候人们就此说些什么，恭维，祝贺，调笑，他都怕。他表面清高，内心里其实相当羞涩。也许这二者原本就是一回事。

不想娟子根本不顾及他的感受，脚步轻盈地从后面赶了上来，与他肩并着肩走，故意声音很大地叫："宋主任！"

"娟子！"他慌得回头四顾，轻斥。

"不习惯是吧？"娟子笑，"习惯习惯就好了。等以后，别人不叫你主任，你倒会不习惯了。"

宋建平叹了口气："娟子，你有什么事吗？"

"嗯——现在心情如何？"

"你还有完没完啊？"

"你们这些中年人啊，没劲。不高兴的时候，忍着；高兴的时候，还忍着。这样活着有什么意思？我就不像你，不高兴就——"

"——哭；高兴了就笑。"

"对！"娟子头一点，"就说刚才，宣布你为主任的时候，我就很高兴。为什么？你是我引荐的嘛，你的高升也证明了我的水平，这使我有一种成就感。对于这点，我毫不掩饰。不像你，板着个脸，一脸的严肃。"

"那你说，我应该什么样？"

"先说你高不高兴？"

"高兴。"

"你有一点高兴的样子吗？脸上连起码的笑意都没有。"

宋建平不等她说完便咧开嘴巴冲她做大笑状："哈、哈、哈、哈！"

娟子被逗得前仰后合，发出一连串清脆的笑声。

娟子提出请客，让宋建平请她的客，宋建平爽快答应。他高升了，应该请客；他是通过她的帮助才有的今天，也应该请客。再者，同这样一个妩媚开朗的年轻女孩儿一块儿吃顿晚饭，也不失为一件轻松愉快的事情。经过了长时间的紧张劳累之后，他想他有理由轻松愉快一下了。

吃完饭已经很晚了，十一点多了，到家时小枫却还没睡，正蹲在卫生间的地上搓洗当当换下的小衣服。家里大衣服可以用洗衣机；天天换的小衣服就没法用洗衣机。尤其天热的时候，待攒够一缸再洗，衣服都该馊了。宋建平曾提出买一台小洗衣机，那点钱现在在他们根本就不算事，但是，林小枫说，买了小洗衣机放在哪里？于是，就涉及到了房子小的问题，顺理成章地，就牵出了买房子的问题。所谓"钱再多也不算多"，其实说的就是这种现象：钱多了就想提高生活质量，而人们对于生活质量的期待，永远会走在经济实力的前面——如不是这样也就没有了奋斗的动力。

看到背对着他搓衣服的妻子，宋建平心情很好地悄然一笑。他没有理由心情不好：刚刚与一个可爱的年轻女孩儿吃了一顿可口的饭，工作中刚刚得到了一个高质量的提升。一切迹象表明，他在人生道路上，已经乘上了顺风的船。他顺手抄起门边的一个小凳，塞到了蹲着的林小枫屁股下面。林小枫就势坐下，没说话，没回头，不意外。她当然是早听到他回来了。心情很好的宋建平对林小枫的淡然毫不在意，或者说，对林小枫的异常毫无觉察。成功的喜悦，急于报喜的急切，使他的感觉有一些迟钝，"小枫，跟你说个事儿啊？"

林小枫使劲搓衣服，头也不回，"说。"

宋建平却不想就这样轻易地把那么重大的消息宣布了，贴着墙走到林小枫的对面，在马桶上坐下，与林小枫面对着面，一手扶着她的肩，"猜猜什么事儿？"

林小枫身子一斜把他的手抖落开，"别闹了！赶快洗完了赶快睡！时间不早了！"

宋建平有点失望，但基本情绪没受到影响，他深信只要他发布了他的消息，林小枫定会欣喜若狂。他一字字地道："小枫，我被任命为我们科的主任了。主任！"意思是不是副主任。

林小枫头不抬手不停，"噢，是嘛。"

这下子宋建平真不明白了。一时间怀疑是林小枫没有听明白。

"小枫，你听明白我说的话了吗?"

"明白。挺好的。"说着，她打开水龙头，开得很大，同时，动作很大很响地涮衣服。

宋建平这才发现事情有点不太对头，一伸手，关上水龙头，伸过头去看林小枫的脸，大吃一惊：林小枫满脸泪水。

深夜，林小枫在宋建平的怀里恸哭，宋建平只有紧紧搂住她，无言以对。

"听说我要辞职，全班孩子们都哭了……"

"知道我知道。"

"你不知道我是多么喜欢我的这些孩子……"

"知道，我知道。"

林小枫摇头，痛苦万分，"你不知道，你不可能知道……"

"这么大事，你该跟我商量一下。"

"商量也是这个结果。一方面，是妻子，母亲，女儿，无人可以替代；另一方面，是老师，但却有人可以替代。左右权衡，综合考虑，唯有辞职。干，我就要干好；干不好，我就不干。如果是别的工作，我也许就凑合干了。老师不行，老师尽不到责任，就必须走。老师不能拿着孩子们的前途当儿戏……"

之后，这几句话她反复嘟囔，嘟囔了半夜。宋建平能做的只是搂住她，不停地抚摸她。她的肩背瘦得硌人。

刘东北等在医院门口，娟子没有出来，宋建平出来了。刘东北一见他就嘿嘿地乐："哟，宋主任！"

"少跟我贫！"

"感觉怎么样？"

"别说废话。说正事。"

"你说。"刘东北立刻正经起来。

宋建平刚要说，来电话了，电话是林小枫打来的，"建平，刚才打你办公室电话你不在，这就下班了？"

"还没有。出去办事回来碰到了一个朋友，说说话。"

"朋友。谁呀？我认不认识？"

"认识认识，小刘……就那个，在哈尔滨我们两家……对了，就是他。没问题。"把电话给刘东北，刘东北指指电话指指自己，无声地：找我？宋建平点头。刘东北拿过电话，"嫂子，有什么指示？"

"小刘啊，你结婚我也没去成，有空来家里玩吧。"

"好好，谢谢嫂子……再见。"

这就是宋建平想跟刘东北说的事：自辞职后，林小枫对他的依赖性空前增大起来。经常在上班时间打电话找他；也没有什么具体的事，但是找不到他她就会心烦意乱。一刚开始，宋建平还以为她是不习惯，等习惯了就好了；不料随着时间的推移她不仅没有习惯，电话反而越打越频。于是他想，她是不是由于工作惯了，一下子闲下来，在家里无聊所致？刚才在楼上办公室看到了等在医院外面的刘东北，就下来了，想跟刘东北说说。别看这小子吊儿郎当，对生活有时确有一些他所不能及的真知灼见。

刘东北听罢连连摇头，"她这样给你打电话绝不是你所认为的时间多得没处打发，她干吗不给她爸她妈打电话？还有，朋友，同事，同学，干吗不打？……老宋，她已然开始感到空虚感到危机了！哥，得赶快想办法了，一个原则，绝不能让她把所有的精神情感都寄托在你这里，不能让她吊死在你的身上！"

"没那么严重……"

"这才刚刚开始！"

"你说怎么办？"

"不能让她闲着，闲着就会没事找事无事生非。你得给她找事做，各种各样的事，一件接着一件，总之，让她充实，充实得忘记了你！……"

第八章

　　宋建平动员林小枫学开车，林小枫犹豫不决。宋建平便以自身的体会去打动她：不开车不会知道开车的美妙；开上车后，生活方式生活内容都会因之改变。最简单的，想上哪儿去，不会再因为交通工具方面的原因而犹豫，而耽搁了。正是最后这点使林小枫怦然心动。

　　老演员合唱团曾组织其成员去了一次位于昌平的某温泉中心，回来后老两口便念念不忘，尤其是妈妈。脚伤虽说痊愈了，但是每逢阴天，或走路稍长一点，就有感觉。去温泉泡了一天，回来后就说舒服。也许是心理作用，心理作用也是作用。林小枫很想带妈妈再去，打听了一下，乘车相当麻烦。先得乘车到某地，再换乘温泉中心的专车，这倒也罢了，关键是，换乘的那辆车，能不能有座难以保证。他们一家，老的老，小的小，就林小枫还算有一点战斗力，一个人带着两个老人一个小孩儿，想想都累，遂作罢。也曾让宋建平开车带他们去过，宋建平只有休息日有空。你的休息日也是别人的休息日，休息日里，温泉中心人多得像下饺子，拥挤不堪，毫无乐趣可言，那次他们去了一会儿，便匆匆打道回府。如果她学会了开车，肯定不至于这么被动。

接送当当上下学不用说了，从前，没钱的时候，自行车接送，没二话，没选择。最痛苦的是，有了点钱，而钱又没有多到某个高度，每次出行，就会在打车不打车的问题上犹豫。后来确立了一个原则，平时不打车，刮风下雨时打。不想你是这个思路，别人就可能也是这个思路。一次雨夹雪，她和当当在路边站了二十分钟，愣是没车，没空车。这时就是转回去骑车也来不及了，最后是走了半站地坐的公共汽车，当当迟到了。那次宋建平没在家，车闲在家里，她要是会开车，问题不全解决了？就是宋建平在家，也不能让他送。当当学校在城南，宋建平医院在城西，凭北京这个交通状况，这么一趟走下来，没有一上午也差不多少，宋建平别上班了。

看到林小枫动心了，宋建平进一步游说：虽说买车的各种费用算下来，实际上比打车要贵，但是心理感觉不同。打车一个来回几十块钱会觉心疼，有了车，反会有一种不开白不开的感觉，人一下子就解脱了，就潇洒了，就不会再有那么多选择的痛苦了。至于带妈妈爸爸去温泉中心或别的什么中心，也都将不再是问题。

林小枫边听边点头。的确，那样的话，不仅是生活方式的改变，而是生活质量的提高。

"怎么样，报个名学吧？"宋建平不失时机道。

"我开车，你上班怎么办？"林小枫忽又想起一个问题。

"给你单买一辆。"

"不行不行，那怎么行！不说我们家还没到这个经济水平，就是到了，一家三口两辆车，也太招摇了。"

"只要我们有这个能力，只要我们需要。……你我已不年轻了小枫，人生不过几十年，何苦要活给别人看？"话说得是如此语重心长，最终，林小枫点了头。宋建平如释重负。

刘东北建议他给林小枫找事做，学车就是他想到的既有用又可行的一件事。想像着林小枫学会了开车以后，就可以开车接送当当上下学了（那曾也是宋建平一个很重的心理负担），可以开车采购逛商场了，可以开车带着父母孩儿随便去哪里玩了，单调的退职生活因此就可以变得丰富多彩了，心里头不由得一阵轻松。

林小枫很快就学会了开车。之前所顾忌的不敢开，不记路，全是多虑。刚开始她的确兴奋了好一阵。那些天几乎天天要跟宋建平说开车的感想、体会。真好啊，有车，会开。尤其在刮风下雨天，在恒温的车厢里，看着一窗之隔车外行人的辛苦状、狼狈状，会于舒适中油然产生出一种优越。为此，她通读了《北京生活完全手册》，把想去的地方——购物的，文化娱乐的，运动健身的，旅游休闲的——全部标了出来，尔后跟她的父母一块儿制订计划，这礼拜去哪儿，下礼拜去哪儿，再下个礼拜又去哪儿。决定了去哪儿后还要为去那儿做一系列准备，采购吃的、用的、行头，等等等等。

第一次出行，他们就去了妈妈向往的那个温泉中心。

由于是非休息日，那里的人少极了，假日里挤得满满当当
的浴池里，常常是没有人或只有几个人，而那几个人一般
都是一家人，看到有人来了马上起身就走——既然有那么
多浴池可选，谁不愿意只同家人一起，独享一份安宁的温
馨？牛奶浴池、玫瑰花浴池、中草药浴池，中草药浴池里
又分出若干种浴池：治腰酸背痛的，治皮肤瘙痒的，治肾
亏遗精月经不调的……管不管用不知道，但那微烫的水
温，乳白的牛奶，鲜艳的玫瑰花瓣，散发着芬芳的中草药
袋，却是千真万确看得见触摸得着的，让人心身舒泰。

　　周末晚上来了个电话。当时林小枫正在卫生间给儿子
当当洗澡，电话是宋建平接的，电话里传出的男中音优雅
得甜腻："你好，请找林小枫。"音质音调酷似专为外国绅
士配音的某著名配音演员。宋建平忍了忍，又忍了忍，才
算把"你是高飞吧"几个字忍了回去。好歹也是个文化
人，心里头再反感，也得表现大气，二话没说放下电话扭
头冲外叫道："你的电话！"

　　林小枫小跑着过来，湿手都顾不得擦，大把地攥起了
话筒，动作神情中充满了期待。听宋建平的口气电话显然
不是她爸妈打来的——电话铃一响她就开始听了——那
么，是谁？

　　从前，她上班时，最怕晚上有人来电话找她，找她的
人太多了，或同事或学生家长，或这事或那事。尤其是学
生家长，说起来没完没了，身为老师，林小枫这边不管多
忙，还得以礼相待。所以那时候，晚上家里来电话时，她

中国式离婚

通常不接，由宋建平接，以便有个余地：她实在忙不过来，可以让宋建平挡驾。

现在，她有时间了，那些电话却不再有了。除了爸妈那边，找她的电话立刻变得少而又少。

"喂？"林小枫对话筒道。由于不知对方会是谁，也由于期盼，声音不由得有一些拿捏，娇柔如同少女。但是即刻，神态大变，语气也随之大变，音调一下子低了不止八度，恢复了中年妇女本色。"噢，高飞呀，你好。"不冷不热。对方在那边说着什么，她在这边只是听，连"嗯""啊"等表示在听的语气词都没有。起码的礼貌都没有。

"我最近事很多，不一定去得了。到时候看情况再说吧。再见。"最后，她这样回答，尔后就挂了电话，边向卫生间走边对宋建平说，"又来这一套。什么同学聚会，什么为来北京的老同学接风，见鬼去吧。"

"要我说，去。"

"干吗，再去给某某领导夫人当陪衬当电灯泡？我吃饱了撑的！"这声音的后半截已是从卫生间里传来的了，没等宋建平再说什么，哗哗的淋浴声已然响起。

宋建平却想，得劝她去。正是林小枫让他深刻悟出，人们上班不仅是物质需要，同时还是一种精神的需要，看林小枫对电话前后截然不同的两种态度，就知她现在多么渴望与人交往，多么需要有一个相对稳定的社交圈子。她的自尊使她不肯承认这点，她不承认他就不便直说，因此只能在遇到事的时候，不动声色不露痕迹的，因势利导。

晚上，夫妻躺下来后，他再劝林小枫，说理加激将：从高飞那方面讲，他的做法没有错。固然他是为自己，但同时并没有害别人——应当说是利己不损人；从她这方面讲，固然是当陪衬当电灯泡，但同时吃了喝了玩了见了老同学——等于是助人为了乐。

"不过——"说到这里他打住。那边林小枫正听得入神，就问他"不过"什么，他方才说了，"不过，如果你对高飞当年的感觉要是没完全那个什么的话，还是不去为好；那样的话，他的做法对你就是一种刺激，一种伤害了。"

林小枫的回答是："啊——呸！"

晚些时候，高飞电话又打了进来。刚才林小枫说"看情况再说"，这次他是想落实一下"再说"的结果。倘若林小枫不去，他也好及时另安排别人——林小枫想。

林小枫对高飞说她去，电话中高飞表现出的欣喜让她冷笑不已，为让对方知道她不是傻瓜最后她半开玩笑地补充说道："有什么可谢的？配合老同学工作是我应尽的责任。"说罢，不容对方再说什么，就把电话挂了。

无论是林小枫还是宋建平都没有想到，这次，他们恰恰误解了高飞。这次的聚会，是专为林小枫的。

仍然是一个带舞池的豪华包间，仍然是高飞一个人先到，仍然是那样忐忑不安地等。高飞目前正处在人生的关键时刻：有一个项目，他想接过来，只要接过来，他的事业即可跃上一个新的台阶。但是分管这个项目的领导他不认识，辗转打听，得知那领导曾慕名请宋建平做过手术，手术进展顺利，术后恢复良好，从此后那领导就把宋医生当做自己的私人医生一般，大病小病，不咨询一下宋医生便不能放心。

知道了这事，那高飞心里的感受不是一个"后悔"所能了得。且不说宋医生的夫人林小枫当年是他的初恋对象，而她对他也不无好感；就说上次同学聚会，尽管经过了那么长时间岁月的销蚀，她对他们那段初恋的怀念却是显而易见不容置疑，她的目光，她的神情，她精心打扮的外表，她的提示……却被他轻而易举地忽略掉了，不不不，不是忽略，是有意识地冷落。他当时的眼里心里只有领导夫人，生怕林小枫不合时宜的怀旧会搅黄了他的好事。

诚实地说，那次，林小枫一出现在他的面前，就让他怦然心动，那过去了的一切，那没有任何功利色彩的纯洁情感，刹那间在他心里荡起一股又一股如歌如泣般的情愫。但是，男子汉，事业第一，他不能为了一时的儿女情长因小失大。只能硬起心肠，对林小枫的所有表示视而不见装聋作哑，全心全意去敷衍那个搁过去搁平时他根本不会多看一眼的肥胖的领导夫人。让他感到窝囊的是，那领导夫人根本就没帮上他的忙，她帮不了。她在她丈夫心里没有任何地位。他当时怎么就不动脑子想想，这样一个肥蠢愚钝的妇人，怎么可能左右影响得了她才华横溢一言九鼎叱咤风云的丈夫？如若不是顾及自身的身份地位、顾及影响，她的丈夫极有可能早就把她休了。她自身地位都岌岌可危，哪里还有多余的精力能力去帮助别人？可恶的是，她的不能而不说不能，就这么拖着耗着，生生把高飞的事情给耽误了。

本以为这事就算过去了，权当一次教训，教训也是财富。也曾觉着对不起林小枫，林小枫的不辞而别他注意到了，当时表面上不动声色，心里头非常难过。"难过"后来也过去了，他的工作那么忙，事情那么多，不可能在这种小事上做过多停留。脑子里曾有过一闪念的：就这样把一个人得罪了，会不会留下什么后遗症？旋即又排除了这顾虑。她不过是一中学老师，她先生是一医生，两个人半斤八两，都属于社会上无足轻重的人物。谁能先知先觉地想得到会有那么一天，一个能决定他命运的人会得某一种病，那病会被那个他认为无足轻重的医生治好了，治好了病后，那两个人还会结下紧密的不解之缘？而这个医生的夫人，恰恰是为他所深深伤害过、得罪了的林小枫——教训呵！

山不转水转，多个朋友多条路，多个仇人多堵墙，这些商场上人人引以为鉴的经典，他自以为也谙熟了的道理，竟能在关键的时刻，被他忘却。他现在请林小枫，没敢有过高期望，属于亡羊补牢。只求到了关键时刻，她不单帮倒忙就好。

手机响了。高飞看了一下，来电话的人是他事业上一个重要的合作伙伴，那人对今天这次聚会的期待，不亚于他。电话里他关心的是，今天宋建平到不到。

"宋建平？开玩笑！我能把他夫人搬来就是很大面子了，这还是打着同学聚会的旗号，就这，他夫人还说不来，让我好说歹说，才答应了。……，阿，啊啊，通过他夫人慢慢渗透吧。……实话说，在学校时关系还不错，后来慢慢就淡了。……谁能料得到她丈夫能有今天？早知今日当初我——"不想说不想说还是忍不住说了。

"说实话，有一次聚会时她流露出了一点想叙旧的意思，可是那次我哪里顾得上她啊？这次她如果初衷不改，我就准备为事业而英勇献身！……没错儿，'美人计'！说罢大笑。外人听来爽朗潇洒，只有他自己知道，在这做出来的爽朗潇洒后面，是一种怎样的苦涩。

引导小姐出现在了包间门口，高飞匆匆收了电话，心里禁不住怦怦一阵激跳，到现在他还拿不准林小枫究竟能不能来。随着引导小姐的指引，门外呼啦涌进来了五个人，两男三女，没有林小枫。高飞心里掠过一丝失望，但是脸上表现出的恰恰相反，笑容满面，热情洋溢，高声招呼着每一个来客。对男士，他会亲热地给上一拳，说一声："怎么搞的，头发都掉光了？该补肾了！"对女士，则握着对方的手凝神看着她的脸，说一句："一点都没有变！不，'变'了，越变越年轻了！"在他的带动下，一时间，包间里一片感人的热闹场面。商人高飞决心接受教训，从此后决不以一时一事待人。这天共请了七个人，加高飞八个，四男四女，如同上次，人数性别都经过了精心考虑。

圆桌旁已坐了七个人了，没有林小枫；该说的、能说的业已说尽，就等着吃了，高飞仍不叫菜。气氛明显开始尴尬了，已有人半开玩笑地开始说闲话发牢骚了，令高飞心急如焚。因此，当林小枫雍容典雅仪态万方地出现在包间门口时，也许是由于等得过久，屋里所有人都情不自禁站起身来。

高飞极力抑制住声音中的激动，高叫："小姐，上菜!"

已吃得差不多了，老同学们开始娱乐。两个男生唱意大利歌曲《美丽的西班牙女郎》，嗓音技巧甚是了得。舞池里舞着两对男女，此刻高飞的怀里拥着的，是林小枫。剩下两个女生在餐桌旁。一位戴眼镜的文雅女子一如从前的林小枫，面无表情地看，一动不动；另一位就是那个叫彭雪的女生，表现也如从前，不停地吃着，看着，说着，没心没肺。突然，她笑指舞池叫那文雅女生道："吴敏!快看，看高飞!"

舞池里，高飞正在对怀中的林小枫轻轻絮语，发丝与发丝似有若无的摩擦，嘴唇几乎贴上了对方的耳廓。高飞说的是："小枫，还记得那首诗吗?"

"诗? 什么诗?"林小枫似笑非笑。

高飞开始念诗，不无深情："我的歌声穿过深夜，向你轻轻飞去，在这幽静的小树林里，爱人我等待着你……"

餐桌旁，彭雪对那个叫吴敏的女生说："什么同学聚会，什么为来京出差的老同学接风——作为一个成功的商人，高飞能花个人的钱做这种无聊的事？不过是打着聚会的名义接近这位宋夫人罢了。高飞啊，要是有幸能得到她的关照，会飞得更高！"

"那他为什么还要叫上我们？"

"为了使同学聚会更像真的！要不然宋大夫人她能来吗？吴敏，你我不过是高飞的道具背景，是宋夫人的电灯泡陪衬。这种事，我太清楚了。"

"清楚为什么还要来？"

"不来白不来。权当是改善生活！"手下一使劲，揭开一个螃蟹的盖，嘴上招呼服务小姐，"小姐！……橙汁儿，要鲜榨的啊！"继续说，"哎，我下岗了，我们家那人也不行，整个一窝囊废！……这女人啊，干得好不如嫁得好。"斜看文雅女生一眼，"长得好，嫁错了人也照白搭，属资源浪费！……"

舞池，高飞不再跟林小枫说什么了，二人已然进人无声胜有声的阶段。

餐桌旁，彭雪看着舞池，嘴里不停地吃，忽而笑道："吴敏——"没听到回答，扭脸一看，文雅女生的座位上空了。

聚会结束时，高飞一直把林小枫送到了她的车前，亲自为她拉开了车门。

"小枫，那件事，拜托了。"关车门前，他说。

还是把那件事对林小枫说了，请她帮忙；而不是按照事先设想的，只要她不帮倒忙就好。因为他感觉气氛火候都到了，就临场发挥，把那事说了。

"我只能说我跟他说说看。"林小枫说。

"请务必施加一点……带倾向性的影响！"

"高飞，这么多年了，你一点没变，还是那么执着。"林小枫笑了。

"是的。执着。各个方面。"高飞不笑，一语双关。

林小枫一笑，开车，踩油门，车启动，行驶，远去。高飞目送那车直到消失，满怀希望满怀真诚的爱意……

林小枫到家的时候宋建平和当当也刚到家不久，一听到门开的声音当当就叫着妈妈妈妈跑了出来，尔后——跟妈妈汇报说他和爸爸今天都上哪了都干什么去了。去动物园了，看了猴子和大象；去看新房子了，新房子好大好大，顶咱们家好几个大。林小枫笑说是吗，又说当当要是喜欢就叫爸爸给咱们买。当当就问能买吗？林小枫就说当然啦。

宋建平在大屋听着门厅里母子俩的嬉笑对话，感觉出林小枫情绪不错，顿时放下心来。他力主妻子赴约，是为了她好，如果她感觉不好，就不好了。

林小枫笑吟吟地进来，进来后看宋建平一眼，不说什么，径自脱衣服挂衣服，脸上笑意始终如一，倒让宋建平好起奇来——看样子感觉还不是一般的好，为了什么？

"感觉怎么样？"他忍不住问。

"行。"声音有些发闷，头伸在衣柜里。

"那个……那个高飞，怎么样？"

林小枫挂好衣服，头从衣柜出来，背对宋建平关柜门，一时没有回答。

"问你话哪！"宋建平再次忍不住，催道。

林小枫关好柜门，转过身来，看着宋建平，笑起来；笑里有一种含义不明的深意，让宋建平心里发毛，"你倒是真能瞒啊！"

终于要开口了，宋建平心不由嗵地一跳。仿佛是，有人说丢了东西，你在现场，你没偷你也会紧张，因为怕人误会，而紧张。他紧张地等林小枫说下去。

林小枫只说了一句，没头没脑，一字一顿。

"现在，我才体会到了，什么叫做夫贵妻荣。"

那段日子，是宋氏夫妻婚后——新婚过后——一段最新奇美妙的日子：男的上班挣钱，女的花钱理家；男耕女织，各得其所，两情相悦，一半一半。

可惜好景不长。事情是一件一件积累起来的。

在一个难得的宋建平没有事的周末，一家人决定出游。出游是早晨醒来后才决定的，诱使他们做出这个决定的，是这天的天气。阳光明亮，晴空如洗，无风，迫使人没有办法待在家。出去，去哪里？公园、动物园那种地方肯定不能去，得去一个一般人不容易去的地方。林小枫是这方面的行家，她提出去康西草原。于是说去就去。家里两辆车两个司机呢。可不是说去就能去，在林小枫的指导下，一家人做出行准备：那里日夜温差大，得带上厚外套，得自备水，得多带一些水果。因为还要在那里住一夜，林小枫还细心地给宋建平带上了安定。宋建平睡觉有"择席"的毛病，换个新地方容易睡不着觉……一切收拾停当，八点半了，想吃点东西就走，又不约而同决定，不吃东西就走，在路上吃，边走边吃。娱乐时配上吃喝方才完美。

一家人踢里秃噜出门的时候，正碰上对门肖莉母女出来，对方照例是去上舞蹈课。与往常不太一样的是妞妞，头发上端扎了一个大大的粉红蝴蝶结，涂着红脸蛋红嘴唇。大概怕红嘴唇被不小心蹭着了，小嘴始终小心翼翼地半张半噘，噘成一个小小的圆，可笑又可爱。林小枫忍不住逗她："哟，这么漂亮！妞妞今天这是要干吗去啊？"

"上舞蹈课。"肖莉微笑着替女儿回答。

"参加舞蹈比赛！复赛！"妞妞对妈妈的回答不满意，补充回答。

"是嘛！"林小枫夸张地，"都复赛了！"

"我们老师说，要是能参加决赛，要是能拿名次，就能上电视！"

于是林小枫对肖莉说道："还是女儿好，听话；儿子就不行，我们当当，让学什么不学什么，这么大了，就知道傻淘傻玩儿！"

这种说法本是大人们之间的一种交往艺术，具体说，正是由于自信、优越，觉着儿子比女儿好得多得多，才敢于这样说。这是谦虚，是低调，是人际关系中的常见手段。林小枫的疏忽在于不该当着孩子的面说。妈妈的话使当当自尊心深受伤害。又不知该如何反驳，猛不丁地，对妞妞冒出一句："我们去康西草原，骑大马，你不能去！"妞妞奋起反击："我能上电视，你上不了！"

当当不甘示弱："我们家要买新房子了！很大的新房子！有两层楼那么大！"

妞妞字字清晰："我妈妈是'正高'！你爸爸妈妈都不是！"

当当愣住。三个大人猝不及防，也一齐愣住。当当愣住是因为全然不懂得何谓"正高"，但从妞妞引以为豪的神情中至少可以明白"正高"的基本性质。因不知道他的爸爸妈妈到底是还是不是，一时语塞。片刻之后，扭过头去，向妈妈证实，"妈妈，你和爸爸是不是'正高'呀？"

这段插曲使预期中的愉快大大地打了折扣。

行程没变，天气没变——只比开始时更好，出得城后，一路上天蓝树绿风轻，越近草原越美，空气清新得醉人——内容也没变，一家三口边走边吃，宋建平开车不能吃，林小枫和当当就喂他吃，一会儿一块火腿，一会儿一瓣橘子，一会儿把插着吸管的饮料送到他的嘴边……但是，心情变了。又都不肯正视，相反，试图极力掩饰。于是越发的累，心越发的沉。幸而车里还有一个浑然不觉的当当。"妈妈！看大马！……那里还有！那里！……那是什么？"

那是一个蒙古包。

"蒙古包。我们晚上就住在那里面。知道蒙古包是怎么回事吗当当？……"

林小枫极力延长着这种解释，因此而显得琐碎，絮叨，令宋建平心烦。幸福时有人分享，幸福会成倍增长——痛苦其实也是一样。因为在你痛苦的同时，还要惦记着对方也在痛苦。也明白这其实只是一个心态问题。可是话又说回来，什么不是一个心态问题？心态调整好了，死都可以不怕。

后来，当当睡了，沉闷沉重的气氛一下子凸现无疑。

这时，林小枫开口了："建平，还记得吗，咱们结婚的时候？"声音如梦似幻。

宋建平理解她的苦心，极力配合，"骑着自行车就把终身大事给办了！"

"俩人骑一辆车！女车！我的！你的车子让人给偷了，穷得拿不出钱来再买一辆。还记得那天有一段路是上坡，我要下来，你不让，一使劲，就蹬上去了，完了你说了一句话。"

"什么话？"

"你说，小枫，我们将来一定要买车，汽车。"没再说下去，意思到了：夸他。夸他实现了自己的诺言，夸他能干。宋建平深知那插曲对林小枫的刺激不亚于他，甚至甚于他，但是她首先考虑的，是他。这样想着，不由得眼睛就有一些湿润。为了自己曾有过的，瞬间的，在心里的，对对门那个女人和自己妻子的厚此薄彼……

晚上有篝火晚会。欢乐的音乐声中燃着欢乐的火,欢乐的火周围是一群欢乐的人。篝火上架着的一只烤全羊正在嶙嶙冒油,油落进火里发出劈啪的响声。突然,一个年轻人一跃而起,随着音乐跳起了迪斯科,紧接着,一个女孩儿随之跃起,与年轻人对舞,顷刻间,气氛如火上浇油,嘭一下子爆炸劲烧,叫声、掌声、口哨声,直冲草原夜空。

年轻人是刘东北,女孩儿不用说,是娟子。宋建平没想到会在这里同刘东北和娟子相遇。相遇没有什么,问题在于,太突然;突然也没什么,问题在于,娟子不知道同宋建平在一起的林小枫是他夫人;不知道也没什么,介绍了就知道了,问题在于,娟子误以为宋建平的夫人是肖莉;误以为也没什么,解释清楚了就行了,问题在于,宋建平没时间解释。

当时的情景是这样的:由于出门后不久感到了冷,怕孩子受不了,他们又回去给当当加衣服,把时间耽误了,到篝火晚会的现场时就晚了一点,全羊已然烤好,蹦迪的人们纷纷下场,宋建平一家三口这时赶到,正好与刚下场的刘东北和娟子碰了个面对面。当时娟子就发出了一声惊喜的尖叫:"老宋!"

宋建平心里一惊。如果有一点准备,有一点考虑时间,他肯定会采取最合适的方法处理,把林小枫介绍给娟子,尔后,再抽空向娟子解释。当时,他本能的,下意识的，是掩饰。

同样意外的刘东北只能视他的眼色行事。迟疑几秒，他"噢"地一声蹲了下去，接着就开始揉脚，同时不无痛苦地宣布，刚才跳舞把脚给崴了。娟子只得撇下让她好奇的林小枫去看刘东北的脚。让她好奇是因为这三个人出现时的组合方式。孩子在中间，一手拉一个大人，叫任何一个外人看，这都是一家三口。但娟子知道不是，至少那女的不是，不是宋建平的夫人。

刘东北揉脚，久久地揉，久得都不自然了的时候，有几个女孩子从他们旁边笑闹着跑了过去。

"丁南南！"刘东北突然冲其中一个女孩子叫了一声。同时对娟子说，"没看到啊，你们大学的室友，丁南南！"说罢，起身追了出去，健步如飞，刚才崴得站都站不住的脚已然痊愈，娟子只好随去，二人随着奔跑的女孩们消失在草原深处的夜暗里。

林小枫扭头看宋建平，目光里带着询问。她感到了哪里有——点不太对头。宋建平却不看她，注意力似乎全被那只烤全羊吸引了去。"快！当当，快！"说着就要牵着当当过去。林小枫牵着当当的手使上了劲儿，使父子二人没法过去。

"那女孩儿是谁？"宋建平不说，她只好问。

"我的同事。东北的媳妇儿。"全是实话。

"刘东北为什么见了我连个招呼都不打？"

"没顾上吧，没看脚崴了。"

"脚崴成那样，跟我连个招呼都顾不上打了，怎么说好就好，一下子跑得比兔子还快？"

"那我怎么知道！"宋建平开始耍赖。如果这时他及时调整方针，也不算太晚，可惜他只顾一时之快，凭着惯性往下走，一错再错，终于被动到无回头之路。

"建平，你是不是有什么事瞒着我？"终于把这句话问了出来，宋建平当然不肯承认。晚上，当当睡了之后，夫妻俩开始吵，吵到不想吵了，林小枫拿出车钥匙掀开门帘向外走，宋建平追出去拦她，"你要干吗？……这么晚了，你一个人，不安全！"

"有什么不安全的？一个中年妇女，'状态'又不好，""状态"二字她用了重音，"怎么会不安全？很安全！"说罢，走了，头也不回。

宋建平一下子愣住。她肯定不知道肖莉，不知道他和肖莉之间的那件事情，那段微妙，却能够如此惊人地一语中的——原以为过去了的一切，原来并没有过去！他内心深处对她曾经有过的所有嫌弃和点滴流露，她都感觉到了并且都记在了心里；稍有点事，一触即发。在女人对于感情准确敏锐的直觉面前，男人所有的掩饰都将苍白无力，都将徒劳。除非，他是一个表演天才；再除非，她是一个真正的智者，能够做到大智若愚。可惜他不是表演天才；而她，也不是真正的智者。

第九章

　　肖莉在小花园教妞妞骑车，妞妞正处在半会不会最上瘾的时候，个子矮，就站着骑。偌大的自行车在她的小身体下一晃一晃，感觉着随时都有摔倒的可能。还不让妈妈扶，一定要自己骑。肖莉只好跟在后面小跑，两眼紧盯女儿，提溜着心，满脸是汗。

　　林小枫买菜路过，看到了这对母女，眼睛一下子有些潮润。肖莉真的是很不容易呢。丈夫走了，一个人带着个女儿，里里外外，不辞劳苦，尽心尽力。突然间就觉着她所有的不是都算不上什么了，都是可以理解的了。母兽都知道护崽儿，她那么做，也是为了女儿为了她和女儿的家。瞧她一个人把女儿带得多好啊，身体好，功课好，大概因为坚持练芭蕾的缘故，小女孩儿腰背笔直气质优雅，却同时又没有一点自我感觉良好的顾盼自怜。看人的时候，任何人，生人熟人，目光平视，安静专注，令人喜爱，至少是令林小枫喜爱。因此，平时，无论跟肖莉关系怎么样，她对妞妞的态度始终不变，当然这也是有前提的，那前提就是，在她和妞妞单独相遇的情况下。如果有肖莉在，她就不便跟妞妞表现热情和喜爱了，跟女儿热情而不理她的妈妈，总归是不太自然。索性就都不理，看见了装看不见。每当这时心里头就会觉着对不起那个小女孩儿，也不是没担心过有后遗症——却就是没有。下回那小女孩儿见了她，依然是该叫阿姨叫阿姨，依然是落落大方不卑不亢，令林小枫暗暗称奇。她不会知道，就为了她对妞妞的这种忽冷忽热，肖莉下了多大的工夫。

当林小枫不理妞妞的时候，妞妞不是没感觉的——出色的小女孩儿尤其敏感——她曾因此难过，问过妈妈，哭过。妈妈的解释是，阿姨不理她不是她的原因，是阿姨自己的原因，是阿姨自己心情不好。人心情不好的时候，就不愿意说话。后来妞妞发现还真的是这样。比方说，早晨阿姨没有理她，晚上见了她突然又好了。而她还是她，一点都没有做什么。那么，妈妈说得对，阿姨的态度是因为她自己的心情。早晨的时候她心情不好——也许是当当惹她生气了，晚上的时候她心情又好了。所以，以后，无论林小枫对她态度如何，她都能够做到宠辱不惊，始终如一。

这工夫肖莉早就看到了林小枫，假装没看到。如果女儿不在，她肯定会去跟她打招呼。两家的矛盾，错在自己，主动沟通化解的责任，理当也在自己。因为女儿在，她就不想这么做。尽管提前给女儿打过预防针，但她拿不准这预防针有多大作用。所以，她的方针是，能在女儿面前避免的，尽量避免，尽量不让女儿正面看到她们成人之间的纠葛恩怨。她现在还小，还没有足够的理解力去理解这些。由于要照看女儿，要躲开林小枫的视线，肖莉精力就有些分散，一个不小心，踩着了一个小石子，脚下一滑，整个人向前扑去，摔在地上。

林小枫赶紧上去把她扶了起来，问长问短，异常关切。

不幸使林小枫变得宽厚、宽容。那天夜里，她连夜、独自回了家，当时是解了气，但是，到家后，心里一片空虚。惦着儿子，也惦着宋建平，不知他一个人带着儿子，又没有车，怎么回来。次日，哪里也不敢去，在家里等，直等到下午，宋建平才带着当当回来，两个人大包小裹，灰头土脸，狼狈不堪，是搭乘长途车回来的。他辛苦了他就有了辛苦的资本，回来后对林小枫一直爱答不理。令林小枫纵有千般疑惑万般疑点，也无法置喙。

她肯定宋建平有事，什么事不知道，但是有事。刘东北那晚的表现绝非偶然。但是她没有证据，只有感觉，宋建平也正是死死咬住这点，拒不承认。争吵中说她神经过敏神经病，又说不信可去找刘东北问。他知道她不会去找刘东北问才会这么说，她又不是傻子。于是，就这么僵住了，从康西草原回来一个多月了，两个人很少说话。

他似乎比以前更忙了，晚饭都不大回来吃了，公然表示了对她的反感。应当说，一直以来，尤其是她刚离职的时候，宋建平对她是体贴的，小心的，千方百计的，周周到到的，那曾经对她是一个很大的安慰。说到底，她离职不就是为了他为了这个家吗？他能够领情，能够体会，她的付出和牺牲就算是没有白费。而今他一下子露出了这样的一副面孔，令她骤然间感到了恐慌，危机。方才意识到，她的一次性付出，并没有换来终生保障。他用行动告诉了她，她曾以为的那一笔用之不尽的财富，只是她的错觉。翻了脸的宋建平变得越来越陌生了，越来越不好琢磨了，驾驭就更谈不上了。每天早晨，看着他匆匆忙忙、西装革履地出去，她便会感到自卑。不怪别人夸他，他的确是越变越年轻越变越潇洒了。她每天跟他在一起，都会感觉到这种变化，何况外人？工作使人年轻，事业使人年轻，成就使人年轻。如此下去，他们之间的距离将会越拉越开，越拉越大。

在一个他没回来的夜晚，她给他打过电话。没敢给他打，打的他科里的电话，接电话的大约是个小护士，声音如风铃，令人一下子就会想起一个与之相匹配的面子 L：光润，皎洁，白里透粉。小护士说宋主任在手术室手术，什么时候完现在还不知道。同宋建平说的一样。电话里那女孩儿热情殷勤，那热情殷勤事实上是冲宋建平来的。想像着自己丈夫受着一大堆如花女孩儿的尊重仰望，林小枫心里很不是味儿。放下电话后，她如释重负的同时怅然若失。

那天夜里他一夜没有回来。次日她问他，他说手术完了早晨三点了，他就在科里找地儿眯了一会儿。这一点后来也得到了证实——也是她打电话曲里拐弯打听到的——只不过是，他说的那"一会儿"是整整一个上午，就是说，他在科里睡了半夜又半天，有这些时间，为什么就不能回家踏踏实实地睡一觉呢？还是他不愿意回来。也许是他早就不愿意回来，只不过碍于情面，没说罢了。这次康西草原事件，两个人撕破了脸皮，他没负担了，可以无所顾忌随心所欲了。想到这里林小枫不由得后悔，后悔自己的过分任性，还有自负。

那天傍晚，两个女人坐在小花园的花坛的台阶上，聊了许久。

开始肖莉还有些紧张，有些戒备，怕林小枫要跟她谈那个"正高副高"的事儿，她不是不想跟她谈这事——要想化解矛盾这是一个绕不过去的坎儿——但她不想当着女儿的面谈。不想林小枫根本没提这事儿，态度就不像是要提这事儿的态度。她扶她起来的时候表现出的关心是真诚的，问长问短，细腻周到。

那天晚上，她们越聊越深，聊到最后，不可避免地聊到了女人和男人。肖莉说了许多自己和前夫的事，同时表示了对林小枫夫妻的羡慕。实事求是讲，这之前，林小枫没说宋建平一个"不"字，固然是自尊心的需要，同时也是不愿跟外人议论自己的丈夫。肖莉和她不一样，肖莉议论的是前夫。但是同肖莉聊到后来，越来越深入，越来越知己，气氛、心情，还有那种"礼尚往来"的惯性——人家跟你说了那么多知心的话儿，你总是这样矜持着，绷着，别人能没感觉吗？——林小枫也说了一点点近日的不快，心中的疑虑。

肖莉听后连连摆手，断然道："老宋不是那种人！"这是一种对大家都有利的说法。首先对宋建平有利,再者林小枫爱听,其次,对她自己有利。不说寡妇门前是非多吧,她和宋建平也是有"前科"的,她本能地要把自己先摘出来。

林小枫摇头,再也没就这个话题说什么。就算肖莉是诚恳的,由衷的,就算宋建平的确不是那种人,但,他从前不是,以后是不是?他在此环境里不是,在彼环境里是不是?人是要随着时间环境的变化不断变化的。

这天,宋建平又因手术很晚才回来。他回来的时候,当当睡了,林小枫也早已上床了,宋建平到家时她正躺在床上看一本闲书。听到门开的声音,眼睛虽仍盯在书上,精力却立刻全部集中到了屋外宋建平的身上:脱外套,脱鞋,换鞋,去卫生间,掀马桶垫,小便……林小枫突然的一阵心酸,不由想起在小花园时肖莉跟她说过的话。

"从前,我和他常为了他上厕所不掀马桶垫吵架;现在,我们家的马桶垫,再也用不着掀了。"

这变化——家里没有了男人的变化——还是表面的,深一层的:

"夜里,尤其是在刮风下雨的夜里,一个人躺在双人床上的感觉,怎么说呢?一句话,凄凉。"

更深一层的:

"这夫妻啊,只要能不离,就尽量不离,尤其是有了孩子以后。有了孩子,婚姻就不是两个人的事了,就是三个人的事了。"肖莉的话给了林小枫很大的震动。当即下决心，一定要维护好这个来之不易的家。

宋建平洗漱完了，进屋，没有说话。这些天了，他们一直是这个状态，没有非说不可的话，就不说话。宋建平一声不响地向床边走去。

"我想跟你谈谈。"林小枫开口了。

宋建平心往下一沉，暗想，今晚上又睡不成了。他一夜夜的，有点理由就不回来，就是为了躲她。两人僵了这么多天，一吵准是大吵。他不想跟她吵了，他看都不想看她了，尤其在得知她曾一再往科里打电话找他的时候。现在，他们医院外科上上下下都知道了宋主任有一位对他管教甚严的夫人。从前，他们只知道那是一位优雅美丽多才多艺的夫人——在娟子的婚礼上他们见过她——看来真的是人不可貌相。尽管极力掩饰着，宋建平还是感觉到了周围的窃窃私语。这使他大为难堪，恼火，又说不出什么。几次想跟林小枫说以后不要再往科里打电话找他了，终是按下了这冲动。他本能地知道，说了不仅无济于事，反而会增加她的疑心：为什么不能找你？你怕什么？

宋建平来到床边，舒舒服服躺下后，方道："谈吧。"要吵也要躺着吵，以最大限度地降低身体成本的损耗，他刚刚手术完，刚刚站了七八个小时。

"对不起。"她说。

这倒让宋建平一怔，片刻后才问："什么事？"

"……那天我不该从康西草原一个人开车回来，我的脾气不好，太急，以后一定注意。"

　　宋建平忍不住看了她一眼。结婚十多年了，印象中她如此谦恭地做自我批评，是第一次。只见她背抵床帮坐着，眼睛看着被子，头发披散两边……她是真的认为自己有错还是对现实的妥协让步？宋建平不敢再看再想下去，长叹一声："睡吧。"

　　她倒是说到做到，遇事很克制，高声点的话都很少，只是电话打得越发的频了。只要到了下班时间他没回去，她的电话就会打了来。有时候往科里打，有时候就打他的手机。终于有一天，宋建平忍无可忍。

　　那天，上午，院长杰瑞找他谈工作，医院里准备为了他，进一些配套的手术设备。两人就进一些什么样的设备谈得忘记了下班，忘记了吃饭，当然，也忘记了该打的电话。于是，电话打了进来。一看来电显示，宋建平心中积蓄已久、强压已久的火腾一下子就爆发了，任那电话振动着，就是不接。下午，当一个陌生电话打来时，宋建平接了，不想是林小枫，想来是去街头打的，他当即收了线。晚上，有急诊手术无法按时下班，也绝不打电话通知她。他受够了，不想再受了，她想怎么样就怎么样好了，大不了两败俱伤同归于尽。这样一想，心里倒坦然了，晚上那个不明原因上消化道大出血的剖腹探查术，做得便格外顺利。

　　剖腹探查的结果是肝脏海绵状血管瘤，他们为病人做了手术切除，切除的部分除血管瘤外，还根据病变范围做了部分的肝叶切除。手术中病人因大出血几次休克，均被及时抢救了过来。手术做完已是次日的早晨，医院的餐厅为他们准备好了丰富的早餐。面包、牛奶、鸡蛋、水果，以及为投中国人所好从外面买来的油条和豆浆豆腐脑——医院餐厅的大厨是一个五十多岁的澳洲人——热热的豆腐脑上还洒得有碧绿的香菜，味道正宗，令站了一夜滴水未进的宋建平胃口大开，一气喝了三大碗，通体舒泰。

吃饭的时候，院长杰瑞来了，娟子陪同前往。杰瑞虽是医生出身，但显然更适合做行政管理人员——他总能够在别人最希望他看到他们的时候及时出现。助理娟子还给宋主任带来了一摞照片，她婚礼上的照片。

照片上，宋主任和夫人并肩而立，笑吟吟的；二人跳舞，在人头密集的背景中紧紧相拥，毫不回避；二人接吻，确切说，是主任吻夫人，嘴儿尖尖着，鸟儿啄食般啄着夫人的脸。照片一拿出，还没到宋建平手里，就被一块儿吃饭的其他人给抢了去，一一传看，并发出阵阵赞美，诸如，男才女貌。

当时宋建平一直在同杰瑞说话，不是没注意到娟子拿来了照片，也不是没听到人们的议论，也知道与他有关，但统统没有往心里去，直到那些照片终于被众人传看完毕，到了他的手上，他看了之后，心才嗵地跳了一跳，跳过之后就有些发虚，接着就想起了林小枫，接着就掏手机。手机是在手术前关上的，由于不再把林小枫放在心上了，就忘了开了，掏出后赶紧打开。刚打开片刻，有短信发来的提示声就响了。短信是肖莉发的，告诉他林小枫去医院找他了。

林小枫几乎一夜没睡。并不是疑心宋建平怎么着了，她已给外科、手术室分别打过电话，各方面信息都证明宋建平在医院，有手术。她一夜未睡是因为了宋建平的态度。在床上辗转至早晨，到时间叫当当起来安排好他吃饭，就去敲肖莉的门，请肖莉帮她送当当上学，她得去医院一趟。肖莉问出什么事了，她没时间也没心情详细说什么，只简洁说了那个折磨了她一夜的感觉：他豁出去了，他想就此彻底跟她闹崩。肖莉说要是这样，她去医院只能使事情更糟。林小枫说不会更糟，因为已然糟到家了。她去，是为去要一个答案。死，也得死一个明白。

宋建平看着肖莉发来的短信，心乱如麻。如果在没看到娟子拿来的那些照片之前，那么，宋建平的态度会是，林小枫要来，来好了！但那些照片提醒了宋建平一件几乎被他忘记了的事情：这里，医院里，几乎人人知道他的夫人是肖莉，林小枫来了，该如何解释？看看肖莉发短信的时间，估计林小枫即刻就到，匆忙之间，宋建平做了这样的决定：通知住院部门卫，要是有一个如林小枫模样般的中年妇女来找他——他把林小枫的形象特点对门卫做了详细描述——不要让她进，就说他不在。

做出这样的决定是基于这样的考虑：有什么事，天大的事，回家去说，去解释，或者去吵，去打；在单位里，不成。她不要脸，他得要脸。

下班时间到了。太阳消失了。路灯亮起来了。外科主任宋建平这才收拾起办公桌上的东西，沿着静谧的走廊向外走。

林小枫一点动静没有。所谓的没有动静，是指始终没有电话打来。估计是被门卫拦住了，死心了，回去了。饶是这样，宋建平仍是不敢大意，仍在下班时间过了好久，才向外走。思路是这样的：万一她还在，没走，碰上了，吵，医院的人都下班了，不至于造成什么影响。宋建平向停在住院楼后他的汽车走去。那里是医院内部的停车场，是医院里最安静偏僻的地方。停车场里已没有几辆车了，宋建平的那辆白色本田在夜的微明里泛着银色的光。晚风阵阵，树叶飒飒，宋建平怀着一种近乎劫后余生般的轻松心情，脚步轻快地向自己的车走去，同时拿出钥匙，远远地开了车锁，不料，就在他拉开车门进车的时候，身后有人喊："宋建平。"

像林小枫的声音。他下意识循声回头，正是林小枫，站在医院的铁艺围栏外，即使背着光，宋建平都能看到她脸上的坚忍。与其说"看到"，不如说"感觉到"。她肯定是被门卫拦住后就来到了这里，找到了他的车后，然后等。从早晨等到晚上，不吃不喝——这样的行为不用"坚忍"形容，还有什么词可以形容？

宋建平表现得尚算镇定，"你怎么在这儿？"

"在这儿等你。"

"有什么事吗？"他的装腔作势让林小枫怒火中烧。她忍了他这么些日子，做了这么多让步，不想倒惯成毛病了，倒变本加厉蹬鼻子上脸了。她命令道："你过来！"

宋建平迟疑片刻，向林小枫走去。心中没有鬼，不怕鬼叫门，他这样想。不想林小枫隔着铁艺围栏——把抓住了他，紧紧的。

"为什么不接我的电话？"

"我在工作。"

"一天一夜，一刻不停地工作？……想彻底闹翻了是吗宋建平？说话，是不是？"这时响起手机来短信的提示声，宋建平的。他赶紧掏手机，心里头一阵感激。这短信来的是时候，至少使他暂时可以不必理睬林小枫，堂而皇之的。要是这短信很重要就好了，最好是工作上的要务，然后他就可以出示给林小枫看，然后就可以抽身而去——期盼的同时也觉得可能性不大，工作要务不会发短信，直接就打电话来了。

宋建平掏出手机，打开，还没来得及看，被林小枫一把夺了过去。实事求是说，林小枫夺手机不是为窥探，是出于对他这种无所谓态度的愤怒：她被门卫拦在外面，整整一天；门卫说他不在，她感觉他在，果然，他在。那么，门卫说他不在就是他的安排。仅一想这个就愤怒，更不要说那一天守候的艰辛了。他呢，一句问候没有，一点歉意的意思没有，居然还能够掏手机，看短信，理所当然，若无其事。

"手机给我。"宋建平说。声音不高，透出一种不可以侵犯的凛然。之所以能做出这种姿态，也是基于对林小枫基本素质的信任。说到底她是受过高等教育的人，不至于像一般家庭妇女，不知深浅不知轻重。

林小枫没有还他。她有她的思路。这时若乖乖将手机还他，一天辛苦守候换来的主动将付诸东流。夫妻相争，争的就是一个主动。但同时也怕万一有什么重要事情耽误了，他是医生。最后，她采取的措施是，她替他看。

短信是院长助理娟子发来的。但是短信内容，与"院长助理"无关。

当时娟子在家里，陪刘东北看足球赛，看了一会儿实在无聊，随手抓起了一本漫画，台湾朱德庸的《醋溜族》。她拥有朱先生的全套漫画，看了足有一百遍不止。之所以能做到"百看不厌"，得归功于那漫画旁边的文字。

有尖锐辛辣的：

比如，"单身男子的幻想是，拥有很多很多个女人；单身女郎的幻想是，只拥有一个男人。"再如，"男人要的是花样翻新，种类繁多。女人要的是营养够，分量够，而且来源稳定。"还有，"女人只要装得傻傻的伫立一旁，就会不乏男人追求。"……

有浪漫忧郁的：

比如，"如果星星掉下来很慢很慢，我会把它接住／如果爱情走过来很晚很晚，我会把它拦截／如果美丽和哀愁永远在一起，我会两种都要／在一段段美丽的邂逅之后，默默走完一步再一步的哀愁。"……

有深刻睿智的：

"新潮女郎和保守女郎都会喜欢的一种服饰——白色婚纱。"

娟子发给宋建平的是其中的这样一段：

"一个成功的男人背后一定有个女人，监视着这个男人面前出现的女人。所谓过敏，就是当你发七年之痒时，你老婆神经上出的一种疹子。"

动机单纯：闲来无事，解闷。发短信大多是出于这个原因。否则，干脆打电话了。这有点儿像嗑瓜子，直接吃瓜子仁儿就不如一颗一颗嗑出来有味儿。

之所以选中这段，是觉着对老宋有针对性——针对宋夫人对于宋主任的监管力度。

林小枫看了，顿时"如五雷轰顶"。这段文字起码证明了两点：宋建平不再爱她，宋建平对人诉说了他的这种不爱。现在的问题只是，那人是谁。林小枫再看短信。前无"前言"，后无"后记"。唯一线索是非留下不可的那个手机号码。

在林小枫不言不语翻看短信的时候，宋建平的反应大致是这样一个/顷序：冷眼旁观——好奇——不安——担忧。林小枫的脸越来越阴，到了后来，便如"山雨欲来风满楼"的那个楼。

宋建平终于沉不住气了，"什么事儿？……谁来的？"

林小枫没有回答。但是宋建平的问话倒提醒了她。她按照来电显示的号码，把电话拨了过去。

电话里传来的女声清脆柔美，透着兴奋快乐，大约是

— 186 —

因为没想到短信这么快就有了回应的缘故。

"嗨，怎么样？谈谈学习体会！"那声音上来就说。

"你是谁？"林小枫说。

那边，毫无思想准备的娟子吓了一跳，烫着了似的下意识把电话往沙发上一扔，电话里林小枫的声音连连传出："你是谁？说话，你是谁？"

正看足球的刘东北都被惊动了，奇怪地拾起电话，被娟子一把抢过去，关了。

"谁啊？"刘东北问。

娟子只是连连地拍胸口，连连地哈气，说不出话。能接宋建平手机的女人，不是他的老婆就是他的情人——倘若他有情人的话——而不管她是谁，这短信以及娟子的声音，对老宋都是有害无利。但是也顾不得老宋了，情急之下，先顾自己，关了手机——电话里传出的那个声音阴得瘆人。

林小枫没有得到回答，再次把电话拨过去，得到的回答是"已关机"。林小枫收起电话，问宋建平："她是谁？"

"我怎么知道！"

"一个女的！二十来岁！"

"女的，二十来岁——她说什么？"

"你们平时在一起都说些什么？"

"谁们？她是谁？"宋建平真好奇了，伸手要手机，"给我，我看看。"

林小枫把手机揣进了兜里。

"你真的不知道她是谁?"

"不知道。"

林小枫冷笑一声,再不说话,转身走了。宋建平也冷笑一声,也不说话,也转身走了。夫妻俩于厚重的暮色中背道而驰……

那天晚上,宋建平没有回家,在科里睡的,找了一个没有病人的病房。他怕林小枫跟他吵架。已经近一天一夜没睡了,他需要休息,毕竟是快四十岁的人了。至于那个短信那个她,终会水落石出;既然终会水落石出,让林小枫多误会一会儿也没有什么,总而言之,今天夜里,他没有精力再跟她纠缠。

宋建平的夜不归宿之于林小枫,如同火上浇油。夜里,一个人躺在双人床上,调出宋建平手机里的那个短信,一遍又一遍地看,一个字一个字地看,心里头一遍遍地想:丈夫另外有了女人不可怕,可怕的是他对那女人表示,他对于妻子的不爱。

如果让妻子做一个"二者必选其一"的选择:丈夫跟别的女人睡觉,爱的仍是妻子;丈夫没跟别的女人睡觉,却不再爱妻子。所有妻子——即使不无痛苦——也会选择前者。心的背叛比身体的背叛更为严重,不是一个量级。

同时,电话里的女声也不断在耳边回响:"嗨,怎么样?谈谈学习体会!"

铁证如山。林小枫把这个电话号码和机主姓名存进了自己的手机,当时并无明确目的,是在迷迷糊糊睡着了后，又迷迷糊糊醒来的时候，一个主意突然蹦了出来：给这个发短信的女孩儿打电话，约她，见面。

林小枫电话打来的时候娟子已从宋建平那里知道了昨天晚上给她打电话的那个厉害女人是宋建平的太太。因而当林小枫电话打来时，她一下子竟没能听出是谁来。电话里的声音柔和、热情，与昨晚电话中那阴郁冰冷的声音完全是两个人。

"是娟子吗？"

"是啊。你哪位？"

"我是宋建平的太太。"

娟子大吃一惊，随即兴奋地说："您好您好！"

"我们可以谈一谈吗，见面？"电话里林小枫说。

"可以可以！"

"你什么时间有空？"

"早九点之前晚五点之后，随时有空！"

于是林小枫说了时间地点。时间是今天晚上七点，地点是长安商场旁边的那家麦当劳餐厅。考虑到双方不认识，她进一步说，她将站在餐厅门口那个麦当劳大叔的身后。电话中女孩儿——满口答应。

晚上下班后，娟子赴约。怀着助人为乐的美好心情。那是真正意义上的助人为乐：帮助了别人，自己也快乐。麦当劳大叔坐在麦当劳餐厅的外面，林小枫却没有按照电话里的约定，站在该大叔的后面，她比约定时间早到了半个小时，她要在对方没看到自己的时候先看到对方。这个点儿正是麦当劳人最多的点儿，人来人往，熙熙攘攘。林小枫站在麦当劳大叔的右后方，一双眼睛在来来往往的人流里搜索，不放过其中的任何一个女孩儿，尤其是漂亮女孩儿。女孩儿过去了无数，漂亮的也有，却都不是。已经七点多了！林小枫心中突然起了怀疑：她会不会临阵逃脱？或者，跟宋建平商量过，宋建平不让她来？正想打电话问，前方又过来一个，高挑身材，丰胸翘臀，黑外套里的彩条吊带小背心低到了不能再低，总之，十分的打眼。女孩儿直直地向这边走来。

　　林小枫禁不住一阵心跳，手心出汗，嗓子发干，是了，是她了。这时，女孩儿站了一站，向这边看，林小枫不由得向麦当劳大叔身后跨了——步，同时用目光去接那女孩儿的目光。女孩儿开始走近，当近到五官在林小枫面前清晰的时候，林小枫立刻知道，这一个肯定不是：宋建平再怎么喜新厌旧，也不至刁：把标准降低到这个地步——只要是新，就行。那女孩儿太难看了。平淡的五官局促在脸的上部，几乎没有额头，下巴因而就格外的长，占到整个脸的三分之一，属整容都整无可整的那种。长成这样的女孩儿根本就不该打扮，就该朴朴素素尽量低调，尽量不要引人注目，打扮的结果只能是突出强调、让人注意到她的弱点、她的丑陋——因为失望和受到了欺骗，使林小枫禁不住刻薄。

　　无辜女孩儿进了餐厅。林小枫决定打电话。

　　娟于就是这时候到的。她来晚了，路上堵车。下了车一路小跑，一上台阶时一步两蹬。边跑边向上面张望，不是没看到站在麦当劳大叔后面的林小枫，也觉出这女人有一点面熟，但她完全不往心里头去：她心中宋夫人的形象清清楚楚，是肖莉的形象。

娟子没找到肖莉，想是不是因为自己迟到人家等不及，进餐厅了。想进去找，又不敢离开，怕走岔了，于是就站在麦当劳大叔身后，也就是林小枫的身边，扭头向餐厅里张望。

林小枫拨通了娟子的电话。片刻后，娟子的手机响了起来。娟子眼睛看着餐厅里面接电话，"喂？"

"是娟子吗？"声音近在身边，娟子猛然扭过脸去。二人总算是找到、并确认了彼此。那一瞬娟子心里的震惊无以言喻。

如果说，眼前的这个女人是宋建平的太太，那么，那个女人、那个她婚礼上的女人，是谁？

第十章

　　比较起来，娟子是个单纯简单的女孩儿；再单纯简单，在这件事上，也懂得轻重利害。该说的说，不该说的，绝不能说。不该说的，就是老宋带到她婚礼上、充当他太太的那个女人，那件事。宁拆十座庙不破一重婚啊。

　　娟子跟在林小枫后头向餐厅里走，胸腔如同一口沸腾的锅，心在锅里上下翻滚，各种情绪就是各种调料，甜酸苦辣涩，百味杂陈。

　　首先是愤怒。一旦明确了林小枫是宋夫人，娟子立刻就想起来在哪里见过的她——康西草原！于是，当时，刘东北一系列的莫名其妙立刻就都有了合理的解释；再往前追溯，婚礼上，刘东北看着宋建平和肖莉时的坏笑，时而消失不见的鬼鬼祟祟，不用说，也都是因为了这个。就是说，刘东北是知情人，知情却不对娟子、对自己的妻子说，什么事！如此推理，这件事他瞒，别的事他就也能够瞒。说不定——说不定他跟宋建平一样，外面也有着一个他的"肖莉"！仅这么一想娟子就禁不住想哭，再看一眼走在前面、浑然不知的林小枫，心头不禁一阵兔死狐悲的凄然。

　　再就是吃惊。想不到老宋那样的人也会有情人。而他看上去是多么的……正派啊！原以为他就是一个只会做学

－ 192 －

问的书生。时代不同了，书生也疯狂。

还有兴奋。突然间知道了一个天大的秘密，而且此刻，她正只身同不知道这个秘密的当事人一起。她要安慰她，安抚她，她要为他人力挽狂澜平息风波。一种舍我其谁的悲壮，一种天降大任于斯人的豪情，在娟子的胸中鼓胀。

相较之下，走在前面的林小枫心情就要单纯得多，单纯到一个字就可以概括：恨。对宋建平的，也是对身后这个女孩儿的。那女孩儿年轻漂亮使她难过而且绝望。她努力克制住自己，任心中波涛汹涌，面上，点滴不漏。她不能因小失大。

在各要了一份套餐之后，林小枫为两人付了款。一份套餐不值多少钱，但在这种情况下，就显得格外宝贵。它显示出的是一个人的大度胸怀和教养。只此一招，就使娟子对林小枫顿生好感。二人端着托盘在一个两人的餐桌旁坐下。

两人相互打量。就是在这个时候，林小枫突然发现她是认识这个女孩儿的。第一眼看到时就觉着有点面熟，没有细想，现在想起来了，她就是她在康西草原上遇到的那个女孩儿。如是，她就是刘东北的妻子。她要是刘东北的妻子，就不会与宋建平有什么瓜葛——也难说！但要是那样的话，这件事情可就太龌龊了。

正在林小枫胡思乱想的时候，娟子的手机发出了短信提示声。是娟子的大学同学兼好友、一个因相貌平平却又自视颇高因而至今撮着单的女孩儿发来的。这短信来得别提多么是时候了，内容也棒。娟子看后禁不住在心卫头叫好。她正不知道怎么跟林小枫开口，那种事单凭解释很难解释得通，搞不好，就会是一个越描越黑的结果。她马上把短信拿给林小枫看。

——"知道吗？我在想你，每天只想你一次，每次都是从早到晚。"

"谁呀？"

"您按照后面的号码打过去。"

林小枫就按照后面的号码打过去。刚响了——'声对方就接了电话，电话里传来的声音清脆柔美，听声音那人比娟子还年轻还漂亮。

"娟子你干吗呢？"那声音道。

林小枫忙把电话递给娟子，娟子在电话里同女友嘻嘻哈哈一通，收了电话。尔后，由此谈起。跟坐在对面的那个中年妇女说她们平时如何发短信玩，如何看到一段好玩的话——这种话网上随时可见——就"群发"出去。有的还故意搞恶作剧，故意说一些暧昧深长的话，就像刚才的她那个女友。为证明自己所言属实，娟子还把存在手机里没删的短信调出给林小枫看。一看之下，果然是乱七八糟无奇不有。也绝不会是为了解释事先做的安排——那些短信发来的日期时间都标得清清楚楚，大多数在前天之前。

林小枫把手机还给了娟子，一下子释然。

"你们这些年轻人啊，真的是精力过盛。"

"好玩呗！给平淡的生活找点乐子呗！"

那天晚上，林小枫和娟子直坐到餐厅关门，到离开的时候，二人俨然成了一对忘年好友。

　　林小枫到家的时候宋建平还没有睡，睡不着，提心吊胆，不知回来后的林小枫是晴是阴；阴，会有多阴？

　　是晴。宋建平长舒一口气，这才感觉到已非常困了。林小枫却不让他睡，一只手从后面搂着他，叽叽哝哝跟他说了半天。主要是道歉，叫宋建平心里着实纳闷。后来，在林小枫的叽叽哝哝声中宋建平睡着了，令林小枫好不失望。娟子的意外出现曾使她对他们的婚姻一度绝望，因而现在，便有了一种失而复得般的欣喜，身心油然涌起了彻底融和的渴望，他却完全没有领会，竟就睡了。也罢，以后再说。他们还有的是"以后"。于是，她一手搭在丈夫的肋间，头抵丈夫的后肩窝，睡得安静，深沉。

　　比起宋建平来，刘东北就没这么幸运了。娟子到家的时候，刘东北早已睡了，生生被娟子给提溜了起来，一定要他马上回答，那事为什么要瞒她。

　　"因为跟你无关。"

　　"无关你瞒我干吗？"

　　"不是瞒你，是因为跟你无关，所以没告诉你，没必要。"

　　"有没有必要你让我自己判断。"

　　"好吧。比方说，我们公司有一人生了个双胞胎，一个是男孩儿，另一个也是男孩儿——我告诉你干吗？有意思吗？"

　　"不要'比方说'，就说那事儿！"

　　"我说过了，那是个误会，我保证老宋没事。"

"没事儿？又是抱又是啃的，没事儿？这要是算'没事儿'，什么才叫有事儿？"

说不通，刘东北只好不说，他困得眼睛都黏糊了。本来是想敷衍两句让娟子早点安静，没想到越说她越来劲了。心下纳闷，就算老宋真有什么事，又碍她什么事了，用得着她深更半夜的，如此这般。难不成和那林小枫一块儿吃了一顿饭，就成了至爱亲朋莫逆之交？本能地觉着有问题，但想不出问题在哪里，刚被从深睡中强迫醒来，脑子根本就转悠不动。

这个时候，娟子说了："刘东北，你这么替老宋辩护，是不是你外面也有一个'肖莉'啊？"

这就对了。刘东北一下子就明白了。明白了就好办了。"你怎么什么事儿都要往自己身上扯？"

"兔死狐悲，同病相怜，惺惺相惜！……刘东北，将来，如果你也想有一个'肖莉'，请一定明着跟我说，请一定不要让我当傻瓜！"

"怎么会呢？"

"怎么不会呢？"刘东北刚要开口，娟子又道，"千万别跟我说是因为你跟别人不一样——"

"不，是因为你跟别人不一样。世界上有这样一种女孩儿，她是生动的，内容丰富的，变化无穷的，可以以一当十，以十当百的。在这样的女孩儿面前，任何男人都将别无所求。娟儿，你就是这样的女孩儿。"

娟子的神情和心情同时豁然开朗，扑过去搂住刘东北的脖子，于是，充满弹性的年轻身体就紧紧贴在了他的身上，令刘东北于骤然间感到了饱胀的亢奋，睡意顿无……

二人同时达到了高潮，在两人一年多的性史里，这样的状态，也只是第二次。

得感谢老宋，无意中成全了他们——事毕之后，刘东北的脸久久埋在娟子潮湿粉红的身体上。想，想着，就想笑；怕笑出来，就开始胡说八道。

"娟子。"他神色凝重地叫了一声。

"什么？"娟子仍未能从刚才的激情中撤出，表情声音都有些朦胧。

"那事你就不要跟老宋说了。我曾跟他保证过的，保证不跟你说。"

"你怎么跟他保证的？"娟子好奇也好笑。

"我说：放心，老宋，朋友如手足，妻子如——"不说了。

"妻子如什么？如什么？如衣服，是不是？"

"——如老虎。"

娟子大叫一声翻身上马，"哇——竟敢说我是老虎！你见过世界上有这么温柔的老虎吗？"

于是乎，被骑在下面的刘东北，生命力再一次由于那具赤裸的美丽躯体的挤压而激活，两人又开始了新一轮的甜蜜……

这件事的另一个意外后果是，娟子和林小枫成为了朋友。也不能算意外了，丈夫和丈夫是朋友，妻子和妻子成为朋友也是顺理成章的。加上娟子年轻精力旺盛，林小枫不上班，时间过剩，也具备了能够频繁交往的客观条件。

中国式离婚

频繁就密切，密切就容易无话不说。家里的事，丈夫的事，从前的事，眼下的事，是事就说。

"肖莉"的事，娟子没说。这点儿事她懂。但同时又觉不说对不起朋友，时间越长心越不安。不知道倒也罢了，知道了不说，无异于老宋他们的同盟、帮凶，这不合娟子的为人、性格。娟子决定说。用一种积极的方式。换言之，不说老宋另有所爱，只说林小枫应当怎样去赢得丈夫的爱。

这天晚上，刘东北加班，娟子一人在家，就把林小枫请到了家中。

家中居室的一个角落，被布置成了日式，或说是韩式。没有沙发没有椅子，只有一张矮矮的木茶几，人只能席地而坐。木茶几上放着一瓶鲜榨的橙汁儿，几碟咸甜小吃，另外备有茶水，茶水旁边，是一本打开倒扣着的书。

为这次交谈娟子做了充分准备。无论如何，对方是一个比她大一轮还多的中年女人，受过高等教育；在自己心中没底的时候，她不能轻举妄动。事先她专门去书店买了不少相关的书，进行了专门的学习。《夫妇冲突》《女人的力量》《性心理学》……学下来后，受益匪浅。这才发现，以前在这方面，她的理论知识几乎就等于零。只知道跟着感觉走，一点理论指导都没有，盲目地走，想想都有些后怕。经过了一番学习之后颇有心得，并有了与人交流的强烈愿望——都不单是为别人了。

那本倒扣的书是有意放在那里的，林小枫看到了自然会问，"看什么书哪"，那么，她就可以就这个话题，开始说了。

两个女人在茶几两边相对坐下，林小枫果然拿起了那本书一毕竟是做老师的——但是她没有问"看什么书哪"，而且径自念出了那书的名字："《女人的力量》"……"

按照事先的设计，娟子从林小枫手里拿过那本书，读，读她认为跟林小枫有关的章节。

"这本书不错。你听啊：'婚前婚后双方对对方的不同认识，是由于婚前双方比较注意对缺点的掩饰，结了婚后，认为进入了婚姻的保险箱，就放松了对自己的要求。女的放任自己做蓬头垢面的黄脸婆，男的……'"

念到这儿把书一合，"咱也甭念它了，中心意思明白就行了，一句话，要永远保持你的魅力，换句话，保持对他的吸引力。"这时娟子话锋一转，"你们多长时间一次？"

林小枫愣了一下才明白娟子所指，"嗨，我们老夫老妻的……"

娟子严肃地摇头，"千万不能这么认为！……这么着说吧，这种事情是夫妻感情好坏的分水岭，试金石！"

林小枫怔住。其实，这事梗在她的心里不是一天两天了：宋建平已经好久对她没有要求了。从前，都是他求她；现在，是她求他。她求他他都不干，比如上次。这事她早就想找个人说说了，张不开口，对父母都张不开口。事实上，这是她对他始终心存疑惑无法完全释然的重要原因。今天既然娟子主动说到这儿了，她就没有必要打肿脸充胖子了。慢慢地她说道："你别说还真是的啊，最近他好长时间都没有这种要求了。"

"你呢？"

"从前一般都是他主动……"

"不行不行！"娟子严肃摇头，"你这样子下去真的是不行。你这种观念太老旧了，时代不同了，男女都一样。"就这个问题，娟子开始开导林小枫。开导的结果是，林小枫同意明天跟娟子上街，按照娟子的指点，为改革"老旧"做一些必要的物质准备。

次日，林小枫和娟子去了一家大型商场，来到了女宾内衣的专柜。柜台是敞开式的，一排排不锈钢衣架上，挂满了生动、性感、除了这种场合而不可示人的女性用品。每排衣架的前方，都立着一个坦然、骄傲、身材好得不得了的模特；每个模特的身上都是三点式。三点式和三点式又有不同：粉的娇嫩，白的清纯，紫的妖冶，黑的高贵……

娟子带着林小枫在一个模特面前站住。那位模特的三点式与众不同，每一个"点"的中心部位都缀着一朵花，三点三朵花。娟子行家一般眯细了眼睛远远近近地打量，"行！就它了！"

林小枫却觉着过于那个了，不适合自己，又不敢直说，怕人说"老旧"，只好委婉道："娟子，我觉着这花不好，滴里当啷的。还是简洁一点的好，你说呢？"

娟子连连摇头，"哎！要的就是这三朵花，没它咱还不要了呢！你看啊。"她看一眼站在不远处的售货员，附在林小枫耳边小声说，"三个关键部位，三朵花，似是遮蔽，实是突出，强调；似有若无，若隐若现。小枫姐，切切记住，男人不是机器，啪，一按开关接上电源他就开了，啪，再一按开关他就关了。NO！——他是动物，有血有肉有感情有感觉，需要我们运用各种手段去调动起他们的热情和积极性……"

林小枫扑哧笑出了声："还'调动'——干脆说勾引不就完了吗？"

娟子双手一拍，"哎，小枫姐，我发现你这人特有悟性哎！"

林小枫哭笑不得。

这天，她们俩一人买了一套"三朵花"。娟子买的是粉色的，按照她的建议，林小枫应买紫色的，这次林小枫没有同意，态度坚决地买了黑色的。也可以了，饭得一口口吃，路得一步步走，改革不能操之过急——娟子想。

这天晚饭前，宋建平被一个急诊手术召到了医院里，林小枫正好趁这工夫，按照娟子的指导，细细地做准备。洗澡，洗头，吹头，敷上一层淡妆，最后，拿出了那套"三朵花"穿上，外面，再套上——件真丝的睡袍……

宋建平到家的时候，家里灯都熄了，只有大屋里床头柜上透出柔和的灯光。他换鞋的时候，妻子闻声迎了出来，穿着件他从没见过的丝制睡衣，飘飘洒洒地来到了他面前，比之她平时穿的那些棉布的睡衣睡裤，倒是多了一些罕见的风韵，引得宋建平不由得多看了她几眼。她立刻就感觉到了，格外地温柔起来。抢在他的前面替他拿拖鞋，让宋建平大感意外，连道"谢谢"。

林小枫斜他一眼，嗔道："这么客气！……也是怪我，从前服务不周，以后多多注意。"说着，边走边说了一句，"我去给你调一下洗澡水。"

宋建平不由得一阵紧张，不明白这反常的温柔背后意味着什么，是什么的前兆？不明白她又要耍什么花样。换好了拖鞋后，一时间，兀自站在原处怔忡不安。

林小枫从卫生间里探出头来，"好了！来吧！……需不需要我帮你搓搓背？"

宋建平眼睛看着林小枫，脚下机械地向里捌着步子，嘴里同样机械地连声说道："不用不用！谢谢谢谢！"

林小枫又那样娇嗔地斜他一眼，说了句："德行！"

飘飘洒洒而去。

宋建平进卫生间，关了门，想想不放心，又插上了门的插销。心里头适才的紧张，竟变成了隐隐的恐惧。

与此同时，娟子在她的家里也把她的"三朵花"穿上了，饱满的胸，紧致的臀，纤细的腰，颀长的腿，亭亭玉立风情万种娇嫩无比，站在刘东北的面前，令刘东北情欲勃发不能自禁，将两臂舒展成一个大大的一字，召唤娟子入怀。

"喜欢吗？"娟子却没有立即过去，站在原地，这样问。

"Oh："刘东北这样回答，回答不出别的。

娟子像是在想着什么，片刻后神秘一笑，问刘东北："你说老宋会不会喜欢？"

刘东北完全不能明白了，因而也无法回答，只是看娟子。娟子得意地说了："我动员他太太林小枫也买了一套！”

刘东北一拍脑门，叫："Oh：天啊！"

宋建平沐浴完毕，擦着头发进了大屋。一抬头，看到妻子站在床边等他，见他进来，一言不发，徐徐蜕去了身上的那件丝制睡裙，露出了里面的"三朵花"。宋建平吓了一跳，赶紧收回目光，假装擦头发。感觉林小枫向他走了过来，果然是，片刻后，一双穿着拖鞋的脚便出现在他的视野里。同时，听她说道："来，我帮你擦！"

宋建平一下子转过身子，"不用不用！谢谢谢谢！"擦完了头，就势背对着她上了床，钻进被窝。

林小枫也上了床，关了灯，犹豫一下，钻进了宋建平的被窝，从背后搂住了他，同时嘴里呢喃有声。宋建平这边完全无此想法，毫无欲望，身为男人，又不能直接拒绝，强忍着撑了一会儿，说："睡吧，时间不早了。"

"我不！我要！"

手下继续动作，一如从前宋建平对她。不同的只是，这一次，男女倒置了。

宋建平却不能像当初的林小枫那样粗暴拒绝，他只能婉拒。摸一摸对方的头发，拍一拍她的面颊，后方道："小枫，我今天做了两个手术，整整站了一天，有点累了。我们是不是……"

林小枫强迫自己继续撒娇，"不！我就要现在！"

宋建平口气里便有了一点点的坚决，"现在真的不行，我实在是累了。"

这时候林小枫尚还能保持冷静，继续进攻，"明天周末，我们可以晚一点起嘛！"

由于这进攻和坚持不是出于欲望，是出于心理和情感的需要，因而格外的顽强。于是宋建平口气里的坚决比刚才又进了一步，"这跟明天早起晚起没关系，我现在很累，我做不到！"

林小枫口气也随之发生了变化，"我看你不是做不到，是不想做吧？"

"随你怎么说吧，反正我现在就是不行。"

"你不是现在不行：是很长一段时间以来就'不行'，碰都不肯碰我一下了。"

"小枫，你我都清楚，最近一段时间以来，我们的感情不是太好，而这种事情——"

"而据我所知，你们男的就是没有感情也得有'这种事情'！除非——除非他另有渠道！"

话题又转到了老地方，宋建平一下子烦了，"又来了！"

转过身去，背对林小枫，不再理她。林小枫穿着"：朵花"腾地从床上跳起，转到宋建平的面前。

"又来了？又来什么了？"

"你不是已找娟子调查过了吗，有什么结果吗？"

"那你为什么会对我这样？一夜夜的，理都不理，毫无兴趣……"

"小枫，我已是快四十岁的人了！"

"三十如狼四一卜如虎！"

"那是指你们女人！"

"男女都一样!"

"你懂不懂? 不懂就不要装懂! 去, 买本书去, 学习学习, 这种书哪个书店里都有。……在这里我可以先给你上一课, 你听着: 在这种事上, 男人和女人是不一样的, 男人的旺盛期在十八岁——十、八、岁! 我已经两个十八岁都多了!"

"我说, 你是不是性无能了啊?"

不料宋建平对此说法甚感兴趣, 或说正中下怀, 抓住了救命稻草一般——如同从前的林小枫。"可能。你别说还真的有这个可能。最近看很多资料都说, 现代男子在快节奏的工作生活的巨大压力下, 很容易就——"

林小枫冷冷地打断了他: "拿证明来。"

宋建平眨巴着眼睛, "什么证明?"

"医生的证明。证明你性无能。"

"哈哈哈哈哈……" 刘东北在白色横条的躺椅上仰天大笑, 笑得完全无法自制。这是一个室内游泳池, 此刻他们正在游泳池边的歇憩处, "他们" 是他和宋建平。是宋建平约刘东北到这里来的。说是约他来游泳, 实际上是想跟他说一说自己的那事儿。他为此苦恼, 非常苦恼, 又不好随便逮着个人就说。一般来讲, 让一个男人跟人说自己在床上的骁勇, 是容易的, 不让说倒不容易, 实事求是都不容易, 有 "一" 他往往得说成是 "十"。反过来, 对于自己的无能, 就会缄默; 缄默的结果是在心里头加倍嘀咕, 越嘀咕越难受, 越难受越嘀咕, 最后就成了一种恶性循环, 成了一种自我折磨。

刘东北因事来得晚了一些，来时宋建平已游了一会儿游累了正在躺椅上歇着，等他。约人来游泳不好不让人游，还是让他下水游了两个来回，尔后，就把他拽了上来，跟他说自己的心事，从那天夜里林小枫的"三朵花"开始说起。不料刚说了个开头，刘东北就笑得不可收拾，令宋建平恼怒。开始他还能忍住恼怒，态度上也还算平和，"别笑了。"

刘东北就不笑了，直起身子，目视前方，做好继续倾听的姿态后，把脸转向宋建平。不料目光刚一触到宋建平的脸，脑子便禁不住浮想联翩，且人物场景均栩栩如生，令他无法忍受。他再次暴笑，笑得泪流满面肠胃痉挛，捂着肚子哎哟个不停，却还是无法止住。

宋建平大怒："别笑了！"

总算喝住了那笑。刘东北咳一声，坐好，同时堆出满脸严肃，表示这一次真的、决不再笑了，尔后，把脸郑重转向宋建平——大笑却再次爆发！胜过了前面几次，几乎引得全游泳馆的人瞩目。有一人是在出水换气之际听到了这笑，一分神，被水呛得连连咳嗽。那笑现在就是出了膛的炮弹，你只能眼睁睁看它爆裂、扩散、自行消失，别无他法。宋建平看着刘东北笑，无可奈何。

这时的刘东北理智相当清醒，不仅感觉到了宋建平的感觉，也感觉到了自己在整个游泳馆造成的影响。但是此刻，理智已然退居二线，存在是存在，却起不了任何的作用。他心里头也为止不住这笑着急。最后没有办法，只好起身，跑到游泳池边，一个猛子，扎了进去。

再上来的时候，刘东北终于可以做到不笑了。在宋建平身边坐下，用浴巾擦着湿漉漉的头发，对宋建平说："这事都得怪娟子，我已经批评过她了：怎么能给林小枫出这种馊主意呢？你这不是给我哥找麻烦吗？……不过你们家那位居然还真的会照着娟子的话去做我也没想到，这么大一人了，怎么能听一个小丫头的话？什么'三朵花'，三、朵、花……"话到这里猛然止住，不然的话，他又得笑。宋建平沉着脸一言不发。刘东北这才真正、打心眼里严肃起来，"哥，你给我说句实话，你是真不行啊，还是因为烦她？"

宋建平斜他一眼，"有什么区别吗？"

"本质的区别。这么着——你看那个女孩儿！"

泳池对面，一个刚刚上岸的年轻女孩儿正向她对面的躺椅那走，后背上下几乎全裸，包括臀，那饱满得略嫌丰厚的臀中间，只象征性勒了一道细细的线。

岸这边，两个男人的视线随着她走。看着看着，宋建平悄悄把手边的一条浴巾扯到了前边，以便把那个失了控的部位遮住。再"悄悄"也瞒不过刘东北的眼睛，实话说，他就是为这个才叫宋建平看的。答案既出，笑意即从他的眼中闪过。

这时，那女孩儿已走到了躺椅那里——令人失望的是她没有坐下，没给对面这两个男人瞻仰她正面的机会——她拿起了搭在躺椅上的浴巾，向外走。不过能侧面看看也好，更好，侧面看，那身材有着中世纪欧洲美女的标准曲线，绝不现代，绝不骨感，如同新鲜的奶油饱满的水果，令人垂涎。

女孩儿消失了。刘东北向宋建平扭过脸来，"有没有什么异样的感觉，哥？"

宋建平已重新在躺椅上躺下，懒洋洋道："你就无聊吧你。"

刘东北毫不放松，"回答问题！"

"你呢？"

"现在说的是你。我又没有问题。"

"我也没有问题。"

刘东北悄然一笑："还是有感觉的，是吧？还是有反应的，是吧？这就是区别。……你完了，哥！"宋建平不明白，刘东北继续说，"既然你没有问题，你在你老婆那里就交不了差。"

宋建平眼里闪过一丝恐惧，"可我跟她在一起真的是不行，但凡能行我也"顿了顿，"——以求和平！"说到这儿，又停了停，下决心道，"干脆都跟你说了吧：自从那天以后，她是夜夜纠缠，我不行就说我对她没有感情，又哭又闹，没完没了地盘问追查，疯了似的……"

"她这就是装傻了，她不会这么不了解男人。这种事情，有感情更好，没感情也成，就说嫖客妓女，那能有什么感情？只要不反感不厌恶，足矣。"

宋建平连连摆手，"千万别把这话说给娟子听，她们俩现在好成了一个头，你这话要是让娟子传给林小枫——"

刘东北断然道："她已经知道了。她感觉到了。不然她不会这样。她现在的心情就是一个落水的人，那事就是她的一根救命稻草，她死也要把它抓住。"宋建平默然。他显然不是不明白这点。刘东北若有所思地看着他，"看来，你还真是有必要去医院开一个证明。要不然不是你被她折磨死，就是她被你折磨疯……"

宋建平沿着自己的思路说，说自己担心的事。由于他跟林小枫不行，林小枫就一口咬定他另有'渠道；固然，他没有，但也不是白璧无瑕。娟子现在就如一侠女，动辄指责他和他的"肖莉"，替好朋友林小枫打抱不平。宋建平实事求是地跟她解释过他跟肖莉没有什么，但是事先因为有了刘东北的那番话——其实是玩笑话——垫底，娟子根本就不信他。现在宋建平担心的就是万一哪天娟子把这事跟林小枫说了，那他真的是死路一条了。非常后悔事过之后没有及时向林小枫汇报，以致错过了最佳时机，让那事演变成了一颗定时炸弹。

刘东北对他的后悔却不以为然，"No？No？No？这种事，你要么不做，做了就不能说。"

"那要是娟子说了呢？"

"她说跟你说的结果完全一样。哥，不要企望着坦白从宽，坦白从宽是警察和罪犯之间的游戏规则，不适合男人和女人。"

"其实我做什么了？我什么都没做，我问心无愧，我无可指责！这事就是拿到妇联去让专家出面裁决，都说不出我什么。不错，我是有妇之夫，我是有妇之夫我没有再爱别人的权利，但是不爱你的权利我还是有的 PE？谁规定只要是夫妻我就必须爱你，谁规定了？啊，谁规定了？"说着就激动起来，愤怒起来，唾沫星子四溅，完全没有了学者的儒雅风范。

刘东北看宋建平的目光锐利，"那你怕什么？"

宋建平愣住，这个问题他倒是还真的没有想过。

刘东北一针见血，"因为你已然背叛了她！男女间的背叛可分为三种：身体的背叛，心的背叛，身心的背叛。通常人们在意的是第一种和第三种，对第二种基本上是忽略不计。但要我说，心的背叛的严重程度远在身体的背叛之上———一夜之欢算得了什么？谁能保证自己一辈子没有一时冲动偶尔走火的时候？心的背叛就不一样了，它的性质与身心的背叛完全相同。而以我的价值观来说，还不如第三种，因为了它的伪道德，它的不人性：你心都不和她在一起了身体还要和她在一起，不仅对你不公，对对方也是一种欺骗，一种侮辱。"

宋建平听得目不转睛，深叹自愧弗如。刘东北缓了缓口气，话锋一转，"哥，看你整天像个惊弓之鸟似的，活得那个累，为什么就不能换个思路考虑这个问题？"

"换个思路——换什么思路？"

"离婚。"

宋建平一下子沉默了。刘东北看他，"为了孩子？"

"不仅是。她为我，为这个家，付出了很多。她现在，只剩下我了。"

刘东北明白了。明白了就没有办法了。宋建平的处境超乎他的经验。最后，他郑重建议他去医院开证明，性无能的证明。是下下策，但是，除此下下策，就宋建平而言，没有他策。

开一个有病证明是容易的，尤其对医生来说。不好意思在现单位开，就去原单位开；在原单位开怕万一有人传话，就去不相干的医院开。这点关系宋建平有，有的是，完全不在话下，对此他信心十足。他找了他一大学同班同学，同学是男科的副主任。副主任二话不说，拖过一沓单子，按宋建平的要求开证明，边写边笑了起来，笑着问他外面是不是有人了，没等他回答又笑着说别说了别说了，一脸的意味深长、不容置疑、小人之心度君子之腹——气得宋建平拿了证明就走，谢谢也不谢谢！

他把这个证明呈报林小枫。林小枫阅：结论，ED。

"ED是什么？"

"男性勃起障碍的英文缩写。"

"原因是什么？"

"原因很多。具体到我，可能就是年龄、工作压力等等各方面综合因素造成的……"

"怎么治？"

"这个年龄嘛，"沉吟一下，"就这个年龄了……"

"人家毕加索七十岁还能生孩子呢！"

"个体差异……"

"那也不能差了一半去！"

"工作压力……"

林小枫哼了一声，指示道："明天，你请个假。"

"干吗？"

中国式离婚

"跟我上医院。"

"上医院？上哪个医院？"

"你别管。跟我走就是。"

"为什么?!"

"为什么你还不清楚吗？"

宋建平一下子泄了气……

第十一章

　　那个年轻医生相当冷漠。宋建平一眼就看出来，那冷漠是装出来的。他冷漠是因为他不自信，宋建平也曾经这样年轻过。这是宋建平自工作以来，头一回，从一个纯粹病人的角度去观察他的同行。换句话说，他是头一回，以一个纯粹病人的身份坐在他的同行面前。

　　林小枫亲自开车把他送进了这所医院，送进了男科。幸而男科不方便女士人内，否则，她会亲自陪他就诊。这医院里肯定也有他的熟人，即使没有直接的，曲里拐弯的也能找到。但是，他没有机会。事先，不知道来这里；一路上，林小枫始终与他在一起；进男科前，又把他的手机缴了去·，说是替他拿着，万一他做检查需脱衣服什么的。年轻医生低着头，手在病历上刷刷地写，嘴上问："你们这种情况持续多长时间了？"

　　"很长时间了。"

　　"多长！……半年？一年？"

　　"……得有一年多了。"

　　"你是根本不想呢，还是，想而不能？"

　　宋建平沉吟，他不知该怎样回答对自己更有利。他必须把所有因素都考虑在内：医学的，人事的——谁知这人是不是林小枫的熟人？

年轻医生抬起头来，"嗯?"惜字如金。

"我感觉是，后者。"

"想而不能?"

"想而不能!"

"这一年多来，除你妻子之外，你对别的女人，没有过冲动?"

"没有!"这次他倒是回答得很快——过于快了，引得医生抬起头来看了他一眼，目光锐利，他身上不由一阵潮热，出汗了。

年轻医生进一步解释——很像是一种诱供："不是说你怎么样了，而是说你有没有过这样的幻想，性幻想。"

"没有。"宋建平死死咬定。

医生再也没问什么，拖过一本化验单，又在那上面一阵刷刷刷，尔后，哧啦撕下来，给宋建平，"去验个血。"

宋建平看化验单，化验激素水平。他拿着单子向外走时，护士已叫了下一个病人进来。

"下一个病人"是一个形容萎黄的中年男子，一对八字眉毛更使他看上去满面愁容，显然是这里的老病号了，一副熟门熟路的样子，进门还没落座就开始嚷嚷，神情声音充满了焦灼，"大夫不行啊，药都吃完了，按点儿吃的，可这激素水平它咋怎么就是上不去了呢它?"

"还没化验怎么就知道没上去?"年轻医生颇不以为然。"我有感觉! 不行! 怎么试怎么不行! ……"

宋建平禁不住回头看那男子一眼，心情复杂，说不清是同情还是羡慕。

化验结果出来了。林小枫看不懂化验单子上的那些符号，让他解释。他告诉她：正常。

不瞒她。首先是，不能瞒，基于那可能存在的"人事.关系"；其次是，不必瞒，激素水平低，肯定ED，但是不等于不低就不凹，如同瞎子是残疾人，不瞎不一定不是残疾人一样。按照逻辑学的说法，这是个大概念小概念的问题，二者不是对等关系，是一个涵盖与被涵盖的关系，因而仅一个激素水平的化验结果，不足为凭。

宋建平拿着化验单进了诊室，林小枫在外面等。过一会儿宋建平出来了，将病历呈报给林小枫。林小枫阅：结论，ED（功能性）。

站在诊室门口，林小枫对着那病历看了许久，不声不响，不知在想些什么，令宋建平不安。之所以不安大概因为ED后面括号里的那三个字：功能性。

后来，有一次，刘东北问他的检查结果，他如实说了。刘东北马上敏锐地把这个问题给拎了出来：功能性——还有什么性？宋建平：器质性。刘东北：有什么区别吗？宋建平：器质性就是说你的身体有问题……话未说完刘东北就大笑着打断了他：明白了——功能性就是你的思想有问题。

话糙理不糙。

宋建平担心的，正是林小枫会就"功能性"提出质疑。他已做好了思想准备，如果她问，他如何答。功能性KD也是凹，一如心理问题也是问题，精神病也是病的一种，甚至比一般疾病更严重待遇更高，杀了人法律上都不予计较！……这样想着就激动了起来，心身充满了一种临战前的亢奋。他严阵以待。对方就是不吭气。

宋建平终于沉不住气了，"小枫？……小枫，我对不起你……"

她终于说话了："不！建平，是我对不起你！"

她抬起头来，满眼是泪。原来，她久久低头不吭是因为了这个。

宋建平顿时感到内疚歉意，甚至觉着自己有一些无耻，为掩饰，他一把搂住妻子的肩膀，温和地说："走吧。"

林小枫泪汪汪道："没说怎么治吗？"

"这种病……西医……"宋建平摇了摇头，"主要还是在调养吧。"

这天，林小枫去了中医研究院，排了很长时间的队，挂得了一个十四块钱的专家号。候诊的走廊里坐满了人，大部分是男人，少部分是陪男人来的女人，只有林小枫一个女人是独自前来。她今天来，是来探路。宋建平时间宝贵，她得把一切都调查好了，确定好了，再让他动。到这儿一看，来就诊的男人几乎是一水的、与宋建平差不多岁数的中年人，更证明了当初宋建平对林小枫的解释不是托辞，不是她认为的"另有渠道"。

"27号！"专家的助手从诊室探出头来，叫号，"宋建平！……宋建平！！"

林小枫这才被从沉思中叫醒，慌慌张张答应一声"来了"，起身向诊室里去，引得所有前来就诊的人们一齐向她看去：怎么回事？

助手也是满脸疑惑，拦住林小枫问："你是宋建平吗？"林小枫先说"是"，又说"不是"，镇定下来后如此这般解释一番，方才被放了进去。

专家六十多岁的样子，鹤发童颜，看着就给人一种经络畅通、血脉旺盛之感——来之前，林小枫曾翻阅了不少有关"肋"的中医书籍，对中医原理已然略知一二——当下林小枫决定，下次带宋建平来，就挂他的号。专家看了林小枫呈上来的西医检查报告，尔后道，不见病人他不能下药。林小枫问能不能治，专家的回答仍是，不见病人说不好。绝不敷衍塞责，绝不大包大揽，一副严谨科学的大家风范，令林小枫肃然起敬。尽管费了大半天工夫得到的只是这么两句内容相同的回答，但林小枫已经满意了。这正是她要的结果。倘若那专家当即就给她开方抓药，林小枫肯定会否定了他。

林小枫开车回家，心情异常轻松，是那种突然发现与所爱的人的所有矛盾，都是自己的责任之后而产生的一种轻松。她打开了车里的音响，车厢里，立刻响起了雅尼的《夜莺》，优美得令林小枫热泪盈眶。在竹笛与小提琴奏出的仿佛天籁般的奇特旋律中，林小枫觉得她该知足了，该珍惜了，不能再由着性子"作"了。回首自己这一阵子的表现，林小枫竟有了不忍卒想之感。自己何时为何成了这个样子？变态一般，疯了一般，纠缠不休，喋喋不休，甚至有一次，明知他第二天有手术，就是不让他睡，就是要让他陪着自己不睡，怀着一种同归于尽的恶意快感，为了什么？为了他的步步高升，为了他与她的距离越拉越大，为了她内心深处由此而产生的危机感和恐惧？望夫成龙、望夫成龙"为什么"夫"一旦成了龙，女人就会忘掉自己的初衷？没钱的·时候，想有钱；－有了钱没人的时候，又想有人，要求太多了，太贪了，太自私了！在竹笛的清脆空灵与小提琴低婉柔转的交织声中，林小枫毫不留情地检省了自己，解剖了自己，同时，提醒自己：林小枫，当初，这可都是你的选择，当生活轨道已按照你的愿望、设计实现了的时候，你不能因为自己当初的考虑不周，就迁怒对方、殃及对方。比比周围你所接触的其他有钱男人，刘东北也好，肖莉的前夫也好，宋建平已然是太好了。

思维曾在"考虑不周"这个词上顿了一顿，但是未及深想，就滑了过去。也许不是"未及"深想，是"不想"深想。离开学校；离开她喜爱的学生、喜爱的职业，是她心中永远无法消弭的一个痛。她本能地要躲开它。想而无用的事，最好的办法，就是不想。

在林小枫的耐心说服下，宋建平跟着她去看了中医，抓了药。从那后不久，宋家开始洋溢起中草药的药香。那药香是如此浓郁淳厚，经由宋家的窗缝门缝飘出，经久不散……

这天上午，腹外一下子做了两个大手术，两例肝移植。原本准备的是做一例，因只有一个肝源；不料手术前两天，突然又接到四川成都某关系户的通知。有了一个新的肝源。于是马上派人去取肝，结果，两个肝同时来到，同时到就得同时做。一般来说，如能在二十四小时内完成肝脏的异体移植，成功率就会比较高。

两个手术宋建平都得亲自参与，出了这个手术室进那个手术室，关键时刻，亲自上台，从上午九点一直做到晚上九点。十二个小时滴水未进粒米未进，倒也没觉着渴没觉着饿，精神高度紧张亢奋。肝源来之不易，生命岌岌可危。两个病人有一个才三十九岁，是个成功的民营企业家，旗下资产上亿，因工作需要喝酒过多导致了肝硬化，后转成肝癌。应当说这是一条硬汉，创业过程中几上几下都没有放弃，他能成功是他性格上的一个必然。但就是这样的一条硬汉，得知死之将至时，哭了。哭着，他对宋建平说，救救我；又说，现在如果能选，是做一个健康的普通平民还是做一个目前的我，我不做我。

两例手术都很顺利、很漂亮。

到家时已经十点多了，儿子当当早就睡了。妻子小枫在等他。夜宵已经做好，鸡汤小馄饨，撒了香菜末和胡椒粉，宋建平一气吃了三大碗。一天未吃，这种连汤带水的食物最合适。既能饱其肚腹，又不致撑着。吃完了，洗个热水澡，从里到外的舒服。大屋的房顶灯已熄了，台灯柔柔，宋建平穿着浴衣往床边走，全身筋骨酥松，只想一头倒下，睡一个好觉。明天肯定轻松不了，明天是那两个术后病人的关键，需严密观察，及时处理可能出现的问题。外科医生光手术漂亮不行，光手术漂亮那只是个开刀匠，如同鞋匠、木匠、缝衣匠。人体是一个大化学体，术后的观察处理非常重要。手术成功才只是一半的成功。

这时，他看到了在床头柜上等着他的那碗棕褐色的中药。早一碗，晚一碗，雷打不动。那中草药累计起来，得有一麻袋了。若在平时，他就忍了。明知没用，让喝就喝，可是今天，他不想喝。首先是刚刚吃下三大碗馄饨，肚子没空；再者，每晚睡前喝下去这么一大碗液体，夜里就得起来撒一次尿。他睡眠本来就不太好，一起夜，半天睡不着，这一阵子就为睡不好觉他已然憔悴了不少。跟林小枫商量是否不喝，或停一段再喝，林小枫不答应。说是要抓主要矛盾，又说治病贵在坚持，还说她这不是为了她，是为了他，ED只是一个症状，反映的是整个机体的问题。应该说，她说得都有道理，可是今天他太累了，太想好好睡一觉了，加上还有肚胀，于是假装没看见那药，脱浴衣，换睡衣，上床，钻被窝，就想躺下——

"把药喝了。"语气是温柔的，态度是坚决的。宋建平想反抗，不喝。冷静一想，得喝。因为喝与不喝的结果是一样的。喝了，难受，睡不好；不喝，她就得跟你没完没了地掰扯，还是睡不好。她还会因此不高兴；闹不好，还会吵着儿子。于是，喝，捏着鼻子屏息静气咕嘟咕嘟一口气灌了下去。结果那天夜里，中药汤加上鸡汤，宋建平起了两次夜。第二次起来后再就睡不着了，大睁着两眼躺在暗夜里——熬。听着身边妻子均匀的鼻息，儿子那屋的悄无声息，暗暗自嘲：罢罢罢，苦了我一个，幸福一家人。好不容易熬到天似乎是亮了，爬起来掀开窗帘的一角借光看表，刚刚过五点，再睡无论如何是不能睡了，便随便摸了本书，去了厨房。在从卧室到厨房几步的路里，他脑子里想的是，得赶紧买房了，再这样近距离地厮守下去，他真的是受不了了。

当天终于亮起来的时候，当林小枫起来张罗早点、张罗当当起床上学的时候，宋建平疲惫地看着蓬着头趿拉着鞋忙这忙那的妻子，心里头是一片无望无际的苍凉……

刘东北辗转难眠，于难眠的煎熬中想起了他哥宋建平。确切说，是想起了他的凹。看来这世上还真的是没有绝对的好与坏。四好不好？不好。但是当一个男人有需要而无法满足的时候，ED 就比不凹要好了。就好比，在没饭可吃的时候，食欲旺盛比没有食欲会痛苦得多。

娟子就在他的身边，已睡着了。她的鼻息，她的体香，她那在黑暗中显得格外光滑洁白的面孔，对他无一不是一种撩拨，一种刺激，一种难以抗拒的诱惑。要搁从前，他才不会管她睡没睡呢。不管她正在于什么，只要他想要，就一定要要。也能够要得到。有时娟子也会抵抗，但是只要他加大力度，她就会屈服。不是屈服于他的武力，而是屈服于他的意志。他要她的意志对她是一种撩拨，一种刺激，一种难以抗拒的诱惑。事实上在这类女孩儿的意识深处有着广种她对外人绝不会承认的意识：她喜欢男性的强迫和征服。

但是现在，他不能动她。她怀孕了。从知道了她怀孕的那天起，他就没有动过她，至今，已然两月有余。实在熬不住时也曾经"自慰"，事过之后不仅没有满足感相反倒有一种说不出的空虚：这么做实在是对生活、对生命的浪费和亵渎！

娟子却千点都不体谅他。一如既往地要跟他一块儿睡。这个睡是睡觉的睡；指它的本意而不是那个被人借用了的喻意。她的妊娠反应很重，很难受，很委屈，正是需要丈夫关心呵护的时候，因而他一说要跟她分开睡她就生气，说他一点都不爱她，他爱的只是和她干那事。这逻辑完全没有道理却又让他无以反驳。这种认识上的差距实际上是性别的差异，性别的差异不可逆转。

娟子动了动，在睡梦中把一条腿搭在了他的身上，正好压住了他的小腹。他顿时全身一阵燥热，有一瞬甚至想不管三七二十一先干了再说。但是不行，不能。他爱她爱她肚子里的他的孩子，他不能因为自己的欲望就置她们的利害于不顾。曾试着抽出身来，怕惊醒她，没敢使劲，抽不出来。索性不动，直挺挺躺在那里，等待燥热过去。

忽然间就想起了陈华。陈华是他初中时期的班主任兼数学老师，既是班主任又是主课老师的老师，本身就具有了双重的权威性，加上那陈华本人又厉害，全方位的厉害：教学水平厉害，脾气厉害，乒乓球、羽毛球、篮球、足球无一不厉害，用今天孩子们的词说就是，"罩得住"。班里同学、尤其男同学，对他无不惧怕。背后一口一个陈华的叫，牛气哄哄；当面，恨不能一口叫出俩老师来，一个赛一个的乖。没办法，不服不行啊，谁叫人家比咱厉害呢？那时他们正在青春期，有着青春期的典型心理特征。服谁，口服心服；不服谁，心不服口也不服。曾有一个既没能耐又装腔作势的化学老师，就是生生被他们给挤走的。

青春期的发育当然不光是心理。那时他们常常会为生理上的发育好奇，苦恼，具体说，性发育。常常相互交流切磋，也为最后最关键的那一瞬究竟应该怎么做而焦虑。曾问过娟子，她们女孩儿当年是不是也是这样。娟子会说根本就不，她们那时很少或说根本就不谈性，说女生根本就不会像男生那样下流。曾经刘东北不信，但又想都这个年龄这种关系了，她又何必要为十几年前的另一个女孩儿装纯洁呢？就是说娟子说的是真的。一度这巨大差异很令刘东北迷惑，直到有一天方猛然悟出了个中原委：在性的问题上，造物主将"主动"的责任——抑或说，将人类繁衍的重任——交给了男性。主动光有欲望不行，还要有——权且说是——技术。女性既是被动一方，只需被动接受即可，这就难怪那些女孩儿不苦恼不焦虑了，还好意思舰着个脸指责他们下流，根本就是没有责任心嘛，站着说话不腰痛，不当家不知柴米贵，混淆是非颠倒黑白拿着愚昧当光荣。

苦恼的不光是心理，还有生理。那部位常常会控制不住地就突然"起来"了。在某些情况下，比如正在听课或者正在吃饭，它起来也就起来了，它总有累的时候，有恢复常态的时候。但是在某些情况下，它不合时宜地"起来"就会给它主人带来很大痛苦。比如说，正上体育课，正跑一千米，它"起来"的一个直接恶果就是，要与相对变瘦了的短裤正面摩擦，那时恰恰又是它最娇嫩的时候，而体育老师如一头威猛无情的德国牧羊犬在一旁虎视眈眈，你还不能不跑，一跑一擦一跑一擦——真的是很疼的。

中国式离婚

相互说起来，都有过次数不同的这种痛苦经历，又都对"它"无可奈何，后来，不知是谁，不知什么时候，他们中间流传开了这样一种说法："它"起来的时候，就想陈华。只要想陈华，保证"它"想起也起不来了。

有一次，他路过一个中学，隔着铁艺围栏，看到一帮穿着清一色校服的孩子在长跑，他不由得站住了，久久地看，面带微笑，心想，不知他们有没有一个"陈华"。中学时期，十四五岁的男孩子若有一个能罩得住他们的"陈华"，是幸运的事。想到这里，刘东北不禁又微笑了。燥热消退了，身心平静了。

他感到了睡意。轻轻将身体从娟子腿下一点点挪出，起身，抱上枕头被子，预备向客厅去，去长沙发上睡。谁料这时，娟子习惯地伸出了一条胳膊去摸索他，他赶紧归位——她只要摸不到他就会一下子醒来——娟子摸到了他，满意地叹息一声，睡意蒙咙地要求"搂着我"。刘东北按她的要求做了。她不满意。"搂紧一点"，她又说。他叹了口气，知道这个样子下去他会根本睡不成觉。于是，小声用商量的口吻说："娟儿，娟儿？我还是去客厅沙发上睡吧。……这样子在一起，我受不了。"

"嗯……不，我不想一个人睡，就要跟你一起……"

"娟儿，你得讲讲道理。你看咱俩，男的年轻，女的美丽，睡在一张床上，又不能在一起，这不是活受罪嘛！"

娟子不应。她已抱着他沉沉睡去……

这天是周六。刘东北在厨房炖棒骨汤，都说棒骨汤补钙，孕妇和胎儿都濡补钙。娟子歪在床上翻看一本杂志。

小时工在收拾屋子里的卫生。不大的家里洋溢着骨头汤的浓浓的香味，洋溢着家的安详、温馨。忽然娟子大叫一声："我要吐！"

刘东北闻声冲了过来，情急之下找不到合适的家什，两手伸了过去去接娟子的呕吐物，接完一捧甩到地上，再去接。正在收拾卫生的小时工看着，在心里撇嘴。

小时工来自河南农村，粗手大脚，三四十岁。她怀孩子生孩子的时候，不仅没让男人照顾；相反，一天都没歇过，直到生孩子的那天上午，还在地里干活。男人在外面打工，孩子出生那天回来的，男人远道进家，她就是刚生过孩子，也得给他做饭。给男人做了他最爱吃的手擀面。女人怀个孩子哪里就这么娇气了？她很想跟刘东北说，你越娇她，她就越娇，叫她起来干点活，就什么毛病都没有了。当然，她没说。人家两口子，愿打愿挨的事，用不着你去掺和。

小时工收拾刘东北甩到地上的呕吐物。由于那里面有早晨喝下去的牛奶，气味格外难闻，酸臭腥膻，凭小时工那么泼辣能吃苦的人，都得憋着气才敢往跟前靠。那男的却是一点都不嫌乎。小时工还从来没有见过这么爱女人的男的，不由在心里暗暗称奇。小时工不会知道，这时候这个男人的心里除了爱，还有歉意，还有感激。

娟子从没结婚时就宣布，她不要孩子，她不想怀孕。不想从青春少女一下子变成中年妇女。当时刘东北同意了，说好好好。他以为她不过是一时的想法，随着时间推移，指不定什么时候就变了。比如他就是。原本对孩子毫无感觉，毫无兴趣，他婚都不想结怎么可能还会想要孩子？为这个他爸妈没少骂他——他们家是五代单传——没用，也就绝望了，不管他了。但是突然的，他就想要孩子了。不知为什么，也忘了从什么时候开始。从看到那些长跑的中学生们开始的，还是跟老宋的孩子当当一块玩儿的时候开始的？那孩子太好玩了，有一次，甚至一本正经跟他讨论婚恋生育这样的深奥问题，告诉他，不一定非得恋爱才能生孩子。比如蟑螂，自己就可以生孩子。还用了一个非常专业的名词：单性繁殖。

　　如果仅是为了"传后"要孩子，刘东北没有兴趣。他是一个典型的现实主义者，也绝不指望靠孩子养老。指不上。他自己不就是个例子？独子，但是，一旦长大了，就要离开父母去过自己的生活，完成自己的人生。至今，他在北京，父母在哈尔滨。他用他的工资，老两口用老两口的工资。每个人都有每个人的一生。养孩子不是生活的需要，是生命的需要，是在你生命的某个阶段时，对你生命的充实和补充。但是娟子初衷不改。在这里，被刘东北忽略了的一个重大问题就是，如果要孩子，就得由娟子生不是他生。而娟子不想要孩子的最大原因就是，不想生，或者说，不想怀孕。不想把腰腹撑得像水桶，乳房弄得像布袋，搞得不好再落下一脸的妊娠斑——总之吧，不想从青春少女一下子变成中年妇女。

　　刘东北试图说服她，说服不了。指责她，指责她的自私，她反唇相讥：他要孩子不也是一种自私？让他无话可说。她的指责是一语中的。后来就不说。一说就吵，还说什么说？只是一想起这事，就闷闷不乐。

记得那天夜里，那一次，她格外有激情。是在事后，事后的事后了，她才告诉他，她在哪本书上看过，激情中受孕的孩子，会聪明漂亮；那书还说，这就是为什么私生子聪明漂亮的概率比一般婚生孩子要高的原因：激情不到一定程度不会偷情；反过来，偷情对激情的上扬也是一种有效刺激。那一次娟子没有采取措施，当确定受孕了后，才把这一切告诉了刘东北。说着说着她忽然就伤心地哭了起来，哭着，她说：东北，如果有一天我变成了一个又老又丑的中年妇女，你还会爱我吗？她要孩子纯粹是为了他，为他宁肯与她的美丽青春诀别——他感动得一把把她搂在了怀里，在她耳边说了一句话：Weareget tingtheretogether……

决心是下了，孕也怀了，但娟子还是会为了一点小事就受刺激。比如今天早晨起来，早晨起来一般是她身体相对舒服的时候，胃空了一夜，就不觉着那么恶心那么难受了，身体一舒服就有了兴致，就想出去玩。出去玩就得穿出去玩的衣服，结果，试衣服时，兴致一下子给破坏了。几乎所有像点样子的衣服都不能穿了，原来肥得能伸进一只手去的裙子，现在扣子都系不上了，娟子当时就哭了，也不出去了，吃过早饭就蔫蔫地歪在床上翻书，一直歪到现在。刘东北就一直不离左右地陪着她，只在小时工到后，抽空出去买了一趟棒骨。

小时工收拾完了地上的呕吐物，顺便拿了个盆来给娟子放在床头。刚刚吐过的娟子对着盆又是一阵猛吐。食物早就吐完了，吐胃液，胃液也吐完了，吐胆汁，胆汁也吐完了的时候，就"欧欧"地干呕。这时刘东北在卫生间洗手，娟子的干呕声听得他又难受又担心，周围再无他人，只好向小时工请教："她没事吧？"

书上说三个月过后妊娠反应就会减轻，但是照这么个吐法，等不到三个月过去人就该不行了。

"没事没事，"小时工总算有了开口的机会，立刻趁机阐观点，"你用不着太娇她，越娇越娇，不就是怀个孩子吗？女人哪有不怀孩子的，自要怀了孩子，都这样！"

刘东北替娟子辩护："不，她还是重。我们一同事怀孕，从开始到最后，没事儿人似的。"

"女孩儿，那就是因为她怀的是个女孩儿。女孩儿就重。女孩儿头发多，在娘肚子里毛毛扎扎的，就容易恶心，就容易吐。"

刘东北这才哭笑不得地闭了嘴。小时工兴犹未尽，边干活边就刘东北给她的这个说话机会，说了许多，不停地说，手不停嘴不停，直说到走。

家里总算安静了下来。娟子看着刘东北，无可奈何地摇着头笑："以后咱们这个家可就热闹了，保姆，孩子，奶瓶，尿布……"

"娟儿，这就是人生。我们不可能永远年轻。"

娟子便不再说，只把头靠在了刘东北的肩上，静静地看着某处，若有所思……

？三个月过去了，娟子的妊娠反应却没有过去，不仅没有过去，还出现了先兆流产的症状，偏偏这时刘东北公司里的事情特别多，娟子妈妈得知了这个情况后，火速赶到北京，把女儿接回了青岛家中。

刘东北就是在这个时候，认识了那个女孩儿。在一个酒吧里认识的。长得不如娟子漂亮，或者说，长得比较一般。以刘东北的条件，想找到比这女孩儿漂亮的非常容易，但是要想找到比她明事理、比她聪明包容的，就不那么容易。当然那也许不是她的聪明包容，只不过是客观条件限制之下的一种不得已而为之——她从不对刘东北提任何要求。物质上、感情上的，一概没有。倘若她提，如是物质上，刘东北可以给予一定范围的满足；如是感情上，刘东北会掉头就走。

在娟子走的这段时间里，他们时而幽会，没有规律，通常是，谁有需要了，谁就跟谁联系。在一起也比较谐调。幽会地点通常都是在刘东北的家里。

这天，娟子要回来了。回来前好几天，就打电话通知了刘东北。刘东北利用这段时间做了充分准备：让小时工一连来了三个晚上，把屋子彻底打扫了一遍，被罩床单枕套包括沙发罩，全部撤下洗了，完后自己又在各处细细检查一遍，直到确认不会有什么问题。百密一疏，娟子到家后没多久，就在床上发现了一根头发，长长的，细而软的棕黄色头发。

娟子自怀孕后就剪成了短发。怕对胎儿不好，也再没有给头发焗过彩油。她的头发是黑色的，粗而且硬。那头发显然是别人的。娟子的脸色变了……

第十二章

　　如同当年肖莉家情景的再现：那根长发被摆在茶几上，不同的只是，这次谈判的双方是刘东北和娟子。再有所不同的，是刘东北和肖莉前夫的态度。

　　刘东北的态度平静温和，看娟子的眼神如一个宽宏大量的哥哥，"发够了吧？哭够了吧？那好，现在我们来谈一谈这根头发的问题。坦率地说，这头发是谁的我也不知道。"娟子一听又要急，刘东北摆手制止了她，"第一个可能，是你的，以前你也是长发，局过黄油……"

　　娟子冷笑："我看你被套床单都换过了。"

　　"（Bp 使是刚换过都可能有头发。比如，洗的时候被搅在了里面，换的时候又被翻了出来。"

　　娟子睁大了眼睛听，肯顺着对方的思路走了。

　　"第二个可能，的确是另一个女人的。"这一次娟子就投急了，静静听他说下去，"比如，我的某一个女同事，我们在一间办公室里，她的头发会有很多途径被沾到我的身上，或说，吸到，静电所致，尔后又被我带到了家里。第三个可能，是保姆和她孩子的，我曾让她们在咱们家洗过一次澡——就算是不为她想，也得替我们自己想。她长年累月洗不上澡，身上那味，来咱家一次好长时间散不干净；若是不让她孩子来只让她一个人来洗，家里你不在就我，她要是往歪里想我可就窝囊死了——"

这时娟子的眼睛里现出一丝隐隐的笑意，把顾长俊朗的刘东北和那个胸大腰粗的中年保姆安在一块儿，不能不让人发笑；

第二天晚饭后，刘东北在公司加班时，小时工来了，一见娟子就不住嘴地说。先是夸刘东北，夸他的仁义、厚道；由刘东北的仁义厚道扩展到、整个城里人，说城里人也有好人；由城里又说到她们乡下，说乡下如何如何的好，如何如何的方便，想洗澡了，村后就有一条小河，伏天天热，尽着他们在河里扑腾；冬天天冷，就在家洗，烧上一大锅水，能洗一家子。到了城里，总共六平方米的个小屋，四个人，摆上床，身子都转不开，洗澡，怎么洗？就这六平方米的个小平房，没水没暖气，一月还要她们二百……

小时工有两个孩子，一女一男，都带到了北京。丈夫也在北京，给人搞装修。不过除小时工外，娟子还从没见过她的任何一个家人。

"你女儿多大了？"娟子问。这时的她已"显形"了，挺着个微微隆起的肚子，跟在保姆身后溜达，边同她说话，边不住嘴地吃。这时正吃着的是一元钱一块儿、稻香村产的豌豆黄——必须是稻香村的——用牙尖咬一点，尔后，用舌尖抿，于是，齿间口内，便充满了豌豆的纯正的原始清香……她的妊娠反应已然完全过去，仿佛是为了补偿厂胃口好得出奇。整天不住嘴地吃，正餐、零点、宵夜，吃得刘东北目瞪口呆。过去她唯一让刘东北遗憾的方面是，胃口太小，吃得太少，加上又爱吃个零食，到真吃饭的时候，吃两口就饱。夫妻过日子，"吃"是一块很重要的内容，相对而坐，大吃大喝，边吃边说，于心身都是一个满足。但要是一个不能吃，就会没有气氛，就会让另一个扫兴。为此娟子也很抱歉，没有办法。现在可好，倒过来了，刘东北都吃不过她，常常是刘东北让她扫兴了。

"周岁十三了。"保姆回答。

"留的长头发吧？"

保姆是短发。

"可不是！一直到这儿！"手在腰的上面一点比划一下，尸洗一回得烧两壶水，两壶水得用一块煤。让她剪，不剪。这么大了，一点不知道体谅父母，到了城里，别的投学会，学会了臭美。"

娟子用牙尖咬下一点豌豆黄在嘴里心满意足地抿着，笑眯眯听保姆唠叨。

宋建平知道了这事后，简直难以置信，"她就没事儿了？"

"没事儿了。"

"你看你这有事儿的，倒没事儿了；我这没事儿的，倒永远有事儿。"

从那天后，那个不眠之夜后，宋建平就拒绝喝药。他配合她已很久了，再配合下去身体非垮了不可。觉都睡不好，身体能好吗？林小枫倒没说什么，但是不说还不如说：她不光不说这事，别的事也不说了，沉默。又拿出了这个杀手锏，其杀伤力一点不比她的唠叨吵闹要少。

"你知道你缺的是什么吗，哥？——智慧。婚姻需要感情，更需要智慧，你比如说我让小时工带着她的孩子来洗澡……"

宋建平一下子瞪大了眼睛，"敢情那是你有意安排的?'，"对。未雨绸缪。防患于未然。这头发的事情，古往今来的例子数不胜数……"

宋建平频频、深深地点头，他想起了肖莉。一时间心中感慨万端，说不清是佩服是不屑还是鄙夷，"东北，够有心计的啊。"

"是技巧。"

"那个女孩儿怎么办?"

"她无所谓。我们俩是事先说好了以后才——各就各位的。她就是一'北漂'，北京再没什么亲人了，平时跟人合租一间地下室。我们俩在一起也算是互相帮助，互通有无，互惠互利。"说到这里话锋一转，郑重建议，"我说，哥，你又不是真的不行，为什么就不能给自己寻找一点幸福? 你这个样子无异于虚度光阴，浪费生命。当年，毛主席是怎么教导你们来着? 浪费，是极大的犯罪。"

宋建平头摇得差点没掉下来，"不行不行，我不行。"

"你怎么就不行!"

刘东北若有所思了好一会儿，方点点头道："你就是这种人! 也罢。人还是得随: 心'所欲，否则，只会更不痛快。"

"你这样做，心里就没有一点……内疚的感觉吗?"

"于已有益，于人无害，我干吗内疚?"

“也永远不告诉娟子？”

“当然。为了自己的轻松而忏悔、而把包袱卸给对方的事情，我绝不会做，那不道德。”

话说得全然在理无懈可击。本来，宋建平是想以长者、以监护人的身份教育或教训刘东北一番的，临到现场，才发觉他刀口一肚子的道理在这个年轻人的理论面前是如此的苍白无力。

这时，刘东北的手机响了。电话恰好是那个女孩儿打来的。她妈妈病了，住院了，她要回家一趟，至少得离京两个月，想在走前，跟刘东北再约会一次。其实按照怀孕的月份娟子现在已能行了，但是她不让他动，怕不小心弄坏了胎儿。他也就作罢，也是愿望不那么强烈。他对须瞻前顾后小小心心的做爱，兴趣不大。当然，这也是因为他另有着一条渠道的缘故。娟子回来后，他和那女孩儿仍然没断。都是利用中午，娟子上班中午不回来，偶尔回来，事先也都会给刘东北电话，让他开车接她。这时的刘东北已买了汽车，摩托车卖了。危险、事故都没能让他放弃心爱的摩托，孩子让他放弃了。有了孩子，生命便不再只属于自己，他要养育孩子，他得为孩子保重。况且，两个人的摩托也不再适合三口之家。即使如此——娟子的行踪尽在他的掌握之中——每次他和那女孩儿在一起时还是非常的小心，事后都要细细检查，为此，女孩儿还特地剪去了一头长发，剪成了和娟子一样的短发。这样即使不小心掉了头发，娟子也会以为是她自己的。电话里，刘东北答应她尽量想办法安排一下。

"东北，不要玩火啊。"宋建平警告他。

"放心。我有数。"刘东北这样回答。

智者千虑也有一失。他们的事情终于被娟子发现了。是一个雨天。本来，雨天更安全，天好的时候娟子回来要刘东北接她，雨天就不用说了。不知是因为雨天，还是因为即将别离，还是因为觉着安全，那一次，他们特别有激情，娟子开门、进门的声音，一概都没听到，直至让娟子走进卧室，目睹了他们的"现在进行时"。

娟子的不期而至非常偶然。乘杰瑞的车去某处取东西，杰瑞考虑到回来时正好路过娟子家，考虑到等娟子取东西回到医院没多久就该下班了，也考虑到天气不好娟子身子不方便，杰瑞让娟子取了东西后让司机带回来就可，她可由司机先行送回家里。

那一瞬，双方同时呆住。许久，谁都动弹不得。尔后，娟子一声不响转身走了出去。

刘东北下意识地从床上跳起去追，追两步又停下来，回去，穿衣服。穿裤子时腿怎么也蹬不进去，后来才发现，那不是裤子，是外套。从来镇定自若的刘东北，感到了一种前所未有的强烈惊慌。

细雨霏霏，如泣如泪。

刘东北开着车在街上转悠，车两边车窗大开，雨打进来，浇湿了一侧的车座，浇湿了另一侧的他。他全无感觉。

哪里都没有娟子……

宋建平下班回来的时候，正好遇上林小枫接当当放学回来，停好了车，一家三口下了车一块儿向楼里跑。楼门口台阶上坐着一个人。由于下雨；他们没有在意，等走过跟前，才发现那人是娟子。

"娟子？"两人意外地同时叫了一声。

娟子抬起头，透过模糊的泪眼看清楚来人后，二把抱住林小枫的腿，脸伏在上面，大哭起来。让她进家，不进；问她什么事，不说，只是哭，恸哭。

"好了好了别哭了，小心肚子里的孩子。"林小枫劝道。

闻此言娟子说话了："我，我不想要这个孩子了。"她仰起水洗过一般的脸说，那张脸此刻惨白。

"胡说！"

"不是胡说，是真的，不要了。我要这个孩子是为了他，现在他、他、他……"

没再说下去。宋建平当即明白东窗事发，留下林小枫劝说娟子，带着当当先上楼回家，到家后就给刘东北打了电话。刘东北请他们务必帮忙把娟子稳住，他马上过来，同时承认：是，那事被娟于知道了。

宋建平在家给刘东北打电话的时候，林小枫一直在楼下劝娟子进家，说有什么事，进家再说。娟子只是摇头，只翻来覆去说，她想回家，她想家了，想妈妈了，问林小枫可不可以送她去车站。林小枫说可以，但是今天不可以，天这么晚了，得等明天再说；她就说那我现在去哪里呢？我不想再见到他。北京我又没有别的地方可去。林小枫说可以住我们家嘛，你睡当当屋，当当和我们睡一起。

听林小枫这样说，娟子怔怔地看着小枫，尔后，再次伏在她身上大哭。哭着，她说："……从前我不懂，我根本体会不到你那些感情上的痛苦，你说的时候我还在心里嘲笑过你，小枫姐，对不起。……对、不、起！……"

从这些含含糊糊的话中，林小枫也明白了，这事与刘东北有关，并且是那方面的事。

刘东北赶来的时候，娟子已然进了宋家。宋建平站在楼门口等他，并拦住了他，"你不能去。她现在非常激动，你不能让她看到你……今晚她就住我们家了。"

刘东北闻此长叹："从本质上讲，按性质来说，我还不如你。……就我说过的那三种背叛，心的，身体的，心身的。这里面最轻的，当属于我这种。这不过是一种生理需要，不过是为了解决一下问题……"

宋建平打断了他："这些话你跟我说没用，你现在的裁判是娟子。"

"她还是个孩子，心理上尤其是。她哪里能懂得这些？"

宋建平点头，声音里不无责备，"是啊，她还是个孩子；一个怀着孩子的孩子，这事儿对她，是有些残忍了。"

刘东北这才不吭声了。从来都是振振有词，也有哑口无言的时候。看着他湿漉漉的头发和被雨打湿了的半边身子，宋建平长叹："东北，想不到你也会有乱了方寸的时候。"

"岂止是乱了方寸？我现在的感觉整个就是，世界末日。"刘东北苦笑，于自嘲中流露出了他的强烈痛苦，"这么着说吧哥，在这个世界上，除了我的父母，我还没有这么强烈地爱过一个人，彻骨彻心的爱。……就像那什么诗里说的，生命诚可贵，自由价更高，若为爱情故，二者皆可抛。"

"人家那诗里说的是'若为自由故，二者皆可——'"

"那是他的价值观，我现在说的是我的！"

"这我就不明白了，你能为她把生命自由都抛了，怎么就不能为她克制一下自己的性欲？"

刘东北一字一字地道："问题是这于她有什么损害？……她那边，不能碰；我这边，闲着也是闲着，饮食男女，食色性也——我做错了什么？"

"但是，人对自己总还是要有一些约束的，不能由着'性'胡来。咱们现在实行的是一夫一妻制，你这样做，至少是违法。"

"不是违法，非法而已。"

"也差不多少。"

"本质的差别。违法是，反对；非法是，不提倡，不反对。"

"你把你这套理论去说给娟子听！"

"跟女人不能讲理，女人是世界上最不可理喻的一种动物，跟她们只能讲情。娟子是爱我的，这危机会过去的，我们的爱情不会那么脆弱！"……

医院餐厅。午饭时间。娟子一个人背对众人躲在一个角落里，默默地吃着托盘里的食物。宋建平端着一个托盘走来，放在娟子的餐桌上，"娟子——"

娟子伸出一只手，掌心对他，"老宋，千万不要说什么！拜托！"'

"不是说那个。我是想说，你是否再休息一段时间？你前期反应很重，身体亏损很大，大家也都知道，都会理解。"

"不能再休息了，再休息饭碗都难保了，医院里竞争这么厉害。……我本来是想回家的，都跟小枫姐说了，她帮我买票，她送我。后来一想，不行，不能因小失大，万一失去了这么好的一份工作，以后我一个人怎么办？"

宋建平从她的话里捕捉到了某种信息，有意识地说道："放心，我会替你跟杰瑞说。退一万步讲，万一有什么的话，东北的收入也足够你们用的……"

娟子闻此只是淡然一笑，埋头吃饭，拒绝再谈。宋建平心中充满忧虑。

过一会儿，娟子抬头，对宋建平忧郁一笑："老宋，今天我恐怕还得去你们家住，等有空我去租个房……"

"住住住！尽管住！……就是家里窄巴了点儿。"

"对不起啊，让你们仨人挤一张床……"

"不是这个意思不是这个意思！我不是说我们，我们无所谓，平时当当动不动也上我们床上去睡，主要是怕你不方便。……要不我看这么着，让你小枫姐带着当当去姥姥家住。……"遂马上意识到了这个方案的巨大漏洞，不无尴尬地笑着摆摆手，"不行不行！……我去姥姥家住？也不行。女婿到底是女婿，单独住丈母娘家，双方都不自在。". 想了想，"哎，你可以去他们家住！老头老太太跟你小枫姐一样，都是热心肠。"

娟子看着宋建平若有所思，"小枫姐是好人，你也是好人，都是好人，还老闹矛盾……"

宋建平忙接着这话茬儿做思想工作，"这不就说吗，夫妻间没有不闹矛盾的。好人和好人，不一定就能成为好夫妻。"

娟子点着头道："是啊是啊，好人和好人都不一定能成为好夫妻，更甭说好人和坏人了……"

"娟子，东北他不是坏——"

娟子神情一下子异常的严肃，"老宋，我们说过不说他的！"

娟子站在医院门外的路边打车，下午宋建平有手术，走不了，她只好打车去他家。一辆在医院门口停了许久的车无声地滑行过来，在娟子面前停住。娟子掉头就走，那车就跟着她走。娟子越走越快，带着六七个月的身孕，很快就气喘吁吁了。那车似乎是不敢再追，加快速度开到了娟子的前面，停下，车门开，刘东北从车上走了下来。

出事后二人第一次面对面。刘东北流泪了。这是娟子自认识他后第一次看到他的眼泪，当即泪水夺眶而出。二人相对流泪。任风吹动着他们的头发，衣襟。一切都显得那样的苍凉，无奈，无助……

这天晚上，刘东北从厨房里把最后一盘炒好的菜端上了桌子。

"娟儿，吃饭。"

"不想吃。不饿。"

"不想吃也得吃，哪怕是为了孩子！"

"你就是是为了孩子！"

"娟儿，不管你信不信，我也得说。这个关系是这样的：先你，尔后孩子！娟儿，平心而论，我找一个愿为我生孩子的人不是难事……"

"她呢？她愿意为你生孩子吗？"

刘东北绝望了，"娟儿，相信我好吗？我跟她没有一点儿感情……"

"没有一点儿感情就可以做那种事情——你是人，还是野兽？"

娟子抱着被子去沙发处。

"娟儿，我睡沙发！你睡床！"

娟子回过头来，说出的每一个字都像是一块石头，稳准狠地砸在刘东北的心上，"我不要再睡那个床！它让我恶心！"

娟子蜷缩在客厅的沙发上睡着了。娟子做了梦。

大学。正是新生入校的日子。一横幅大标语上书："欢迎新同学入学！"到处都很热闹，新生入校，老同学迎接，帮着提东西，嘘寒问暖。

新生娟子守着一堆行李东张西望，神情紧张，终于，她开始叫了，不好意思大声，小声而使劲地："妈妈——妈妈——"由于不敢离开行李走远，很是着急。

大四男生刘东北早就注意到了这个清纯女孩儿，这时便走了过来，带点戏谑，"嘿！小女孩儿找不到妈妈了，是吗？"

娟子不由有点难为情了，"我主要怕我妈妈找不到我，着急。"

刘东北一笑，就不拆穿小女孩儿了，建议："给她打个电话。她有电话吗？"

娟子小声说道："我没有电话。"

刘东北把自己的手机递了过去。娟子接过手机，拨通了电话，找到了妈妈，于是惊喜，埋怨，撒娇……令刘东北在一边看得如痴如醉，一颗心已然为这个清纯美丽的女孩儿打动。女孩儿打完电话，把手机还给他，同时甜甜一笑："我妈妈让我原地别动，等她。"

这时刘东北不失时机自我介绍："我是大四的，叫刘东北。你呢？"

"我是新生。"

"这我知道。你叫什么？"

"娟子。"

"娟子——姓什么？"

"谁都要这样问！都怪我爸妈！"然后跟刘东北解释，"我爸姓纪，我妈姓袁。我生下来以后，我妈非让我随她姓，说女孩子姓纪不好。"刘东北不明白。娟子提示："纪——鸡！"刘东北大笑。娟子说："可我爸说什么也不干，不同意随我妈姓，最后只好折衷，把他们俩的姓拼到了一起，纪袁——娟！"

"知不知道你爸妈为什么谁也不肯让步？"刘东北笑问娟子，"因为你太可爱了，他们都想把你据为己有！"

女孩儿完全没有应对这种场面的经验，只有脸红红地笑。阳光下，女孩儿的笑脸光洁到了耀眼，一时间，刘东北竟然看得呆住……

秋天的香山，到处是燃烧着一般的红叶。娟子和刘东北来到了山顶，头上就是蓝天，脚下是一波又一波的红叶。娟子兴奋地对着远方大叫："啊——"回头一看，刘东北没有了。怎么找，也没有，她吓坏了："东北！东北？东北——"

卧室里，刘东北听到了娟子的叫声，一下子从床上跳起，鞋都没穿，光着脚就冲了过去。客厅里，娟子仍没有醒，仍在梦中抽抽搭搭，仍不停地叫着东北的名字。

刘东北过去紧紧搂住了她，"娟儿，娟儿？"

娟子似乎是醒了，哭着对刘东北诉苦："我做了个梦，梦见咱们俩去香山玩儿，都爬到山顶上了，你不见了。怎么找，都找不到……"

刘东北"噢"了一声，紧紧把哭泣着的女孩儿搂在怀里。娟于是在一瞬间彻底清醒过来的，回到了现实里，眼睛里一下子闪出了愤怒和厌恶，用尽全力推开了刘东北，坐起身来。刘东北没有防备，被推得跌了出去。他爬起来，向娟子走去。

"你别过来！"娟子叫。刘东北还是过去了，并试图再次搂住她。不料他的手刚一碰到娟子，娟子立刻缩进沙发角落里尖叫起来："别碰我！"

刘东北只好在距娟子不远处站住。这才明白，他认为的她的喜爱被强迫被征服是有前提的，那前提就是，她爱他；至少是，不讨厌他。他现在于她仿佛是蛇是蟑螂是癞蛤蟆。

如水的月光由客厅宽大的窗子倾泻进来，清冷，凄楚。

娟子在电脑前勤勤恳恳地工作，医务部女助理进来。

"娟子，我电脑出了点问题，上网上不去了。能不能麻烦你帮我查一下中华心内网站，听说上面有一条最新的纠正房颤方法。"

"成。"娟子马上应道，"我帮你下载、打印出来。"女助理拍拍娟子的脸，笑道："我们娟子一下子长大了。快当妈妈了的缘故吧？"娟子只是笑笑，没说话。

娟子的变化令刘东北不安。他无法再像以前那样，像对付一个小女孩儿那样对她。一时间，他感到自己完全无法掌握她了。也不再哭，很少有话。吃完饭，就缩进沙发里，默默地翻书，时而也看电视。但只要稍仔细观察，不难发现她其实没在看电视，只不过在对着电视屏幕想心事。

"娟儿，想什么呢？"一次，刘东北忍不住了，鼓足勇气问。她淡淡地："没想什么。"刘东北硬着头皮没话找话："明天该去医院做围产检查了吧？……我陪你去。我请个假。"说完细看娟子的反应。

娟子没有说话，像是默认。刘东北稍稍松了口气。宋建平提醒过他，娟子很可能不想要这个孩子了，看现在的迹象，好像还不是。

次日，刘东北陪娟子来到妇产医院。在一扇"男宾止步"的大玻璃门前二人分手，娟子进去，刘东北留下，留在了等在门外的丈夫们中间。但他没有坐下，而是不停走动。一对年轻夫妇走来，妻子的肚子大得快生了的样子，紧紧偎着身边的丈夫。刘东北看着他们，突然间热泪盈眶。他像是有所预感，心里头一直惴惴不安。

他的预感很准。诊室内，娟子对医生说她不想要这个孩子了。医生的第一反应就是惊讶。

"不要了？为什么？你的孩子很好，发育正常，各方面指标都正常。"

"家里临时出了点儿意外……医生，现在不要还行吗？"

"行是行，可以引产。不过你可得想想好，七个月了，孩子引下来后很可能是活的……会很惨的！"

"不要了，我真的是不要了。"

"你能确定？"

"确定。"

医生便拖过一本单子，手下龙飞凤舞，嘴里说道："今天做不了，得预约。"

"需要多长时间？我是说如果做引产的话。"

"一个礼拜左右。"

"这么长时间！得住院吗？"

医生停住了笔，态度极严肃，"当然得住院！胎儿已经这么大了，做引产跟正常分娩的过程差不多。做还是不做，你再考虑一下。"

"做。"

刚走出诊室所在的走廊，刘东北就迎了过来。

"怎么样?"

"挺好。"

刘东北细细看她的脸,嘴上说道:"真怕有什么意外,最近你情绪一直不稳定——当然是因为我不好——没事儿就好,没事儿就好。"片刻后,不无讨好地又问,"孩子胎心多少了?"

娟子不耐烦了,"还那样!"

刘东北立刻不吭声了。他决定等待,以最大的耐心。

他坚信,时间是疗伤的一剂良药。

预约入院的日子到了。娟子提前跟院里请了假,请了一个星期,说是身体不太舒服。请假时谁也没有过多地问什么,孕妇嘛,不舒服是正常的。

跟刘东北也是这样说。早晨起来的时候才说。主要是不想跟他啰嗦。饶是如此,他还是啰嗦了一会儿才走。问要不要紧。不要紧;又问晚上想吃什么他下班时候去买。不想吃什么。眼看他脸上流露出了难过她不由得有些心软,想她这个样子他都难过,要是知道了她要做的事情还不定得怎么难过呢。这样一想,就想给他一点安慰,补充说道:你看着买吧。刘东北闻之情绪立刻高涨起来。

"好,我看着买!猕猴桃,棒骨,这两样是一定要要的,一个补维 C 一个补钙!"

他走了。听到了"咣"的一声门响后,娟子立刻起来,到窗口,向外看。窗外是上班的人流。过了一会儿,刘东北驾车进入了娟子的视野,娟子目送那车融人了滚滚的车流之中,眼睛渐渐湿润了。

娟子一个人在家里为自己收拾住院的东西的时候，林小枫到了。刘东北走后娟子就给林小枫打了电话，请她来一下，有一件事，需要她帮一下忙。怕节外生枝，没对她说什么事。林小枫也不多问，送了当当直接就从学校赶来了。

娟子说了她的事，她需要她送她去医院。林小枫大吃一惊。本以为娟子不过是心情不好，想找个人说说话聊一聊，压根儿没想到她会这么干。当初她说过不想要这个孩子，她认为那不过是激愤之下的过激反应。孩子都七个月了，七个月的孩子生下来都能活了，这样做，对孩子是不公平的。而娟子的观点却是，那也总比生下来就没有父亲好，比生下他来让他受苦好。

林小枫很想即刻给刘东北打个电话，本能告诉她，这样做只会更糟；她深知责任重大，下决心阻止这件事情。跟在娟子的身后，来来回回地走。娟子在收拾东西，拿衣服啦，洗漱用具啦。

"娟于，你这样做太轻率了。"

娟子默不作声。

"娟子，这是大事，你得跟东北商量，他好歹是孩子的父亲——"

娟子只轻蔑地哼了一声。

"娟子，你冷静一点，东北他不过是一时——"找不到适当的词儿，做了个含糊不清的手势，后又道，"一时软弱。"

说到这个，娟子站住了，"他不是一时软弱，他就是这种人，一种没有原则的人。随心所欲，及时行乐，肉体的需要，高于一切。"

其实林小枫也是这么认为的，所以很难说出什么有力的话来反驳娟子，又不能不说，只好硬说，说出的话既没新意也没力度，倒有点婆婆妈妈，"娟子，他不是……年轻人嘛……婚姻是一辈子的事，哪里就能没有一点波折了？

……东北现在很后悔。老宋都告诉我了，真的！"

娟子只一笑，什么都不说，啪，关了箱子盖，"我们走p巴，小枫姐？"

"不行！"

"那我自己打车走。"说着就提起了箱子。林小枫无计可施，只能从她手中接过箱子，帮她提着……

在去医院的路上，娟子一路无语。

决定做掉孩子绝不是孩子式的赌气，是娟子深思熟虑后的结果。这件事情使她骤然成熟，于骤然间张开了另一双眼睛。她用这双眼睛冷静地、冷冷地审视了这件事的前前后后，决定跟刘东北分手。如果不做掉孩子，他们就难以分手；而现在不分手，将来怕还是会分手，长痛不如短痛。

这件事情的致命摧毁在于：他们已不可能再有性生活了——爱不爱都在次要——娟子不可能再接受刘东北任何肉体上的爱抚。不仅仅是因为他跟别人有过性关系、他的背叛，如果还爱，这件事应当能够得到宽恕。宽恕是一种只要主观上想，就能够达到的境界，而现在这事，已然超出了主观能够驾驭的范围。这件事整个动摇了娟子对性——她和刘东北之间的性——的认识。她曾认为他们之间的性是爱的形式，事实却证明，就刘东北那方而言，那更多的是一种肉体的需要，她也可，别人也行。一念及此，娟子都会有一种被利用、受侮辱的感觉，在这种情况下，叫她如何再接受刘东北的性？没有性，短时间内，刘东北可能还能够忍受，但是，他能永远忍受？他还不到三十岁，又是这么一个肉欲至上的人。不能。结果就是，娟子不能忍受他的性，他不能忍受娟子的没有性，如此，两个人除了分手，没有别的出路。

娟子的手机响了，她看了一眼，没接；过了一会儿手机又响，她又是先看了一眼，还是没接。于是林小枫知道，那是刘东北的电话。手机铃声停了，再响起来的时候，是林小枫的手机。林小枫看一眼电话，正是刘东北。于踌躇间她听娟子说：叫、枫姐，我决心已定。你如果非要告诉他，只能是大家更不痛快！"

林小枫接了电话，"东北啊，"看娟子一眼，有气无力地说，"我也不知道娟子在哪里……"

娟子面无表情。

原以为到医院的当天就可以做，做了以后就通知刘东北——免得他找不到她着急——没想到得两天以后才能做，事先还得做一些常规检查，尿啊血啊什么的。这就叫娟子为难了。既然决定，了分手，她就不想折磨他，不想让他为找不着她着急，但又怕告诉了他她在哪儿，他会赶在手术之前来阻止，她现在一点也不想跟他就这件事啰

— 249 —

嗦，思来想去，有了主意。她拨通了刘东北的电话。

　　这时已是下午下班的时候，刘东北正在超市里采购，手里拎着一大兜猕猴桃站在肉摊前买棒骨。娟子的电话就是在这个时候打来的。一看来电显示，他的心情与其说是喜悦不如说是感激。忙不迭接电话，一迭声地叫："娟儿！娟儿！在哪儿呢？给你打了一天的电话你都不接，把我急得！中午还特地回家了一趟，你也不在，上哪儿去了啊你？"

　　"我在医院。怕你找不到我着急给你打个电话。我把孩'子做了……已经做了。"

　　刘东北手一松，手里的猕猴桃哗啦落地。猕猴桃由兜里滚出，滚得遍地都是。他毫无察觉地呆立，脸上是一脸呆滞。他知道他已经完全失去娟子了……

第十三章

"这事怪不着人家娟子！要怪，全得怪刘东北。早就看着他不地道，不是东西！"

"就这种人。他还是爱娟子的。"

"爱娟子！爱娟子还跟别人上床？"

"两回事。公平地说，他为自己的辩解也不能说没有一点道理。"

"他为自己辩解？他辩什么解？他有什么可辩解的？"

"年轻人，一时需要，一时冲动，一时糊涂，这并不能说明什么。"

"这么说就没有是非了，噢，只要是他需要，怎么着都行。照这逻辑，流氓，小偷，强盗，都没有错，他那么做是因为他需要——我建议你以后也少和那个刘东北来往，不是什么正经东西！"

宋建平没再敢替刘东北说话，再说下去怕就会由彼及此，殃及自己。说来惭愧，刘东北娟子出事后，宋建平家令人窒息的沉默倒一下子缓和了下来，有许多事要二人一块儿商量，分头应对。需要两人心往一处想，劲往一处使，在这样的一个过程中，关系一下子亲密起来也算顺理成章。和平来之不易，宋建平不想失去。

娟子打来了屯话。电话从林小枫妈妈家打来。娟子出院后一直住在林小枫妈妈的家里，本想回青岛自己妈妈家住的，林小枫坚决反对。她等于是生了个孩子呢，刚生了孩子的人不宜舟车劳顿，须老老实实按照中国传统坐"月子"。林小枫曾经不信这个，认为是迷信，至少是一种惯性思维，看人家外国女人，生了孩子马上下床该干吗干吗什么事没有。于是生当当时她就也想仿效。也是当时工作太忙，孩子们面临期末。但是妈妈坚决不允。在妈妈的坚持和看管下她坐了月子，可惜没有"坐"好，趁妈妈没注意时改过作业，改的作文，写了不少的字。第二天就发现右手不对了，麻，握不住笔，遂没敢再轻举妄动；饶是如此，病根还是落下了，以后，只要写字稍多，甚至骑自行车握车把久了，右手都会麻，麻而无力。这才领教了违背传统的厉害。一方水土养一方人，中国土地上养的中国女人生．了孩子就得坐月子。

在林家，娟子住林小枫他们的房间，南屋，大双人床，白天，从上午到下午，阳光一直射到床上；为了她来，林家还特地请了小时工，一天来两次，一次两小时，负责采购，做中饭和晚饭，做完了收拾。其实依照林小枫父母的本意，也是依照实际情况，让那小时工一天来一小时就够，做一些洗洗擦擦的粗活儿就够，剩下的家务活儿他们老两口完全能够对付，同时还锻炼了身体。之所以要安排小时工一天两次一次两小时，是为了娟子，为了让她能够安心。这期间，林小枫也是瞅点空就往家跑，干这干那，陪娟子说话聊天。都很体谅她，体谅她只身寄居他人家中的心情。这天晚上，老两口有演出，林小枫为此还特地跑回来一趟"陪了娟子一会儿，直到九点才走。这天晚上老两口回来得比往常演出时要晚，演出后邀请方请老人们在一家广式餐厅吃了顿夜宵，吃完聊完就已经十点多了，等赶到家，都十一点了。在楼下看，家里一片漆黑，估计那女孩儿睡了。老两口轻轻上楼，悄悄开门，悄悄进家，进家后听到那女孩儿正在说话，就不约而同地站住了。家里头到处黑着灯，她在跟谁说话？听了一会儿，听出来是在打电话；再听一会儿，又听出是在给妈妈打电话。

"没事儿没事儿真的没事儿——"那女孩儿的声音里还听得出笑，虽说是强装出来，但是接着，那装出来的笑都没有了。

"我就是想你了妈妈……"这句话刚出口，女孩儿哇一声就哭了，哭着就喊了起来，"就是想你！想家！想爸爸！想你！……"哭得上气不接下气。好不容易喘上一口气．，又说，"妈妈，我不想在北京待了，我想回去，我想回家。……我不喜欢北京，一点都不喜欢 j……现在不喜欢了！不喜欢！……"

林父林母悄悄摸进他们的房间，怕惊动女孩儿，都没敢洗漱。进屋关上了门后，才开了灯．'开灯后，林父一眼就发现了老伴眼中的泪，"玉洁？"

林母抹去泪，"听那女孩儿哭得，让人心酸……"林父握住老伴的一只手，在床边坐下，"玉洁，当初，当时，你是怎么过来的？"

林母没有说话。

"这女孩儿好歹还有个妈，还能把心里的委屈跟妈说说。那时候你妈已经没了，我让你受了那么大委屈，你一个人，怎么过来的？"

林母还是没有说话，林父也不再说，只是更紧地握住了老伴的手……

次日，娟子提出要走，老两口由于事先心中有数，也就没再挽留，你再周到再热情也无法代替女孩儿的父母。走前，娟子给林小枫打电话。

宋建平接的电话，尔后叫来了林小枫。电话中娟子先是由衷感谢了小枫姐及小枫姐一家对她的帮助，又说了她下步的打算：回青岛老家。回青岛前先得回家把东西拿走，请林小枫开车帮她拉一下东西，时间定在次日上午十点。

放下电话后夫妻俩感慨唏嘘，同时相互埋怨指责。宋建平埋怨林小枫对娟子工作缺乏力度，林小枫指责宋建平对刘东北监护不当。

晚上，上床关灯要睡了，林小枫一下子从背后将宋建平抱住，脸埋在他背上，久久的，什么话不说。宋建平知道她在想什么。她想的也正是他想的。

宋建平拒喝中药很久了，林小枫不煎中药也很久了，最后一次抓的七服中药还待在厨房的那个矮方桌上，拿回来什么样现在还什么样，没有动过。每天进进出出就看得到，但是谁都不提。都不愿再吵了，都累了，也厌了，同时，也怕了，刘东北和娟子的事更使他们懂得了收敛的必要，懂得了珍惜。

次日上班后，宋建平把娟子要走的事情告诉了刘东北。如果他还爱她，这就是他最后的机会，否则，她将一去不返。于是，次日，估计娟子已经在家里的时候，刘东北开车从公司往回赶，在楼门口与约好前来帮娟子拉东西的林小枫不期而遇。

"你怎么没上班？"林小枫问，没等回答就又点头道，"肯定是宋建平！"

"我哥他也是好意，像那老话说的，宁拆十座庙不破一重婚。'"

林小枫闻此脸一下子板了起来，"小刘你不必说话给我听，我不吃这个。我还跟你说，你这'婚'就是'破'了，也全是你的事，赖不着别人。"

"是是是。我不是这个意思。"刘东北低声下气，"嫂子·你千万别误会。我的意思是，请嫂子您给娟子做做工作——她就听您的。"

林小枫哼了一声："你这工作我做不了，谁也做不了。你做得未免也忒出格了。"

"这事回头我会慢慢跟娟子解释。眼下，只请嫂子您让娟子留下。"

态度是如此谦卑甚至是可怜巴巴，令人不能不动恻隐之心。林小枫不再说什么，长叹一声，上楼。刘东北忙跟在她身后上楼，同时不住嘴地唠叨：他是爱娟子的，娟子是他所遇到的女孩儿里面，唯一一个他想跟她共同生活、白头到老的女孩儿"……

到了门口，刘东北掏钥匙开门，被林小枫制止，"等等。咱俩不能一块儿进去，跟事先串通好了似的。"

已然转变了立场，令刘东北心头一热。最后决定刘东北先进，先单独跟娟子谈谈。五分钟过后，林小枫再进。按林小枫的意思，让他们多谈一会儿，刘东北说不用，又进一步说不是"不用"，是怕没用——他现在对娟子一点把握没有。

这是娟子引产后二人的第一次见面。二人点点头算是打过了招呼，尔后各做各的事。娟子拿东西，刘东北假装拿东西，没有对娟子表示过多热情。

当听说娟子做掉了他们的孩子的时候，他对她的内疚立刻就少了许多，怨怼代之而起。至于吗，这么绝这么狠这么的不留余地？他父母知道她怀孕的那天起就开始做准备了，物质准备、精神准备，还有时间上的准备——母亲为这个提前打了退休报告，准备一心一意地当奶奶了！她却说做就把他给做了，好像他不是他们两个人的，而是她一个人的，她一人说了就算了，简直是无知，无理！他再聪明也不可能想到娟子的想法、娟子的感受。男人是男人，女人是女人。

娟子在柜子那边悉悉帅帅，一直不说话，感觉上，也一直没回头。刘东北等了一会儿没有动静，忍不住侧脸悄悄看她：瘦了，别人生了孩子后都是丰腴，她却比怀孕前还要纤瘦，弯腰找东西，隔着衣服，都可以看到她，的脊椎骨。一股怜惜顿时油然而起——即使都有错，也是他在先，更何况他还比她年龄大、他还是男的。虽说她开始并不想要孩子，可是为了他她要了孩子。自从有了这个孩子，她就变了，尤其是感觉到了孩子的胎动之后，天性中的母爱立刻被激发了出来，一发就不可收拾，魔怔了一般。起居饮食就不说了，一切按胎儿的需要来，按书本来。过去最爱吃巧克力，听说对胎儿不好，从此看也不看；平时不爱吃鱼，尤其海鱼，说是小时候在家吃太多吃伤了，听说对胎儿大脑发育有利，恨不能天天吃顿顿吃，零食都改成了鱼片。这还不算，有一天逛街，买回来一大堆书——怀孕生孩子方面的书家里头早已泛滥成灾，床头、茶几、厕所，随处可见——那次买的，是育儿成才之路、中小学生心理学、天才传略之类，让他大大嘲笑了一通。她却美滋滋的：哎，就是望子成龙，就是俗。又反驳他道：母亲是民族的摇篮，你懂不懂？……往事如烟。

门外，林小枫在门口等。刘东北进去的时候她还特地看了一下表。不料刚过了没有三分钟，眼前的门哗地一下子拉开了，娟子提着箱子冲了出来。林小枫猝不及防，急中生智，装作刚刚赶到的样子，笑着迎了上去。

娟子一把拉住林小枫的胳膊就走，"小枫姐！你来得正好！咱们走！"

刘东北赶紧说："嫂子，你来得正好，你劝劝娟子！"

林小枫只好夹在两人中间演戏，"东北也在家啊？"

"是，是是。正想跟娟子谈谈。"

林小枫就对娟子说："谈谈就谈谈，谈谈怕什么？谈完了咱们再走，什么都不耽误。"说着，一把抢过娟子手里的箱子，提着径直进了屋。娟子只好跟着走，刘东北赶忙随进，并小心地关了门，上了锁，以防娟子再跑时，他

— 257 —

能有一个缓冲的时间。

棚，枫帮助刘东北一块儿劝娟子。在"劝和"和"劝离"之间，她本能地或说出于惯性地选择了前者。进门后，放下箱子，拉娟子在沙发上坐下，就开始说了。什么她已经批评过刘东北了呀，什么做人怎么可以这样没有毅力没有原则呀，什么应当道歉以后要改呀……娟子只一句话就截断了她言不由衷的喋喋不休："小枫姐，如果这事发生在老宋身上，你会怎么样？"

林小枫立刻被噎住。被噎住却并不生气，从心底里说，她同情娟子，理解娟子，理解她的全部感受，都是女人。她刚才说的那些话与其是说给娟子听的，不如是说给刘东北听的，意在告诉他，我已经尽力了。现在听娟子这么一说，正好就坡下驴，对刘东北笑笑，做了一个无可奈何的表情后，起身，溜达到了一边。

这个破裂的家乱得让人无处下脚。柜门大敞，抽屉大开，地上是一堆一堆的东西，影集里的照片全部被抽了出来，很多被一分为二地剪开成两半，散落一地……谁都没有注意到、或说根本就忘记了，散落地上的照片里还有宋建平和肖莉在刘东北、娟子婚礼上的"夫妻合影"。或笑吟吟并肩而立的，或紧抱在一起跳舞的，还有一张照片，宋建平正尖着一张嘴在亲肖莉的脸。那张照片的抓拍技术可谓一流，那次，宋建平的嘴在肖莉的脸上停留了不过半秒，那半秒的瞬间被照片完整体现，充分定格。

林小枫一开始没有看到，她去了窗前，假装远眺。刘东北的声音从她身后传来："娟子，我知道我罪孽深重不可饶恕，但是，我还是想替自己辩解几句，请你务必听我说完，说完我就走。"

"我就走！"

"对对，你就走。……我说了？"

"说。"

"娟儿，知道吗？男女间的背叛大致可分为三种：身体的背叛，心的背叛，身心的背叛。通常人们在意的是第一种和第三种，对第二种基本上忽略不计，这真是一种悲哀，婚姻的悲哀，男女关系的悲哀，人类的悲哀。因为，心的背叛的严重程度远在身体的背叛之上———夜之欢算得了什么？谁能保证自己一辈子没有一时冲动偶尔走火的时候？尤其是对男人来讲。只不过他们不说，或者说隐藏得比较好罢了。"为了开脱自己，刘东北不惜出卖他的男同胞们。

站在窗边佯看风景的林小枫闻此不由回过头来，为刘东北的理论所吸引。

刘东北继续说："心的背叛就不一样了，它的性质跟身心的背叛完全相同。要我说，还不如，因为了它的伪道德，它的不人性：你心都不和她在一起了身体还要和她在一起，不仅对你不公，对对方也是一种欺骗一种侮辱。从这个意义上说，心的背叛才是根本的背叛。但是，为什么人们在这件事情的判断上常常顾此失彼，甚至是本末倒置呢？是由于心的背叛的不可琢磨和不可界定性，于是，人们只好只看表面；于是，就走到了另一个极端，到最后，干脆就忽略了人的内心。……娟儿，我说这番话的意思

中国式离婚

是，我的心，始终没有变。"

娟子正要说什么，林小枫摆摆手抢先说道："娟子，你别说，东北的话倒也有他的道理。"

刘东北为自己补充："绝对真理。"

娟子睁着双黑黑的眼睛看刘东北，若有所思，一声不响。

于是林小枫想娟子可能被说服了，那么，她自己就应该离开了，于是决定离开。为不让娟子为难，她假装突然想起一件什么重要的事来，说一声："糟了!"匆匆向外走。走得过急了，一脚踢上了堆在地上的照片，照片被踢得飞了出去，散落满地，她赶紧蹲下去拾，巧的是，或说不巧的是，她拾到的第一张照片，就是那张"半秒的瞬间"。一开始她简直不相信自己的眼睛，又去翻找别的照片，由于情急心切，蹲姿改成了跪姿，她就那样跪着，移动着身体，在散落一地的照片里翻捡……她异样的神情姿势终于引起了一直沉浸在自己心事里的两个年轻人的注意。

娟子走了过去，还不等完全看清林小枫手里的照片，脑子里已轰的一声，知道出事了，"小枫姐……"

"怎么回事?"林小枫没有抬头，依然跪着，问。

娟子一时无话。不是不可以解释，但解释是需要时机的，或者说，事先解释和事后解释，结果完全相反。如果是事先，林小枫发现这些照片之前，再早早在这些照片刚出炉的时候，她或宋建平如果能主动拿着这些照片给林小枫看，也许嘻嘻哈哈一通就过去了，即使林小枫会不舒服，但相信以她的教养文化，她会说服自己想通。但是现在——事后——解释，结果只能是适得其反，越描越黑。

见娟子不说话，林小枫也就不再说，她想当然认为对方是没有话说。铁证如山，还说什么说？遂继续她的事情：跪在地上，用膝盖移动身体，在地上的照片里翻捡，一张一张又一张，直到再也找不到为止。尔后，她起身——起来的时候身体打了一个晃，许是跪得太久所致——把那摞照片仔细放进了她的小包，向外走。

娟子一直傻站在那里，刘东北急得捅了她一下她才反应过来，跑过去拉林小枫，"小枫姐，你听我说——"

"你说。"

娟子反而不知怎么说了。林小枫看着她，心里一阵阵悸痛。别人犹可，比如刘东北，可是她，娟子，怎么能？她信任她喜欢她，对她甚至怀着一种骨肉至亲的疼爱，她却同他们一块儿合起伙来把她当傻子。不过也可以理解，这件事并没有超出它的常规——全世界的人都知道后，他的老婆才知道。还有更惨呢，永远都不知道的呢。不过也许不是更惨，永远不知道也许更好。

娟子仿佛看穿了她想的什么——其实不是看穿，是将心比心，都是女人。娟子说："小枫姐，你想一想，我结婚的时候，我们是不是还不认识？当时我真的以为她是老宋的——"

"可是后来，我们认识了。"

娟子哑了。刘东北替她说话："娟子她也是好意……"

林小枫根本看都不看刘东北，径直向外走去，仿佛这屋里根本就没有他这么一个人。令刘东北自惭，自馁。而娟子想拦她又不敢，只知跟在后面一连声地叫小枫姐小枫姐。这时林小枫已拉开了门。她要去哪？干吗·？见事态严重了，刘东北再次挺身而出，"嫂子，这事娟子不清楚我清楚，'详情以后说，有一点我向你保证，保证老宋和肖莉一点事儿没有！"

娟子这才知道该说什么，紧接着刘东北的话茬儿说："是，是是。老宋和肖莉真的一点事没有。"

林小枫充耳不闻，拉开门，出去。"咣"，门关，剩两个年轻人在屋里面面相觑。片刻后才想起该做什么——给老宋打电话。

老宋在手术室。

娟子说："她会不会想不开……"

刘东北一个激灵："快！去追她！"

林小枫开车疾驶，走了一段后才想起还不知要去哪里，只是出了小区门习惯地向右拐了个弯，就上路了。去哪儿呢？突然她知道了她要去哪里。她要去找宋建平。宋建平此刻在医院里，医院在南边她现在却是向北开。当即打方向盘，调头，南开。这时她正走在路的中间，那个地方根本不许调头，如被警察抓住，她今年剩下的分可能还不够警察扣的。不过她根本就没想到这个，即使想到她也无所谓。幸亏这条路的中间没有栏杆拦着，否则，以林小枫此时的恍惚精神，不知道会出什么样的乱子。

宋建平不在科里，在手术室。顺利的话，手术有三个小时就能完；不顺利的话，就不知道了，也可能得到晚上，也可能得到明天。

林小枫等不了这么久。她必须立刻得到答案，否则，她会憋死。还有谁能知道这个答案？当然是肖莉。从宋建平医院出来后，林小枫开车向回家的路上走，去找肖莉。一切的一切，莫名其妙，杂乱无章，总算捋顺了，总算有了一个合理的解，有了答案。她现在需要的，只是证实。事实上她的真正需要她自己都不清楚，清楚了对自己也不会承认：她需要他们，需要宋建平和肖莉。目前，这件事带给她的绝望的沉重，唯有他们能够替她分担。

上午查房，肖莉从同事那里听到了一个消息：她有可能被提拔为科里的副主任，院里不日将来人考察。这是那人去医务部办事时偶然听到的，就是说，消息来源可靠。肖莉听罢一颗心立刻狂跳不已，费很大劲才算保持住了不失体面的镇定，为掩饰，故意跟对方打哈哈说她早盼着这一天了，可惜她不是那块材料，等等。对方却不笑，认真为她出主意：抽点时间，趁这几天，跟大伙多沟通一下。走前，又加重语气补充一句：临阵磨枪，不快也光。令肖莉心里充满感激，再也不好意思装腔作势，轻轻点了下头。

下班了，人们洗手，换工作服，向外走。肖莉在更衣间换衣服时耽搁了一会儿，最后一个出来。出来后看到了前方不远处走着的两个人，丁小华和李南，科里的两个年轻医生。"年轻"是相对于她们的职业而言，人已经不年轻了，一个二十八，一个二十九，至今还单着身，恋爱对象都没有。也许是条件太好的缘故，名牌医科大学硕士毕

— 263 —

业，毕业后就进了大医院的大科里当医生，长得也好，一个艳丽丰满，一个清秀苗条。这就造成了这样的一种局面：年龄相当的男人不具备迎娶她们的实力，具备了这实力的男人通常已步入中年，妻子孩子，该有的全有。这种情况下，她们若不肯降格以求，就只有等待，等待那些事业成功的优秀男人离婚，或老婆自然消亡。她们不肯降格以求，选择了等，直等到今日。而按医院规定，不管你多大岁数，未婚就不给房，就只能住单身宿舍，两人一间，没有火。没有火就意味着只能吃食堂，食堂的饭吃一顿两顿可以，一天两天可以，长年累月天天顿顿地吃，人的味蕾都会吃麻木了。

"小华！李南！"肖莉叫。前面的两个人站住，回头。肖莉跑几步过去，跟她们一块儿走。

"我妈让人给我捎了些肠来，她自己灌的，我们成都兴自己灌肠，肥瘦咸淡可以自己掌握。本来我说捎一点就行，我们家就我和女儿，能吃多少？谁知道她老人家一捎捎来了这么大一堆厂肖莉用两手比划了比篮球还大的一个圆。"你们拿一些去，要不我们根本吃不完！"

两个女孩儿顿时欢呼雀跃，连道谢谢。

"哪里，是我得谢你们，帮我解决困难。打了饭咱们就去我家拿，顺便，一块儿在我家吃，我再做个汤。你们小单身汉，连个做饭的地儿都没有，一天三顿吃食堂，太可怜了。"

"哎呀哎呀肖医生，也只有你能理解我们了！"两个女孩儿抢着对肖莉说，"哎，啥时候院长副院长的也能选举产生啊？要真有那一天，咱可记着一定得选肖医生！"

"好啊好嘞！我要是当了院长，上任的第一天，第一件事，给丁小华、李南分房子，一人一套，两室一厅。不过，总得有个理由是吧，啊？总不能你们选了我，我就给你们分房子，咱就是以权谋私也不能谋在明处。"想了想，"有了——响应国家号召，晚婚晚育！"大家都笑了。

说话间，三个人已走出住院部大楼，走出工作区，走进家属院。正值下班时间，又是中午，医院的工作人员大都在食堂里吃，院里到处是人。肖莉和两个女孩儿打了饭，端着广说说笑笑往肖莉家里去。

林小枫就是在这个时候到的。当时肖莉只见一辆车"嗖"一下从她们身边开了过去，又在她们前面不远处"吱"一声停了下来，那车刹得是过急了，发出了很大声响，引得不少人注目。直到那时候肖莉还一点感觉没有，只看了那车一眼，继续跟同行的女孩儿说话，这时，那刹住了的车"忽"一下子向后飞速地倒，直倒到她们身边，停下，门开，林小枫下车，直直向肖莉走来。肖莉这才发现了事情不对。但是完全不知会是什么事情，不由得站住，两个女孩儿随之站住。这工夫林小枫走来，走近，在肖莉面前站住。站住后开门见山："肖莉，你和宋建平是怎么回事？"

并不是想当众给肖莉难堪，此时的她已然自顾不暇，没有心情也没有能力想让别人怎么怎么样了，只是怀着一种好不容易找到了、得赶紧牢牢抓住的迫不及待，怎么想就怎么做了，如人无人之境一般地做了。

"什么怎么回事？"肖莉是真的不明白。林小枫便不再说话，从包里取出那摞照片，无言地给了她。肖莉机械接过，一看，僵住。其反应如同娟子、刘东北当初的反应：解释都无从解释，本能知道这种情况下任何解释都没有意义。与娟子、刘东北不同的是，她是当事人；再一个不同是，她是当众。

"说呀，怎么回事？"林小枫催促。

"这事你应该去问宋建平。"肖莉说。她镇定了一些。于是林小枫跟肖莉说宋建平现在在手术。于是肖莉说不出话。二人默默相对，阵风吹来，把她们的头发吹上了脸颊，她们全无感觉。至于肖莉手里的照片是如何经由谁的手传到了周围围观的众人手里，她们更是一无所知。两个人的内心都紧张到了极点。原因不同，程度相同。围观的人们传看完了照片，静静看她们，怀着某种期待，仿佛一群已被足够的悬念吊起了胃口，正期待着戏尽快进入高峰的观众。

林小枫又开口了，声音很轻，"为什么，肖莉？"

"这是一个误会……老宋当时喝多了……"

"你呢，也喝多了？"

肖莉一时不知该怎么回答了。要说的话，从头到尾仔仔细细说的话，要想解释清楚的话，在这种时刻这种场合，几乎是没有可能。这时，林小枫的手机响了，她看了一眼，接了。是宋建平打来的，他已做完手术，已从刘东北那里得到了消息。电话里，宋建平问林小枫现在在哪里。林小枫回说在院儿里，和肖莉在一起。

电话那边因终于找到林小枫而刚刚吁了口气的宋建平一口气还没有吁完，顿时又紧张起来，匆忙对电话说了一句："小枫，你冷静一点儿，我马上过去，过去后跟你解释！"放下电话，匆匆向外走；在向外走的路上，给娟子打了个电话，让娟子也立刻赶去。他本能地感到了这件事到了这个程度时，他的势单力薄，必须得求助于人。

宋建平赶到的时候，事发地点已围得里三圈外三圈了，宋建平下了车就不知死活地要向里挤，被他从前一个下属拉住，那人二话不说，把自己的墨镜摘下来，架在宋建平的鼻子上，令宋建平心里咯噔一下：事情已经这么严重了？已需要——戴墨镜了？戴着墨镜的宋建平躲在人圈外面听。

"你没有一点表示，表示出对他有好感，他能跟你这样吗？比你优秀的，比你年轻的，比你漂亮的，比你更拿得出手的女人多了，他怎么不跟别人单找你呢？"这是林小枫，"说话啊，肖莉，为什么不说话呢？"

肖莉说话了："你现在这种情绪下我说什么你都不会信。我只说一句，我没有向他表示你说的什么好感！"

"没有？没有他能帮你修改你参评正高的论文？在明明知道只有一个名额的情况下，明明知道你们俩是竞争对手的情况下，却还是帮你，除非他有病。"

宋建平绝望地听，听不下去，又不能不听。头低得下巴快够着了胸脯。

人圈内，林小枫泪水盈盈，她却就是不让它滴下来。她不想表现出软弱。尽管心里她已软弱到了极点。软弱到想抱住眼前这个她的情敌大哭，痛诉。

"肖莉，你太有心计了，太善于利用男人了。利用了他们，让他们心甘情愿地为你服了务，自己还不用做出任何实质性的牺牲——"

"我没有！"

"没有？没有的话，凭你的水平，能评上正高吗？……你之所以能够评上，除了大傻瓜宋建平的服务，还有你们的那些傻瓜评委。你不是一一地去给他们做过工作的吗？"

听到林小枫把他们夫妻的枕边话都当众抖搂了出来，宋建平再也听不下去了，也顾不上肖莉了，趁还没有人发现他，仓皇逃离现场。

林小枫的声音不高，杀伤力极大，一个字一个字，稳准快狠，字字中标。肖莉完全傻了，木了。也是物极必反，就如一头被迫得无路可逃的野兽，此刻只有掉头，拼着一死，反咬回去。肖莉开始反击——此前她一直吞吞吐吐有口难辩是因为中间夹着个宋建平，此刻已然不必管他，因为，有他的出卖在先。肖莉字字清晰："林小枫，你给我听听好，三条！一、那次婚礼是你丈夫酒后失态，你丈夫跟人说我是他的夫人，我之所以忍受他是顾全大局不想让他在他的上司同事面前丢丑，不信你可以找他来，我们当面对质；二、我对他没有任何的你所谓的好感，若是他有这样的感觉，那是他的事，与我无关；三、关于你，林小枫，这事你本应当先好好反省一下自己才是：为什么你的丈夫会对别的女人——如你所说——酒后露真情?"

字字如刀似剑,也是字字中标。林小枫无话可说,无言以对,无处发泄,突然,想也没想的,她出手了,出手之快如闪电一般,"啪",一个清脆的耳光,结结实实贴在了肖莉的脸上。

风吹树叶儿,沙沙沙沙……

娟子赶到,死拉硬拽把林小枫给拽开了,剩肖莉一人面对众人。有人试图安慰肖莉几句什么,但肖莉冷若冰霜的脸明白地告诉人们,她什么都不想听……

第十四章

已经是晚上十点多了，肖莉早已躺下了。床是双人床，一米八宽的那种，今夜，一个人躺在这样宽大的床上，觉着分外孤单、孤独。试着叫了一声"妞妞"，声音不大但也不小，女儿要是没睡，肯定能听到；要是睡了，不致被吵醒。

女儿马上在她的小房间里脆生生地应了："哎！"

"还没睡啊？"

"人家都睡着了又让你给吵醒了！"怕妈妈责备，撒娇耍赖。

肖莉忧郁地笑了笑，"到妈妈这来睡好吗？"

只听女儿发出一声欢呼，片刻后，就抱着自己的枕头光着个脚丫跑来了。把枕头在妈妈的枕边摆摆好，爬上床，紧挨着妈妈躺下，感受着妈妈的体温、嗅着妈妈的气息，分外幸福。肖莉赶紧伸手关灯，怕女儿看到自己夺眶而出的泪。女儿的幸福令她心酸，令她沉重。她是女儿幸福的保证。可是，现在的她，还能够为女儿保证下去吗？伸出胳膊将女儿搂在怀里，脸贴着女儿香喷喷的头发，再也忍不住地，肖莉无声恸哭。

妞妞感觉到了什么，想看看妈妈怎么了，妈妈使劲搂住她不让她看。她敏感地伸出小手去摸妈妈的脸，那脸湿

得像是刚洗过脸还没有擦。妞妞先是吓得呆住，接着就用
小手去给妈妈擦泪，惊慌地连声问："妈妈你怎么啦？
……妈妈别哭！妈妈别哭！……"可是妈妈的泪擦也擦不
完，擦了又流出来了，擦了又流出来了。于是妞妞也哭
了，哭着喊了起来："妈妈别哭：……我害怕！……"

此前肖莉从来没在孩子面前哭过，她一直避免在孩子
面前流泪，发现丈夫有外遇时，离婚时，她都没有在孩子
面前哭过。孩子还太小，还没有能力、也不应当去为成年
人分担什么。

那一夜肖莉一分钟没睡。女儿睡了。毕竟她还小，好
哄，好骗。她跟她说她哭是因为她爸爸，她爸爸惹她生气
了。妞妞立刻就放心了：这不是什么大事情。谁家的爸爸
妈妈不吵架？对门当当的爸爸妈妈就经常吵，今天还在
吵，现在就在吵，吵的声音那么大，隔着两家的门，妞妞
都可以听得到。后来，妈妈就不哭了，还给她唱歌听。妈
妈的声音很好听，低低的，柔柔的。那是一首外国歌，歌
的名字叫《只有你》，歌词大意是——妈妈给妞妞讲过歌
词大意——"只有你，能让这世界变得正确，只有你，能
让黑暗变得光明……"妈妈说，妈妈心中的"你"，就是
妞妞。妈妈唱这歌的时候爱用英文唱：

Only you can make all this word seem right.

Only you can make the darkness bright.

Only you and you alone can thrill me like do.

And fill my heart with love foronly you.

……

妈妈还没唱完，妞妞就困了，就睡了，就什么都不知道了。到了第二天早晨，就什么都跟以前一样了：妈妈已经把早餐准备好了，她吃的时候，妈妈洗漱更衣；她吃完饭，妈妈也正好弄完了她那一套，两人一块儿出门，妈妈开车送她去学校。

妞妞跟妈妈说："妈妈，等我长大了，一定要让你住最大最好的房子，穿最漂亮的衣服！好多好多的漂亮衣服！多得咱们家都装不下！"

"噢。那,,最大最好的房子也装不下，是吗?"

妞妞愣住，片刻后叫道："我是说咱们现在的家装不下！"妈妈笑了。妞妞也笑了。汽车载着母女俩的笑声，向着清晨的朝阳驶去……

上午，查完房后，肖莉坐在办桌前沉思了许久，下决心站起身来，向外走。走廊里，迎面过来的人都若无其事地同她打招呼，她也还以点头微笑，但是一俟她走过去，那些表面上若无其事的人都会回头看她，相互间对着她的背影指指戳戳——肖莉头也不回，这是一些用不着回头都可以感觉可以想像到的情景。她只是向前走，没有片刻的犹疑踌躇，神情坚定，步子也坚定。一直走到那间镶有"院长室"牌子的办公室门前，伫立片刻后，她果断地敲了门。"请进！"正是院长的声音。肖莉扭开门，进去后开门见山："院长，有件事我想直接向您汇报一下。五分钟！"

肖莉被提拔为了科里的副主任，宣布命令的那天晚上，肖莉带着妞妞去了麦当劳，她很想带女儿去一个好点的地方，但女儿坚决要去麦当劳，只好去麦当劳，既然是为了女儿。

吃着铁板烧、麦乐鸡、菠萝派、薯条，肖莉向女儿宣布了她被提升为副主任的消息。本以为女儿又会就副主任是怎么回事询问一番，像上次她告诉她她是正高时一样，不料女儿只答应了一声"噢"，很明白的样子。肖莉倒不明白了。

"你明白副主任是怎么回事吗？"

"明白。"

"怎么回事？"

"反正是很棒很棒的意思。"

肖莉一下子笑了起来，心里头是深深的欣慰。本以为事'隋就这样过去了，只要自己坚强起来，不断进步强大，女儿就不会受到伤害，却没想到，这件事情已远远超出了自己的控制范围。

一天，下午下班接妞妞回来后，妞妞在院里玩，她回家做饭，不料菜还没有择完，妞妞就回来了——以往她在外面玩，饭做好了，都凉了，只要你不去叫，她都不会回来——回来后眼泪汪汪。

肖莉心里一紧，停住择菜的手，"怎么啦，妞妞？"

"他们不跟我玩儿……"

"谁们？"

"小朋友。"

"为什么？"

"那个球是当当的，当当说不跟我玩儿，小朋友们就都听他的。"

"当当为什么不跟你玩儿?"

"当当说他爸爸妈妈吵架都是因为你,所以他不要跟我玩……"

肖莉的心顿时沉重得喘不过气。妞妞泪水扑簌簌往下掉,肖莉忙给女儿擦泪,"妞妞,咱们明天就去买球,买个比当当还好的球,好不好?"

当然没用。孩子已有了自己的洞察力。

"妈妈,当当为什么不跟我玩儿?我是好孩子,不是坏孩子。"

肖莉把抽泣不止、异常伤心的小女孩儿搂在怀里,眼圈红了,"妞妞当然是好孩子,是最好最好的孩子!……好妞妞,不哭,乖,不哭,啊?"……

于是,这天晚上,妞妞仍是跟妈妈在大床上睡的,在妈妈《只有你》的歌声中睡的。睡着了,还不时会发出一声深深的抽咽。看着女儿的小脸,肖莉下定了决心。决心一旦下定,勇气随之而来。起身,下床,穿衣,向外走,走出房间,走出家门,来到对门门口,但一俟到了对门门口,勇气一下子消失了大半。站在两家中间昏黄的灯光下,肖莉犹豫了足有五分钟,几次举手欲按门铃,最终都没能按得下去。最后,她怀着闭眼一跳河的心情把食指放到了那圆圆的门铃按钮上,正要用力——说时迟那时快——林小枫的声音由门里头传来:"当当,都几点了,怎么还不睡!"

林小枫的声音使肖莉的勇气在顷刻间泄尽,她收回手，转身，回了自己家。家门关上了。

两扇紧关着的门静静对视，对峙。灯光昏暗……

还是那个公园面向湖水的茶廊，还是那样的垂柳轻拂，湖光潋滟。不同的只是，上一次是宋建平等肖莉，这一次是肖莉等宋建平。一人坐在桌边，不断四处张望，等得心焦。其实约定的时间还没有到，她心焦是她拿不准宋建平到底能不能来。

昨天下班时两人在楼门口相遇，家住对门这种相遇不可避免。自发生了那件事后，两人遇上了就像没遇上，或说是就像不认识，面无表情，一声不响，各自走道。这一次宋建平仍是沿此作风，两眼平视前方，直通通向楼里去。

"老宋。"一声呼唤在他的耳畔响起，把他吓了一跳。其实那声音并不大，也并非不柔和，只是因为意外因为没想到，太没有想到了。下意识转过脸去，看到的是肖莉温和友爱的微笑。他的第一个反应是本能的：觉着温暖，还有点不好意思；但是紧接着，理智便取代了本能，他开始警觉：这个女人又要干什么？

肖莉说想跟他谈谈。明天。明天周六。就去以前去过的那个茶廊。他说有什么事现在说好了。她说三言两语说不清，还是约一个时间谈谈；知道他很忙，但是事情很重要，请他原谅。态度谦卑得近乎低三下四，让宋建平没法拒绝。也有好奇。重要的事，什么事？该说的、不该说的事情都已经说了，光天化日，众目睽睽，白齿红舌，她还有什么样的重要事——可说？

她站在他的对面，态度温柔坚决。于是，就这么定了。明天，下午三点，那个公园的茶廊。

一分不差，三点整的时候，宋建平的身影出现在了肖莉的视野里，那一瞬，由于期待得过久，由于激动，更由于感激，她的眼睛都有些潮湿，当即冲宋建平高高扬起一只手招呼："老宋！"又冲服务小姐招呼，"小姐——"

"老宋，感谢你能够来，感谢你能够不计前嫌……"

"套话咱就不说了吧肖莉，都是聪明人，还是直截了当为好。"

"老宋，我的确有很多地方对不住你，但是——"

"但是，我也有对不住你的地方，我不该把你说的那些话跟林小枫说，是不是？"宋建平语气颇不友好，带着点挑衅意味。

"不是不是，我不是这个意思。"肖莉赶紧说，"你没有义务替我保密，且不说为我你受了那么多委屈，就是你们的关系，夫妻关系，你说什么都是应该的，合情也合理……"

"行了肖莉，"宋建平粗暴地打断了她，"咱就别再兜圈子了，是不是又有什么事需要帮忙了？请直着说，能帮我尽量帮。"

于是肖莉说了，说了她的女儿，她的小妞妞。

宋建平没有想到。不得不承认，她的要求是正当的，大人之间的矛盾不应当影响到孩子，孩子是无辜的，同时，如肖莉所说，也是单纯的，脆弱的，他们受不了这个。

宋建平声明："我从来没有跟当当灌输过什么。每回见了妞妞，从前什么样现在还什么样。"

"你我知道，也许是林小枫——"宋建平不说话了，肖莉沉默一会儿，"妞妞非常难过，为这个夜里常常哭醒，醒来就跟我说她是好孩子不是坏孩子…·—她还不到八岁，她哪里能搞得懂大人之间的那些是是非非？"

宋建平不无艰难地："我……我回去跟她说说，尽量试试看吧。"

说是说了，心里清楚，其实就连这样的诺言，他都未必能够兑现得了。现在的肖莉，就是横在他和林小枫中间的一颗炸弹，躲都躲不迭，哪里还敢主动去碰？

出事的那个晚上他也是一夜没睡，一家三口都没睡。当当是被他们俩吵得吓得一夜没睡。

那天他有意晚一些回家，到家的时候，看到他和肖莉婚礼上的合影被一张挨一张排着摆在了沙发前的茶几上，林小枫就坐在沙发上看，眼睛一眨不眨死死地盯着看，仿佛自虐。令人恐怖。那一瞬，宋建平想掉头就跑，本能地知道跑不了；又想要能够隐形该有多好，更没可能，唯一的出路了，硬着头皮往里走。

林小枫开口了，根本不看他，只是看那些照片，自语一般："怪不得啊，从来不让我到他单位里去。……那天那个门卫，说死不让我进去我还奇怪，医院本来就是一个公共场所，用得着吗？现在想想，都是事先安排好的……可以理解。人家的夫人是这个，"用下颌点点照片上的肖莉，"突然变成了另一个，是让人不大好解释……"尔后

— 277 —

抬起头来，声音喑哑，"宋建乎，我不求你对我好，只求你不要再把我当傻瓜，只求你在外人面前给我留一点点面子一点点尊严好不好？"没等宋建平开口，又说了，"你心里很惦着她吧，是不是就是因为她没有看上你、你没有办法才跟我在这儿凑合的吧？"

宋建平终于忍无可忍，向外走。走到门口时他忍不住回头悄悄看了一眼。

——她坐在沙发上，头发凌乱，两手下垂，两眼失神地盯着茶几，一动不动。宋建平长叹一声，站住，走到林小枫身边，坐下，开始解释，从娟子的婚礼前开始说起，让林小枫回忆，当初是不是她自己提出不去的，以此证明，他与肖莉完全不是预谋，不过是事儿赶事儿，赶到那儿了。……说了足有一刻钟，林小枫始终一言不发，让他独白，直到他没趣地止住，她方没头没脑又冒出一句："建平，你和她在一起，会不会ED？"

这天下午，林小枫拿着宋建平的凹病历去了医院，挂了男科的专家号——对此事她一直心存疑惑。从专家那里她才知道，激素水平正常的情况下，四百分之八十属于心理方面的原因，即所谓"功能性"，只有百分之二十是器质性病变。心理方面的原因很多，很复杂。最常见的，一是工作紧张，压力大；二是对妻子没有兴趣，用现在人们爱说的一词就是，审美疲劳，进一步说就是，熟悉的地方没风景……说得林小枫的脊背嗖嗖地麻。宋建平是医生，他显然什么都知道什么都懂，就是不是医生他自己的情况他也清楚。千怪万怪，千怪万怪怪不着别人，得怪自己，怪自己太傻，太相信他。临走前，她问了医生一句她一直想问一直不敢问的话。她问：那像这种情况，我是说，对妻子没感情没兴趣，要是换一个女人，会怎么样？医生的回答是：如果是他喜欢的，就没有问题。

肖莉就是他喜欢的。

宋建平色厉内荏地低吼："跟你说过，我跟她什么事没有！"

"事还是有的。"

"但是绝对没有你以为的那种事！"

"我以为的哪种事？"

"你自己心里清楚。"

"你错了。你误会了我的意思了。……听没听说过关于夫妻间三种背叛的说法？"宋建平闻此绝望地闭了下眼睛。林小枫一笑，"显然你是听说过的了，你从刘东北那个小流氓身上还真学到了不少的东西。别说，那小流氓别的方面我不敢恭维，但是这话，他说得有理！真理！绝对真理！……按照他的那个理论，我不过是你法律上的妻子，而肖莉才是你心目中的妻子。我想，你若跟她在一起，肯定是不会'ED'的了。……"

朋那天起，每到晚上，睡前，一看到"床"，一想到"睡觉"，林小枫就开始联想，一联想就要对宋建平审讯，审讯的话题万变不离其宗。开始宋建平还试图为自己辩解，以后，干脆就不说话，任她说；她说什么是什么。

"建平，你怎么不说话？"

"你让我说什么？"

"就说你跟肖莉在一起会不会'ED'。"

"小枫，你听我说，那都是很早以前的事了，来龙去脉我也都跟你说了。再说，咱们俩后来关系不是一直很好吗？"

"'很好'你为什么一跟我在一起就'ED'？"

"什么事都得有个过程……让我们慢慢试一试……这种病的治疗需夫妻双方的配合……"

"你这不什么都知道吗？知道为什么不说现在才说？你还知道什么？是不是也知道，你只要跟你喜欢的女人在一起，你的'ED'

就中以不治而愈？"

"不知道！没试过！"

"那就试一试嘛。"

"好啊，只要你同意，我没意见！"终于有一次，宋建平忍无可忍，这样答。林小枫万万没想到他居然还敢对她放肆，被噎得一时没说上话来，眼睛看着对方，那眼睛由于愤怒而放亮。片刻后，她猛地起身向外走。

宋建平急忙去追，"干吗去你！"

林小枫微笑，"这事光我同意你同意还不行，还得问问人家同不同意你不好意思，我去替你问！"

宋建平一个箭步蹿了上去，拦在了门前，二人脸对脸对视，林小枫先坚持不住了，她哭了……

在公园里那个茶廊里，宋建平吞吞吐吐地把这些天来家里发生的事跟肖莉透露了一点，让肖莉有思想准备的意思，不要抱太大希望的意思。肖莉听后许久没有说话。

垂柳轻拂，湖光潋滟。

肖莉终于开口说话的时候，声音里有一些异样，"老宋，我真的不明白，你有什么必要非得这样忍受着她。"

宋建平霍地转过了脸去。

肖莉仍看前方，看前方的湖水，湖水的波光映照着她的脸，那张脸的轮廓清晰秀丽。

肖莉出差了。是工作需要，更是为了躲避。通常去外地出差科里一般不派她去，都知道她一个人带着个孩子。这次是她主动要求去，妞妞就送到了她爸爸那里。

但是林小枫不会因此就放松警惕。二十一世纪了，即使身处异地，只要想联系，除了不能上床，你想干什么吧，聊天，写信，见面……无所不能，一个好一点的手机就全解决了。若嫌手机小，还有更大更好的，电脑。

林小枫知道宋建平的 E—mail，但是不知道密码，曾趁宋建平不在家时试过无数组号码，均被告之"你所输入的号码不正确"，遂放弃。全力监视手机，也明白如果对方成心防她，她成功的几率几乎没有，联系完了把记录一删，就是一片纯洁的空白。但是，万一呢？百密一疏，智者千虑必有一失，常在河边走哪能不湿鞋。

为了这个"万一"，林小枫坚持不懈。天天晚上，等宋建平睡着了后，拿着他那个上班用的包就去了卫生间，取出里面的手机，打开，细细调阅。曾查看过他的通讯录，里面居然没有肖莉的任何记录，这不欲盖弥彰吗？要是两人没事，又是邻居又是曾经的同事，相互间怎么就不能留一个电话？或许，那电话已然记在了宋建平的心上，根本无须记录——深夜，只穿裤衩背心的林小枫坐在马桶上，膝头放着丈夫的公文包，手里拿着丈夫的手机，在卫生间惨白的灯光下，不无讽刺、不无凄凉地想。从感情上说，林小枫非常愿意相信宋建平的解释都是真的，理智却告诉她说，不能相信。感情和理智是分离的。甚至感情和感情，也是分离的。比如，此刻，她非常想抓到丈夫有外遇的证据，同时又非常想抓不到这样的证据……

终于有一天，包里的内容物有了变化。多了一张大红烫金的请柬。打开来看：

兹邀请宋建平先生携夫人参加医院感恩日庆祝活动。时间：本月 23 日下午四时。地点：香格里拉饭店二楼宴会厅。

请柬是宋建平下班后出办公室的路上收到的，娟子给他的，给他的同时做了简短说明：医院建院五周年的庆祝活动。宋建平接过后随手搁进了包里，没看；如果看了他也许会把它留在办公室，因为了那里面的"携夫人"。

卫生间，林小枫对着那张请柬默默看了好几遍，确信所有内容都记住了后，把请柬合上，原封不动放了回去。

宋建平是在第二天下班收拾包时才发现的那张请柬，随手打开来看，看完后赶紧搁进了抽屉，心里头一阵庆幸，一阵后怕。这要让林小枫看到，她去还是不去？去，怎么对大伙解释他和肖莉？婚礼上的那些举动，那些举动的留影，不堪人目，不堪回首，早知今日，悔不当初，不去——若是林小枫知道了而不让她去，他简直想像不出她会怎样。

最好的办法，或说唯一的办法，就是不让她去，不让她知道。且不说他们俩现在的紧张关系，就是不紧张，这也是一件颇费掂量的麻烦事情。自肖莉出差以后，林小枫平静多了。林小枫一平静，整个家就平静了，令饱受寻衅滋事吵闹之煎熬的宋建平分外珍惜，决不想再无事生非地自找麻烦。

不让她知道。就这么定了。

"这天晚上，一家三口吃饭，吃着，林小枫顺嘴问了一句："今天几号了？"

当当抢着说："二十二号！星期四！"

口气、神情中明显带着对妈妈的讨好、奉迎，令宋建平一阵心酸。自他们夫妻开闹，当当好像一夜之间长大了，让干什么干什么，没让他干的事，他觉着自己该干的，也抢着干。吃完饭收拾桌子，刷碗，个子矮，水顺着胳膊流，把袖子弄得精湿。星期天也不出去玩，关在自己的小屋里，一待一天，悄无声息，不知在里面干些什么。有一次宋建平忍不住推门看，他正在看漫画，见到宋建平立刻向爸爸报告，他的作业已写完了。老师反映当当近来学习成绩明显下降，上课睡觉，不注意听讲，不写作业。跟林小枫谈过，也给宋建平打过电话。回来后宋建平跟当当说了说，并没有过多批评，深知孩子的状况完全是他们的责任，只说以后要好好听课好好写作业之类，但当当当时的表情仍是如受了惊的小兔。林小枫对孩子的这些变化显然也是有感觉的，听了当当的回答，对他笑着点头，伸手拍拍他的小脑袋，似觉着这还不够，又夹一块排骨，放到当当碗里。

宋建平心里非常难过，为掩饰，低头喝汤，感觉林小枫在看他，一抬头，正好与她的目光相撞，那目光透着寒气——当然这也可能是宋建平的主观感觉——主观也罢客观也罢，他主动表示一些热情友好总不会错。

"这汤做得真不错！"他说。

"是吗？"她脸上看不出什么表情。

宋建平顾不上细想，对当当说："来，当当，尝尝妈妈做的排骨莲藕汤，好喝极了！"尔后就张张罗罗地给当当盛汤，给林小枫盛汤，殷勤备至。

林小枫看着他忙活，或说表演，脸上仍是没什么表情。

次日，一家人吃完早餐后各忙各的，宋建平对着镜子扎领带，当当戴红领巾，林小枫梳头。梳着头又仿佛顺嘴似的问了一句："哎，今天几号了来着？"她在给他最后的机会，或说她对他还抱着一线的希望。

"二十三号。……对了，晚饭我不回来吃了，医院里有个活动。"

"什么活动？"

"说是什么感恩日，其实不过是找个借口让大家聚聚，吃吃喝喝玩玩，联络沟通一下感情。外企老板常用的手法，笼络人心呗。"

"都什么人去啊？"林小枫怀着绝望的希望又叮了一句。她想他也许忘了，她再提醒他千下。

他说："不太清楚。……医院里的人应当都去吧。"

就没话了。于是林小枫也就不再说了。送当当去学校后，给妈妈打了个电话，说她晚上有事，让妈妈帮着接一下当当。安排好了儿子，便开始着手做她事先想好的事情。

先去美发店，让美发师给她头上喷了无数的发胶，把头发做成了一个无比妖娆同时也无比生硬造作的发式。尔后，就顶着这个硬壳去买衣服。买了一件好莱坞颁奖晚会上常可见到的那种前后都露着的黑色长裙，再配一条巨大的大红披肩，鞋是那种长尖头的鞋，太空银，鞋跟细得像筷子。买了后，就在车里换了。脸上的妆也是在车里化的，竭尽了浓艳。一切妥当，驱车向宋建平医院里驶去。她将在医院门口等宋建平，让他"携"着她，一块儿去香格里拉。

娟子走出医院，她正要去参加院里的感恩活动。她终是没有离开北京。那天因为找林小枫，她耽误了火车，她想以后再走。真到了"以后"，又想，再等等再说。"再等等"就等到了现在，就不那么想走了。人的情绪一天之内都可以有若干个变化，她的情绪在这么多天里才发生了一个变化，尽在情理之中。

刚出院门口，远远地，一辆熟悉的车向这里开来，林小枫的车。刚才遇到老宋问他携不携林小枫来，他说不携。当时她就警告他不要忘了上次的教训，撒谎是要付代价的。他说他没有撒谎。固然他没说真话，但是也没说假话。他不说话。

正想着的时候车停了，车门开，林小枫出来。要不是先看到她的车，要是在大街上遇到，娟子肯定认不出她来，这哪里是过去的那个林小枫啊，清新淡雅的书卷气一扫而光，全身上下透着恶俗同时还浑然不知，甚至是自鸣得意。娟子目瞪口呆，一时不知该说什么乙倒是林小枫先跟她打了招呼，很和气。

"在这儿等谁呢娟子？"

"小枫姐，你来……有事？"

"咦，'我来有事？'——你不知道？"

娟子明白了，硬着头皮，"知道知道……"

"那你说，我来有什么事。"

"小枫姐，你听我说——"

"说。"

娟子说不出来了，难为了好一会儿，索性开诚布公一不作二不休，"小枫姐，上次那事老宋做得对不对咱们就不说了——不对是肯定的——问题不在这里，问题在于，既然他已经做了，也知道自己错了……"

"知道错了为什么不改？"

"这时候你一定不能感情用事！一定得权衡一下利弊！你们是夫妻，你们的利益是共同的——你得给老宋一个解释的机会。你这样突然出现，医院里的人、尤其是院长该怎么想，老宋他还有什么诚信可言？他要是倒了霉，对你和当当对你们这个家有什么好处？"

她开诚布公她也开诚布公，"娟子，我承认宋建平走出辞职这一步与我有很大关系，没有哪个女人愿意跟一个窝窝囊囊的丈夫过一辈子，没有哪个女人心里不希望着夫贵妻荣。但是，当夫贵而妻不能荣的时候，我相信，大多数女人会宁肯选择还去做她的贫贱夫妻。"她停住，说不下去，她想起了她的从前。从前，没有汽车没有那么多钱，但是她有自己。现在她已然没有了自己。没有了自己就没有了生活的主动权，她的喜怒哀乐全需仰仗对方给予。这种感觉是如此地令人窒息。

"等等小枫姐！等等！……听你这意思是，你打算今天跟老宋……"一时找不出合适的词，做了个辅助手势，"——摊牌？"

"摊牌是什么意思？……决一死战？鱼死网破？要不，两败俱伤同归于尽？"

娟子顾不上这一连串的问号，急急地说："跟你说小枫姐，老宋在医院里干得很好，前程无量，很有可能会做到合伙人的位置，你应当替老宋——"

"'老宋老宋老宋'！娟子，你也是个女人，你有没有站在我的位置上想一想，想一想当我为他牺牲了我的一切时，他却像甩驻抹布一样把我甩在一边，堂而皇之挽着另外一个他认为配得上他的女人时，我心里的滋味我的感受？……是是是，我现在没有工作没有社会地位，没有他做我的说明书做我的参照物人家都不知道我是谁，遗憾的是，我自己还没有忘了我是谁，我还有我的一点点需要我的自尊！……"

娟子不能不承认林小枫的话有她的道理，一时无语。

就在这时，林小枫的手机响了，宋建平打来的，由办公室打来。本来他已走近院门口了，偶然间抬头看到了站在院门口的林小枫和娟子，立马一个转身，回了办公室，显然，林小枫什么都知道了，怎么知道的不知道，但是知道了。

宋建平给林小枫打电话："小枫啊，有件事我给疏忽了，我们医院今天的活动还要求携夫人，不知你有没有兴趣？……我可能去不了了，头疼，头疼欲裂。"

"噢嗅。"林小枫不动声色地听着，"那你就别去了。"

"那你还去吗？"

"去吧。早想认识一下你的那些同事了。……没关系。"看娟子一眼，"娟子不是也去吗？到时候我找她帮忙给介绍好了。"

宋建平放下电话，双手捂头久久没动，头真的疼起来了，越疼越烈，都能感觉到血管一蹦一蹦的。就这样坐了不知多久，突然间，他下定了决心，一下子拿起电话，再次拨了林小枫的电话。这时林小枫正跟着娟子向活动大厅里走，一路上左顾右盼巧笑倩兮，赢得了百分之百的回头率。马上就要进入大厅了，已看到里面走动着人了，端着吃的，或拿着酒杯，这是一个西餐的酒会。不时，还可看到老板杰瑞和夫人的面孔在人群里晃来晃去。这时林小枫的手机响了，她接电话前先看了一眼来电，马上接了，"什么事，建平？"声音里带着笑意。

"你等着我，我马上过去。"

"马上过来！……你不是头疼吗，头疼欲裂？"

"我的确头疼，一点不骗你。而且我想，从此后再也不欺骗你——不，从现在开始！所以我说马上过去，我带你参加活动，我将亲自把你介绍给每一个人……"

林小枫脸上的笑容一下子消失，一个人快步走到一个相对僻静的角落，声音微颤地问："那……肖莉呢，你怎么解释，对大家？"

"实话实说。"语气坚定真诚。

"那好吧。我等你。"收了电话，对在不远处等她的娟子说，"娟子，你去吧。老宋说他马上过来。"

娟子只好走，一步三回头，惴惴不安。看到她进了大厅，林小枫只身向外走，穿过大堂，来到外面。

外面起风了，风吹起了她的黑裙，披肩，她一动不动。一辆熟悉的车驶入她的视野，宋建平的车。车驶来，驶近，在车位里停下，宋建平下车，向林小枫走来。林小枫一言不发，只是看他。他来到她的身边，示意她挽他的胳膊。林小枫就挽起他的胳膊，二人步入饭店……

第十五章

　　林小枫挽着宋建平的胳膊走，就要到大厅门口了，已经可以看到里面的人了，林小枫突然不走了。宋建平问她怎么啦，她没答，走几步，站住，"你真的希望我进去？"宋建平点了下头，非常肯定。林小枫紧盯着他的眼睛，"不怕我给你丢脸！"

　　"什么话！"宋建平用手捻一下林小枫垂在耳边的硬而亮的发卷，"不过今天你的头发做得稍稍过分了一点，妆化得也有点浓了，其实你平时那样就很好。"

　　"我是故意的。我今天来就是要引起大家的注意，要当众出你的丑，怎么招摇怎么来——既然你不给我面子，我也不给你面子！"

　　宋建平一怔。她又说，"其实我知道你很难，我是指今天你不打算让我来这件事。……不要对我说你忘了，你说过以后绝不再骗我——因为有肖莉在先，你无法对大家解释。"

　　"……"

　　"建平，你怎么突然改变主意了？"

　　"我想从今天开始，重新开始。以前是我错了，错了就得改，那么就从今天开始改好了。"

　　"不惜你的上司同事对你有看法？"

宋建平又非常肯定地点了下头。林小枫怔怔地看他，眼圈开始发红，突然，她扭头快步走开，向外走。宋建平愣了一下，追上去。

林小枫走得飞快，鞋不跟脚，连着崴了两次，这种跟儿细如筷子般的鞋她也是头一回穿。第二次大概崴得不轻，就瘸着走，速度不减，快得宋建平不跑就追不上她。而他又不能跑：一个西装革履的中年男子，在五星级酒店的大堂里，无论身份、地点，都不合适，所以等他追出大堂时，林小枫不见了。慌忙四顾，在一个没人的角落里看到了她，赶紧过去，发现她在哭，一只手捂嘴，无声地哭。宋建平手足无措，嘴里发出一连串含意不清的安慰声。心里边惴惴不安，不知下一步她会怎么样，打算干什么。

林小枫哭了将近十分钟，尔后，用掌心在脸上抹了两把，"我走了。"

"走？"宋建平机械地问——林小枫的样子现在简直不能看，浓妆已然被泪水破坏，红黑黄棕白灰在脸上混作一团。小心翼翼地，他说："我们是不是找个地方补补妆？都花了。"

林小枫摇头，"我回家。……你以为我那么愿意参加你们医院这活动？你们这活动跟我有什么关系？我认识你们医院的那些人谁是谁？……跟你说建平我根本不在乎他们，不在乎他们所有的人，我在乎的人只有一个，那就是你，你心目中我的位置、你对我的看法！"说罢，转身就走。

宋建平追上去，"小枫，走，洗把脸，去！跟我一块儿去！"

"我去干吗？还不够累心的。……再说了，你在医院里干得好好的，我何必给你找些麻烦让你为难？他们知不知道我、认不认识我又能影响了我的什么？只要你知道、你承认我是你的妻子就足够了。"

宋建平怔怔地看林小枫，猛地，一把把她搂在了怀里接下来，夫妻俩度过了婚后的第二个蜜月，同进同出，男耕女织，举案齐眉，相敬如宾。

十一长假。一天，把儿子送到姥姥家，夫妻俩同去参加了宋建平大学同学的聚会。是三个自打毕业后就没有什么联系的同学，珠海一个，桂林一个，大庆一个。三人趁十一长假，携夫人来北京旅游。来后辗转打听到了宋建平的电话，就这么联系上了。最先打来电话的是大庆的那个，得知是谁后宋建平热情洋溢。目前他情况全面良好，身份、经济、家庭，当然，还有心情；旧友故人若在这时造访，正是时候。当下约定请同学吃饭，同时定下了时间、地点。不料当天晚上，又先后接到了珠海、桂林两同学的电话。接到第二个电话时宋建平还说一块儿吃饭，和大庆同学一块JL；第三个电话打来时他就想改变主意了，于是在电话里便没再提吃饭，只说保持联系，放下电话后跟林小枫商量：来了三个同学六个人，作为地主，他们该怎么接待。刚开始说的请吃饭是一种不假思索的惯性思维，现在，当一个一个电话陆续打来，就不得不想，请吃饭是不是太一般太俗。

林小枫沉吟片刻，"他们现在都干什么？"

"珠海、桂林的那两个都改行了，干公司，当经理。就大庆那个还干医，在一个什么厂子里当厂医。"

"当厂医的那个就不用说了，珠海桂林的那两个肯定也好不到哪里去，真混得好的，不至于惨到跑北京来旅游。"宋建平点头表示深以为是。林小枫又说，"既然如此，就该好好请一下人家，连吃带玩儿！"

当下，夫妻俩找出《北京生活完全手册》，一人扯着书的一边，头对头翻阅查找。经过一番研究争执论证，最后商定去位于顺义的乡村赛马场。十个人两辆车，正好，交通工具也不成问题。

这天天也争气，万里晴空，秋高气爽，宋建平和林小枫一人开一辆车。宋建平载着三个同学，林小枫载着三个同学的夫人，一路上大敞车窗，欢声笑语，乘风而去。

到了马场，宋建平和林小枫跑前跑后招呼张罗大家骑马。马场非常宽阔，骑马跑一圈二十块钱。宋建平、林小枫让大家尽情地玩，骑够为止，既然已经来了。珠海同学到底是来自特区，当即上马，策马扬鞭，绝尘而去。不像那两个同学，尤其大庆的那个，一副缩头缩脑没见过世面的样子，想骑，不敢，头一回到这种地方来，不知规矩，不摸深浅，怕丢丑，也不好意思，担心宋建平花钱太多。最终宋建平夫妇的热诚和话里话外透出的那层"这点钱他们完全无所谓"的意思，方使他上了马。

但是三个夫人没有一个人肯骑，齐齐说害怕，怎么说都不行，于是，像来时路上一样，宋建平同三个同学骑马，林小枫留下陪他们的夫人。四个女人坐在马场旁的凉篷下，喝饮料，吃小吃，看她们的男人骑马，边说着话。每一个男人骑马过来的时候，她们都会冲他们发出一阵尖叫欢呼，少女一般；马背上的男人也会冲她们挥手扬鞭做矫健状，如一个个意气风发逞强好胜的大男孩儿。由于是同学而聚在了一起的这种关系，使她们和他们都变得年轻了，仿佛回到了当年。

四个男人里，数宋建平马骑得最好。这得归功于刘东北。刘东北酷爱骑马，在马场有一个五万元的个人会员卡，常拉宋建平一块儿去。刚开始宋建平也是不行，现在是好得多了，跟刘东北没法比，但在他这几个同学和夫人的眼里，却算得上顶尖高手。因此宋建平每骑马跑过来一次，都要引起女人们的一番夸赞，说是"女人们"，其实主要是"次庆""桂林"二位夫人。林小枫不夸是不便自夸，心里头也颇为宋建平自豪。那"珠海"夫人却不知是为了什么，始终面带矜持的微笑坐在那里，只是在不得已时才微微点一下头，让林小枫别扭。

林小枫心里很明白，宋建平马骑得固然不错，但是换一个人那两位夫人绝不会如此卖力不厌重复地夸赞，她们是在用这种方式向她表达感激。她们这次来京是随旅行社来的，为省钱旅行社把她们安排住在了郊区，天天一大早就被叫起来往城里赶，晚上很晚方回；吃饭就像是打仗，十人一桌，广告里所说"八菜一汤"的数字都对，可惜一盘菜经不住几筷子，你要想文明就只能顿顿白嘴吃米饭，咸菜都没得就；广告上承诺的景点也都给你兑现，但由于时间都花在了路上，结果每一个景点都是"点到为止"，什么都看不到，记不住，全部的意义只在回去后可以对人说：我去过了。还无法投诉，人家旅行社广告上说的全都做了。不是没想过单独活动，但是单独活动又得单花一份钱，交给旅行社的钱不可能退。想旅游团所有跟下来的人都是这心情：只要是花钱买来的，哪怕是苦，也得吃下去。否则，精神上就会痛苦。所以，宋建平、林小枫安排的这一天对她们来说是恰逢其时，是她们来京后最美好的一天，专车接，并且是在这样的一个地方，见识了这样一种她们从未见过的场面和生活方式，置身在这样的环境这样的人群里，不仅是身体的愉悦轻松，精神上都得到了提升。想这一天娱乐下来，还有两餐饭，车接车送，人家得花多少钱？正是念及这点，她们才如此不遗余力地夸宋建平——都是朴实厚道的人。

唯"珠海"夫人例外。开始还算含蓄，有一次干脆明确表达，表达出她对这一切的不以为意，表达出她与那两个对林小枫充满感激奉迎之色的女人们的不同。

经过是这样的。在宋建平又一次策马扬鞭飞驰而来的时候，"大庆"夫人过早地发出了欢呼的惊叹，同时用了一个最常见的、贬一褒一的方式表达她的惊叹。对"桂林"夫人道：你瞧人家老公，，马骑得多好！多帅！又扭脸对林小枫说，我们家那位就不行……话未说完，骑马人到，不是宋建平，是她的老公，她看错了，看错了也就等于夸错了。本就是一笑了之的事，却被"珠海"夫人揪住了。"珠海"夫人道——口气是玩笑的口气——"哎呀，你呀，看看清楚再说也不迟嘛。这下好，拍马屁拍自己老公屁股上了！"令除她之外的所有人尴尬。

男人们终于骑马回来，一齐来到夫人们的邻桌坐下，喝水，休息。

"大庆"同学由衷夸道："想不到宋建平骑马骑得这么好，专业水准。"

"桂林"同学由衷附和："只要有钱，你也可以骑得'这么好'！"

"大庆"同学接着这个话茬儿道："是啊是啊。归根到底，还是一个钱字。……现在看来，咱们一个寝室四个人，就出来了一个宋建平！"

"桂林"同学跟着点头，很由衷，带着对地主盛情款待的感激和奉迎，一如他的夫人。唯"珠海"同学没有表示，脸上挂着始终不变的矜持微笑，也一如他的夫人。

男人们桌上的谈话这桌听得清清楚楚，这桌正处在尴尬之后的短暂沉默。片刻后，"珠海"夫人开口了，问了个问题，问林小枫："哎，你这么年轻，为什么就不工作了？"

事实上这些事她们来时的车上早就说过了。四个陌生女人在一起，无外乎你是男孩儿女孩儿，多大了；你在哪里工作，干什么。当时林小枫就说她不上班了，同时当然也说明了为什么不上班。如实说，没夸大没缩小。"珠海"夫人就坐在她的旁边，谁没听清她也不可能没有听清。

她是故意的。一下子，所有的猜测都不再是猜测了：她的所有表现就是因为心理不平衡，于是要寻找平衡，不惜伤害别人。想不到，好心好意花了钱赔上时间请他们倒请出罪过来了。林小枫心头火起，面上不动声色。笑着，嘴向宋建平那边一噘："为了他呗。当初我们也是不行，两个人都拿死工资，吃不好也饿不死。我就跟他说，你这样不行，一混，，十年过去了。再一混，又一个十年过去了。咱说话，人一生有几个十年能让你这样混？他还不干，舍不得原先单位那个名分，为这个我们吵了好多次！……是吧，建平？"正在跟同学们说话的宋建平点了点头。林小枫接着说了，"好不容易把他说动了，他同意了，新的问题又来了。在外企干和国家事业单位干可不一样，一分钱一分力，想混，没门儿！家里怎么办？孩子怎么办？……其实原先我在学校里干得很好，一月挣得比他还多呢，单位里还要给我评正高——那时候我副高都好几年了！可是我想，既然一家只能保一个，那就保他！就这么着我辞了职。"

"大庆"夫人和"桂林"夫人频频点头，"珠海"夫人也点头。同是点头，意思却大不相同。前者是理解，理解林小枫为什么要这样做的意思；后者也是理解，却是理解林小枫为什么要这样说的意思，带着一种暧昧的意味深长，令林小枫心中不快，却又说不出什么，因为人家并没有说什么。她只好继续说下去，以期增加自己话的可信度。

"他刚开始去外企时也是不习惯，也是困难重重，一度，想打退堂鼓，他这人，他们同学肯定了解，"她微笑着看宋建平，"胆子小，优柔寡断，想得多，做得少。我就跟他说，这个时候，你一定要坚持，要顶住，坚持就是胜利，我会全力支持你，做你的坚强后盾！"

男人们都听到了林小枫的话。

"珠海"同学说："宋建平，敢情是'一半一半'啊?"

"珠海"夫人："'一半一半'?"拍着林小枫的肩，"要我说，得有人家的一大半！"大家都笑了。

这时"珠海"同学的手机响了，他接电话，众人止住笑，以让"珠海"能安静接电话。

"我是。……噢，噢噢。……我的意思是把美国的那个巴尔米拉岛收购下来，将来无论居住还是搞旅游，都好……"说着起身，拿电话走到了一边。

"桂林"同学指着"珠海"同学笑，小声说："还是那毛病！吹！反正吹牛也不上税！－－这家伙借了黑社会五十万元的高利贷，月月利息都还不起，还收购人家美国的什么巴尔米拉岛……"

说是"小声"，这边桌上听得一清二楚，"珠海"夫人的脸当即"夸答"就沉下来了，毫不掩饰。"桂林"夫人便有些沉不住了，伸过头去对先生说："你怎么知道人家收购不了？借钱又怎么了？现在兴的就是借钱花，没本事的人想借还借不出来呢！"一片附和声。其中林小枫的声音最响，动作最夸张，明显的带着一种居高临下的优越。

一群人一直玩儿到晚上，一块儿吃了晚饭后，方依依不舍分手，分手前相互留下了所有的电话号码，相互欢迎到自家的那个城市里去玩，相互允诺下了各种盛情的款待……

直到进家，林小枫变了脸，"以后你们的这类破聚会少叫我啊！"

"又怎么了！"

"就那个女的，她丈夫要收购人美国什么岛的女的，没劲透了。一个劲儿地问我为什么没工作，问了一遍还不过瘾似的，又问一遍。她工作有什么了不起，不就是在银行里替人家点个钱吗？哼，自己家欠着黑社会一大笔钱，手里边天天点着别人的钱，你别说，没有个坚强的神经还真是不行！要我是她，这种工作，请我干我也不干。最过分的是，她居然还问我上没上过大学。我说上过，她嘴上没说什么，看那表情，根本不信！大概以为天底下所有人都跟她那个丈夫似的，除了吹就是吹，嘴里没句实话！……这两位还真是一对儿，没教养，低素质！"

"既然知道她没教养低素质，你又何必跟她较真儿？"

"我跟她较什么真儿了？"宋建平没说话，林小枫想了想，明白了，"嫌我多说了我自己两句是吧，诋毁了你的功劳损害了你的形象是吧……"

"小枫，我并不是想跟你争个你高我低，你说咱们俩之间争这个有什么意思？跟你说，今天要是你们同学聚会，我作为你的夫人参加，我肯定会把你抬得高高的——""明白了。以后在你的同学同事朋友面前，我就该把你抬得高高的，把自己说成一个毫无用处的寄生虫！没工作！没文化！家庭妇女，靠丈夫生活！"

蜜月由此戛然而止。

　　都不甘心，都想重修旧好都想勉力维持。这次争吵过后，林小枫先表现出了高姿态，打破僵局主动跟宋建平说话，宋建平立刻热烈响应。一度，家中又恢复了同进同出、男耕女织织、举案齐眉、相敬如宾的大好局面。两个人你进一尺，我退一丈，遇到雷区绕着走，小心共同维护着来之不易的安定团结。但是，覆盖在血痂下的伤口仍是伤口，稍遇外力，稍有触碰，就会崩裂会血花四溅。

　　一天，宋建平接到了一个邀请，他一个从前的同事支援非洲回来了，同事们约好一块儿为那人接风。那人在非洲待了六年，由于饮食、气候、工作强度等等方面的原因，走时白白净净一书生，不过六年工夫，变成了一个又黑又瘦的小老头。当然收入比在单位里高得多，但是远没有高过他的付出。由于那人的夫人同去赴宴，所以召集人希望大家也都能带上自己的夫人。宋建平跟林小枫说了，林小枫二话没说欣然同意，令宋建平欣然：她曾说过，以后这类破聚会不要叫她。

　　这天，两人边穿戴打扮，边有一搭无一搭地说着话，说那个从非洲回来的同事。正要去为他接风，说他也是顺理成章，不料说着说着，踏上了雷区。

　　"去非洲六年就挣这点钱，我让你辞职辞对了吧……"

　　"明天聚会时千万别提这事儿，不好。"

　　本意是提醒林小枫到时候不要拿自己的幸福与别人的不幸比，但是林小枫没这样理解，"是不是心里还记着上回那事儿啊？放心，明天在你的老同事面前，我保证给足你面子，可劲儿夸你。"

"何必这么敏感……"

"那你是什么意思?"

"我的意思是……我不过是说……这不是夸不夸的问题……夫妻之间,在人面前,还是自自然然平平和和的,为好。"

"什么叫'自自然然平平和和'?"

"不知道。"

"你都不知道那别人就没办法做喽!"

"朴素,自然,该怎样就怎样,懂了吧?!夫妻俩非得在外人面前争个你高我低,或者展览不和,或者表演亲热,都只能让人觉着俗气,让人看了发笑,让人瞧不起,懂了口巴?"

"是不是你那些同学说什么了啊?"

"人家什么都没说。这是些常理,常识!"

"常理,常识——常理常识怎么早没听你说现在才说?还是对上次的事耿耿于怀,嫌我丢了你的脸了。早说啊,绕那么大弯子干吗?用得着吗?"

"林小枫,别不讲理啊!"

"什么叫不讲理?只要不顺着你讲就是不讲理?"

"算了算了,明天不去了!"

"不去就不去!你当我爱去啊!相互介绍起来,连个工作都没有,一点地位都没有,连个身份都没有,啊不,身份还是有的:宋建平的太太。"

"行了行了!话说三遍淡如水啊!"

"就这么说你还记不住!"

"我记住了！我刻骨铭心，我永生不忘，行了吧？"

"不行！"

"那你要我怎么着？"

"要你对我好一点！"

"我对你怎么不好了？"

"对我好——对我好你能找别的女人代替我？"

……

这次争吵的结果是，宋建平一人去参加了聚会，聚会到晚间十点才结束，结束后宋建平仍不愿意回家，开着车一个人在渐渐空旷的路上漫游。车内响着《神秘园》的旋律，令压抑的心情格外压抑。觉着转了好久、了，看表已十一点了，心里头仍是郁闷，想，不行，得找个人说说话。他拨通了刘东北的手机。

刘东北这时候也不在家，也是不愿意回家，正在一个酒吧里。他的对面，是一个女孩儿，不如娟子漂亮，但看上去轻盈精灵，很有书卷气。刘东北接电话时，她便静静看他。

刘东北答应了宋建平的请求，让他速速过来，收起电话后对对面的女孩儿一笑："又是一个有家不能归的人。已婚的男人。"

女孩儿马上起身："那我走了。你们说话，我在这儿碍事。"

刘东北按住她，近乎低声下气地："NoNo！务必请再坐一会儿，二十分钟！他二十分钟就能赶到。……我一个人，很孤独。你是学生物的又这么聪明你一定知道，男人比女人更怕孤独。和你在一起非常愉快，我已经很久没有过这种愉快了。"

　　女孩儿看他几秒，坐了下来……

第十六章

刘东北和娟子已正式离婚了。

那天，从街道办事处走出来，两人不约而同站住，四顾茫然，两个人的内心里都充满了伤感。刘东北的手里捏着两张离婚证。似乎是为了找点事做以掩饰内心，他拉开手里的皮包把两张离婚证放了进去，想想不对，又拿出一张来给娟子。"应当是一人一张啊。给你一张。"笑着，笑得干巴巴的。

娟子笑着接了过去，打开来看，"咱们这就算是离了？"

"可不是就离了。"

"这么简单。三言两语，盖上俩章——"

"——两个相亲相爱的人从此便分道扬镳各奔东西！"

娟子一直强作笑颜的脸霍然变色。二人沉默。片刻，刘东北低声说："对不起……"娟子摇头表示用不着对不起。刘东北把头向西一摆，"走吧；上车。我先送你去单位。"他的车停在西边。

娟子摇头，"我今天不去了。我请过假了。你走吧，我去那边超市转转。"把头向另一个方向一摆，超市在东边。

"我也请过假了，不用去了。"

　　两人又不说话了，都不甘心就此分手，又都不知道该如何表达，或者说，不愿意表达。最终，还是刘东北先开口了。刘东北仿佛很随意地，"要不，我陪你去超市，反正我也没事儿。"

　　娟子眼睛亮晶晶地看他，那"亮"也许是由于了泪，"……你平时最烦逛商店……"

　　刘东北试图开玩笑："现在不是不是平时嘛！"

　　娟子却一点不笑，直视着他，轻声说："你的意思是不是说，最后陪我逛一次商店？"

　　刘东北忙道："不不不。虽然我们离婚了，但还是朋友，对不对？是最好的朋友——"他不自然地笑笑，"我是这样认为的，也许你……"

　　娟子忙连连点头，"我也是我也是！"

　　刘东北看着娟子，"那还说什么，走吧！"

　　娟子怔怔地看他，猛地，搂住他的脖子大哭了。刘东北一句话也说不出，只是不停地说："娟儿，娟儿，娟儿……"娟子哭得上气不接下气，刘东北心疼地抚摸着她的头发，在她耳边耳语，"娟儿，你都不知道我有多么爱你……"

　　"我、我、我也是。"

　　"要不，娟儿，我仃〕复婚？"

　　"东北，婚姻，仅有爱情是不够的……"

　　刘东北的脸上顿时一片落寞，凄然。自从事情败露之后，刘东北再也没同任何女孩儿有过任何形式的联系。那个"北漂"后来打过电话给他，打了三次，都被他强忍着

"拒接"了。为了什么？为了娟子。为了能配上她的爱，从心到身的开始约束自己。他相信精诚所至金石为开，相信只要工夫深铁棒磨成针，相信世上无难事只怕有心人——他错了。他真正应当相信的是，破镜不能重圆。相爱却无法相聚，想在一起却必须分离。

在刘东北的力主下，娟子买了套一居的房子，贷款买的，只交了首付。房子是精装修，只需打扫一下就能住。搬家时刘东北来帮着张罗了一天，跑前跑后，爬上爬下，擦窗子擦地，直忙到晚上。晚上，娟子在家里给刘东北做了一桌子菜。

毕竟是过来人了，娟子在烹调上已有了过来人的水准。从前她几乎是什么都不会，包饺子调个馅儿，都得给她妈妈打好几个长途电话咨询。有一次刘东北偶尔说起他妈妈包的猪肉、香菇、洋葱馅儿的饺子多么多么好吃，娟子就暗暗记下了，下决心与婆婆一化高下。不跟刘东北说，暗地里使劲。买来洋葱，买来香菇，不知香菇该怎么吃，给妈妈打电话，妈妈告诉她先得泡，泡开。她就泡，泡开，泡开了直接与洋葱一块儿剁碎了和进馅里，包好一个，先煮出来——尝尝咸淡——吃，满嘴的沙，忙打电话问妈妈，妈妈听了她制作饺子的全过程后哭笑不得：她的宝贝女儿竟然不知道香菇泡开了之后还得洗！这次再不敢有一点掉以轻心，不光告诉她香菇要洗，还告诉了她怎么洗，放盆里，接上水，用手顺着一个方向搅，一定要一个方向，这样，香菇缝里的沙子才会出来……

这天晚上，娟子为刘东北准备的主食就是猪肉香菇洋葱馅的饺子，还开了一瓶干红。两人边吃边喝边聊。

"唉，为我的事儿耽误了你那么多时间。"

"嗨，我一个单身汉，休息日闲着也是闲着。"

"你的女朋友怎么办？"娟子笑着问。

"这个就用不着你操心了。"刘东北笑着答。

"看来她很听你的话？"

"差不多。差不多可以这么说。"

"总而言之，她比我好，是不是？"

"看哪个方面了。这个方面，论听话这方面，她是比你好。娟子，作为一个女孩儿，有时候，你的性格是过于倔强了。"

"以后注意。"

"一定得改。"

"嗯，一定。"两人相视一笑。

刘东北用筷子夹一个饺子放进嘴里，而今那饺子包得，味道比他妈妈的一点不差。想想她这一切的努力一切的苦心都是为他，他却如此深地伤害了她、从此就要失去她，心里禁不住一阵悸痛，同时眼睛就感到发酸，赶紧又夹一个饺子塞进嘴里，赶紧笑："娟儿，你做饭的手艺真的是今非昔比了，得承认是我一手培养出来的吧？"

"是是是，是你一手……培养出来的。"

"唉，好不容易把你培养了出来，刚刚具备了一个贤妻的基本技艺，你就辞职不干了。"

"对……对不起。"

娟子喝得有点多了，开始有点结巴了。面颊粉红，两眼亮晶晶的。刘东北喝得也多了，挥着手，大着舌头，"没关系。……娟儿，以后，我没事的时候，当然，你也没事儿的时候，我还能到……你这里来吗？"

"当然，能。"

"来吃你包的饺子？"娟子点头。刘东北又钉一句，"香菇洋葱猪肉馅儿的？"娟子又点头。刘东北不再说话了，过一会儿，"可是，你要是结了婚，就不会再让我来了吧？"

"你要是结了婚，就不会再来了。"

"你肯定比我先结婚！"

"你比我先结！"

"你先！"

"你先！"

"你！"

"你！！"

吵架一般，然后又突然地谁也不说话了，屋子里静下来了……

宋建平听罢刘东北离婚的全过程打心眼里替刘东北惋惜。

"唉，东北，凭你这么一个思维缜密的人，怎么会做出那种事来？就是做，也不该让娟子发现啊！"

"记不记得我跟你说过，我不是一个适合婚姻的人？……其实这话的本质含意是，我不是一个一辈子只能跟一个女人的人。就是说，我注定要做那种事，可那种事瞒个一次两次可以，不可能瞒一辈子。娟子决定跟我分手是对的；因为我改不了。除非她改——"

"人家又没错，怎么改，改什么！"

"改变她的观念。因为从人性的角度上来说，我也没有错。"

"东北啊东北，你真是一个诡辩家啊。"

"怎么是诡辩——"

"好好好，不是诡辩——但是你还是有错，你的错就在于，生错了年代。"刘东北愣了一下，笑了。这是今天晚上他的第一次笑，"是，啊？我要不是生在这个一夫一妻制的年代，要是早些年生……"

"嗯，弄个皇上什么的当当，那还不是要多少有多少，皇后她不仅不敢说什么，还得积极地给你张罗——那是她应当应分的本职工作！"

刘东北笑笑："皇上咱就免了吧，受不了，太累。"

"那就当地主当资本家！"又一本正经摇头，"不过也晚了点儿。哎，你不妨去阿拉伯国家试试！他们那儿可能还行。"

"咱们俩一块儿？……你懂不懂阿拉伯语？"

"不懂。懂也不去。在这个问题上咱们俩是志不同道不合。我家里这一个我都应付不了，真要是有个三宫六院三房四妾那还不得把我照死里折腾？"

刘东北凝视宋建平，醉眼蒙眬，"哥，你比我惨，我好歹还算是——什么呢——对，罪有应得。你说，你那算是些什么事！"

宋建平默然。

离开娟子新家的那天晚上，刘东北去了酒吧，一个人。之后就天天去，去一个又一个的酒吧，再之后，就在这个酒吧里遇上了这个女孩儿。那时他已在酒吧里待了许久，一个人坐在角落里，喝酒，默默地喝，显然已喝很多了，眼神发虚。他喝干了杯中酒后，又给自己倒酒，手都哆嗦得对不准杯子，一点也不知道有一个女孩儿始终在注意着他，他的年轻帅气与他的孤独沉默十分不谐调，因而显得神秘，显得有"故事"，在酒吧的喧闹嘈杂中，显得格外引人注目。但她始终没有过来，想拙肯定是不愿意人打扰，直到看到他酒都倒不进杯子里了，才起身走了过去。

"需要帮忙吗？"她问。

"会开车吗？"他问。女孩儿点头。他说，"那就，走？"

女孩儿犹豫了不到两秒，抓起自己的包，扶着刘东北走。刘东北本不想让她扶，但是身不由己，否则，站着都困难。

女孩儿开车把刘东北送到楼门口。刘东北抬头看看自家窗口，窗口亮着。他对女孩儿大着舌头说道："今天就……就不能请、请你上去了，我、我老婆在、在家，不方便。"

女孩儿的黑眼睛在月光下闪着熠熠的光，"你当我是什么人？！"

"你是、是什令人我就当你是什么人。"

"我是什么人？"

"咦，你是什么人你还不、不知道，倒要来、来问我？"

"我是什么人我当然知道。我现在就想知道在你的心里，我是什么人。"

刘东北笑了："在我的心里，你就是你是的那种人。"

"哪种人？"

刘东北对这游戏不耐烦了，掏皮夹拿钱，"多少钱？……两百，够了吧？"

女孩儿看他，聪明的眼睛闪闪烁烁，尔后一笑，从他递过来的两张钱中抽出一张，"回去打车用。这钱是该你出。"

刘东北愣住，"你到底是什么人？"

"反正不是你以为的那种人。你也不是我以为的那种人。"

"你以为我是哪种人？"

女孩儿讥讽一笑："看你一个人坐在那里，沉默地，忧郁地，洁身自好地，我还以为遇上了一个不俗的、有深度的男人。"说罢，转身离去。刘东北怔怔目送女孩儿踏着月光离去。

后来，刘东北还是去酒吧，但再也不是去一个又一个酒吧，而是固定地去一个酒吧，那个他与那个精灵女孩儿相遇的酒吧，心中怀着一个模糊的愿望。但是，那女孩儿再也没有出现。直到有一天，深夜，他怀着绝望的心情准备离开的时候，突然，眼睛一亮，门口，那女孩儿走了进来。刘东北马上起身，迎了过去。

女孩儿认出他来，"是你？"

"是我。"

"这么巧！？"

"不'巧'了。从那天以后，我天天都来这里。"

女孩儿在心里计算了一下日子，"一个月了！你天天来？"刘东北点头。

女孩儿眯起眼睛，"为什么？"

"等你。"

女孩儿仍眯着眼睛，那是一双聪明的眼睛，那双眼睛里含着友好的讥笑；"你老婆呢？"

"我等你就是想跟你谈谈我的老婆。"女孩儿没有想到，愣住。刘东北一笑，"谈吗？"

女孩儿犹豫了一下，点头，"谈。"

二人在桌边坐下前，刘东北向女孩儿伸出一只手，自我介绍："刘东北。"

女孩儿握住他的手，回道："'绝望的生鱼片。'"。

"……网名吧？"

女孩儿开心大笑，气氛立刻变得默契而又松弛。刘东北对女孩儿一股脑儿说完了全部苦衷，一点都没有隐瞒。女孩儿听罢说："这么说她的初恋，她的第一次，都是跟你？"刘东北点头。"很纯情嘛。"

"现在我才发现，纯情同时还意味着幼稚，偏执。她怎么就不明白，情和欲有时可以是互不相干的两回事？"

女孩儿笑微微地："要是换你呢？"

"换我？……什么？"

"你是她，她是你。"

"这是不可以换的，男女是不一样的。"

"问题就在这里：男人的情和欲是可以分开的；而女人，在百分之九十的女人那里，情和欲是一致的，是不可分的。"刘东北听得瞪大了眼睛，女孩莞尔一笑，"给你举个例子？"

"说。"

"想想看，为什么历年历代的妓女行业可以蓬勃发展规模壮大，而所谓的;鸭子'们只能是些散兵游勇从来就没形成过气候？……供求关系所致!"刘东北笑了，频频点头深以为然。女孩儿也笑了："所以，我认为，事实上男女关系中很多矛盾悲剧的根源，是产生于这种性别所属的差异。"

刘东北看着女孩儿若有所思，"你在学校时是学什么的？"

女孩儿笑眯眯地，"生、物。"

刘东北愣了愣，旋即开怀大笑。他好久没有这样开心地笑了……

后来，他们经常在这里见面，通常情况下，他说，她听。他们自己都没有意识到，他们这已然是男女恋爱初级阶段的模式：男说，女听。

在等待宋建平的二十分钟里，刘东北向女孩儿介绍宋．建平其人其事，正好在说完了一个大概时，宋建平出现在酒吧门口。刘东北立刻向他扬起一只胳膊，同时高叫："嗨！哥！"

女孩儿笑了，看着向这边走来的宋建平，对刘东北悄声说："他跟我想像中的一模一样。"

刘东北警告女孩儿："装不知道啊！他这人很要面子的。"

女孩儿一笑，起身道："他来了。我该走了。"

"别这时候走啊！他已经看到你了，你这时候走，就跟咱们有什么事儿似的。哪怕打个招呼呢！"

说话间宋建平已来到桌前。刘东北为二人介绍："宋建平。绝望的生鱼片。"

宋建平跟女孩儿握了下手，"嗅，你好。"对刘东北介绍的那名字没有丝毫意外或好奇的表示。这倒令刘东北意外。

这时刘东北的手机响了，他看也没看地接了电话。电话是林小枫打来的，这之前她给宋建平打了无数次电话，宋建平不接，她只好打给刘东北，问宋建平是否跟他在一起。刘东北回说不在一起，没有片刻迟疑。这边刘东北收了电话没多久，那宋建平手机又来了，他掏出电话看了看，不接，把它放桌子上，任它在桌子上振动着，直到停止。

"哥，你们又怎么了，前一阵不是挺好吗？"

宋建平摆了摆手，没说话，一副意志消沉的样子。刘东北叹口气，为宋建平倒了杯酒，宋建平端起来一饮而尽。刘东北不无忧虑地看他，他哥不胜酒力。

女孩儿开口了："她是太空虚了。你得让她充实起来。"

刘东北瞪女孩儿一眼,嫌她违背约定的意思,不料宋建平本人全不在意,接着女孩儿的话道:"没用,全没用。"

"那些表面的充实忙碌当然没用。她有没有另有所爱的可能?"

"不知道。"

"可以让她试一试嘛。"

"开玩笑!'让',怎么'让'?谁去'让'?"

刘东北也觉着这女孩儿未免太有点异想天开。

女孩儿道:"就没有想到过网恋?她上网吧?"

宋建平机械点头。林小枫一直上网,从前是为给学生们授课,她在网校担任作文课。后来不当老师了,上网倒比从前更勤了,也是时间多了的缘故。宋建平只知道她在上网,但一直没太注意也没想她上网干什么,现在想,大概是在跟人聊天了,因为她总在打字。前天在电脑前一坐坐到半夜,他是在她劈里啪啦的打字声中睡过去的。这时他听女孩儿又说:"你们的问题、你能够让她抓住的把柄不.就是,你背叛过她一次——"扭脸对刘东北一笑,"'心的背叛'!"尔后又对宋建平道,"如果让她也能有这么一次背叛的话——当然是得能够抓得住的背叛——你们俩就扯平了,半斤八两以后谁也别说谁了。"

刘东北拍案叫绝:"好!高!正中要害!夫妻之间其实要的就是一种平衡!"

女孩儿对两个男人龇牙一笑："再见!"飘然而去。宋建平目送那女孩儿直到消失,才转过脸来对刘东北说:"东北,不像话了啊!"口气里带着责备。

"绝对不是!绝对没事!我和她绝对是萍水相逢、冰清玉洁!你没看我连她姓甚名甚都不知道?"

宋建平从鼻子里哼了一声:"不知道?哼,绝望的生鱼片。"

刘东北笑了起来:"哎,哥,我还正纳闷呢,正想问你呢——刚才,你怎么一点表示没有?"

"什么表示?惊讶,好奇,发现了新大陆?不就是一个'绝望的生鱼片'嘛,有什么嘛!跟你说,她就是叫洗衣粉叫鞋拔子我眼睛都不带眨一眨的。……看样子她比娟子还得小几岁吧?跟我差着十几代呢!这一代人的通病我太知道了,为了另类而另类,为了标新立异而标新立异。一句话,怎么与众不同怎么扎眼怎么来!我们医院就有那么一位,冬穿单,夏穿棉,七八月份的天,人家愣围着一条大围'巾就来了——也、能、围、得、住!"

"好好好!行行行!就算她是新新人类她不足挂齿,但是她的那个建议我倒觉着不妨一试。"

宋建平眨巴着眼睛一时没有想起来,"什么建议?"

"让林小枫也背叛你一次。当然当然,我是指'心的背叛'。"宋建平不以为然地哼了一声,没理他这茬儿。刘东北接着说,"告诉我林小枫在聊天室里用的名字。"

宋建平没答理他。但是这根本难不住刘东北。他下决心要帮助他哥。他哥和他情况不一样，他是罪有应得，他哥却清白无辜得小羊羔似的，凭什么要受林小枫这样的折磨与蹂躏？

第十七章

林小枫打字飞快。

"为了他，我心甘情愿承担起了一个家的全部。我不知道你那边的具体情况，你今年多大，不知道你能不能体会一个家的全部意味着什么。我只告诉你，结果是，我放弃了我的事业，放弃了我热爱的工作。如今，成为了一个地地道道的家庭妇女，一个没有任何社会地位，一个没有他做我的说明书、我的参照物我就不再存在的家庭妇女。当然，这二切都是我自己的选择，谁也没有强迫我这样做，我是成年人了，我应该为我自己的选择负责，在这件事上，我没有埋怨任何人的理由。我不能接受的不是我目前的状况，而是他对我的态度。详情就不说了，总之，那是一个最古老最俗套的结局：功成名就的男人，嫌弃他人老珠黄的结发妻子……"看到这里，宋建平气愤难捺，"污蔑！纯粹是污蔑！断章取义片断组合，只说其一不说其二！"

"她不是污蔑；她就是这样认为的。"刘东北指出。

宋建平刚要说什么，这时，屏幕上出现了一个问句："兵临城下，能不能说一说你的看法？"

愤怒的宋建平把刘东北挤到一边，自己亲自打字："恨他为什么不跟他离婚？"

'正因为恨他。"

"这是什么罗辑?"

"这逻辑就是,因为我已经为他付了出了我全部的爱!"

宋建平目瞪口呆,继而怒不可遏,继而打字,敲得键盘嗵嗵作响,"我跟你说——"没等他打出他要"说"什么,刘东北及时把他挤开。

"你要跟她说什么?"

"说一说我的态度,既然她已经说出了她的!"

"你要让她知道跟她对话的是你吗? ……知不知道这样做的后果? ……只能是激怒她令她彻底绝望,那你就算完了,一个愤怒的绝望的女人什么事都做得出来!"

这时林小枫在那边催促:"你要说什么?"

"我要说,"刘东北打字,"我非常理解你的心情,但是理解不等于同意。就是说,我不能同意你的想法。我还是那个意见,非常非常理解你的心情,非常非常不赞成你的做法。为了这样的一个人,不惜用自己的一生去报复,值吗?"

说得好! 宋建平看着,在心里叫了一声,同时对刘东北伸出一个大拇指头。刘东北受到夸奖情绪陡增,文才泉涌,十指飞快地在键盘上跳动,嗒嗒嗒嗒,听来如万马奔腾。

"我的一个女同事丈夫有了外遇。她想离婚,否则咽不下这口气;又不想离婚,毕竟她和他有过十年的共同岁月和一个孩子,她问我该怎么办。我问她他们夫妻现在是什么状态。她说，我不让他回家。我说这样下去你真的就要把他推出去了。她说，回来也行，三条：一、把过去的事都交代清楚。二、做深刻检查。三、跟我道歉。我觉着这三条都没多大意义。我建议她换个思路试试。总之，不要把精力过多放在如何对付对方上，而放在如何对待自己上。比方说，你让他交代清楚了对你有什么好处？该管的时候管，该放的地方放，什么时候管什么时候放却没有一个可供世人选择的现成标准。婚姻实在是一门艺术。所以我想，既然不能改变你之外的事情，你就掌握调整好自己。在意自己，是婚姻艺术最重要的元素之一。最后，我跟你说一句话，那就是，请你在意你自己。你自己比什么都重要。再见。"

不想林小枫不想"再见"，再打过来的字令这边的两个男人同时一惊，"请告诉我你的电话。"

宋建平第一个反应是："不行。"

刘东北却说："这是早晚的事。"

"早晚的事，什么意思？"

"这意思就是，事情正在按照它固有的规律发展。什么都有它的发展规律，网恋也是。简单说，三步曲：网上聊天，电话聊天；见面聊天。"

"然后呢？"

"——i 网恋结束。"

"为什么？"

"什么为什么！见了面，相互感觉不错的话，就会接着谈，但就不会在网上谈了，这个时候虚拟世界已然不能满足他们身心的需要。如果相互看不上，那在网上也没法谈了，想像中的美好已被现实的丑陋破坏殆尽，还谈什么谈？"

由于等不到回答，那边又过来了文字："为什么不说话，我的要求让你为难了是吗？"

"是的。具体原因以后我会给你解释。再见。"刘东北打完这几句话，强行下了线。

亲眼目睹或说倾听了妻子对另一个男人的心声，宋建平的心情难以言喻。震惊，激愤，委屈，失落，难过，悲哀……她还有什么资格有什么脸在他面前摆出一副清白无辜的受害者架势？他的那点事比起她来，微不足道到不值一提。细细想来，从头到尾，他唯一能让她挑得出的毛病就是，酒后失了一次态，就算那失态是酒后露真情是"心的背叛"，我背叛我的，我愿意背叛，我的心我自己都管不了，谁能管得了？谁也管不了！爹妈不管，法律不管，妇联不管，公安局不管，你凭什么管？怎么就不知道多从自己身上找找问题，找找原因，怎么就知道只指责别人只对别人兴师问罪？没完没了，穷凶极恶，找个茬儿就闹，家里闹嫌不够，上医院闹，还不够，跑院儿里闹，闹得他现在都没脸见人，一出家门都得戴墨镜！不能想，不能想，越想越气。

"哥，怎么不说话？生气了？……那你还真犯不着。我今天这么做，是想让你客观，客观看待他人，看待自己。眼下的'客观'就是，你们二人谁也不比谁好，谁也不比谁糟。"宋建平豁然开朗。刘东北马上就明白宋建平明白了，没再就这个话题说下去，龇牙一笑，"所以，哥，看开一点，让她去网上聊吧。现实中失意，还不准人家在虚幻中满足一把，宣泄一把吗？放心，哥，不会出什么事，能黏在网上聊天的男人，全都是些无所事事的无聊男人，林小枫跟他们绝对发生不了故事。尽管放心。"

自从在网上找到了交流对象感情寄托后，林小枫情绪好了一些，又开始进美容店了，又开始对服装感兴趣了，还办了一张室内游泳馆的年卡，每天去游一两个小时；近距离外出也不再开车，能步行尽量步行，这些措施很快便见了效果；这天，她去超市采购，过天桥时一步两蹬，体态轻盈充满弹性。上得天桥，身后有人在叫"小姑娘"，她听到了，没有回头。她不认为这是在叫她，因为已经很久、她认为也不再会有人这样叫她了。"小姑娘！"那声音执着而目标明确，似乎就是在叫她。林小枫左右环顾，身边、前面只有几个男士，踌躇间，又是一声"小姑娘"，这一声已然近在耳畔，同时，一个五十多岁的大妈出现在她的身边。

"小姑娘，"大妈看着她的脸说——显然并不是从背后看看错了她——看着她的脸，大妈说，"小姑娘，去中医研究院怎么走？"

林小枫为大妈指路，满怀感激满怀喜悦，"看到前面那个红绿灯看到了吗？右拐，一百米就到。"

大妈道了谢走了，林小枫站原地目送大妈走，心里像是有一块糖在慢慢融化，甘甜甘甜。

一天，宋建平对刘东北说了这一段时间以来林小枫的变化。态度，性情就不说了——好，温和，安静，讲道理——居然连外貌都有了变化！一时找不到合适的词来形容这种变化，两只手在脸两旁划拉着，刘东北替他说："一变年轻了？"

"——容光焕发！"

"这就对了。女人比男人更需要爱情的滋润。"宋建平皱起眉头，"行了，一口一个'爱情'，也不嫌肉麻！"

刘东北一笑："吃醋了是不是？看到自己的妻子也不是非你不可，也可以红杏出墙，也会另有所爱，心里还是有一点儿不是滋味是不是？"

宋建平嘴硬，"这正是我所希望的！"

刘东北毫不留情一针见血："希望是一回事。一旦成为了现实又是另一回事。"宋建平便不吭气了。

林小枫沉着脸作睡觉前的准备，铺床，给当当拿换洗衣服，拿奶，倒奶，热奶。宋建平在看电视，腿伸得长了点，妨碍了林小枫走路。林小枫眼皮子不抬地说了声："让开！"

宋建平看了她一眼，一声不响地缩回腿。他知道她是为了什么。准是哪个网友又让她失望了。刘东北说得对，好男人不必去网上寻找知音，在网上寻寻觅觅的没有好男人。

林小枫热好了奶，叫当当，当当从小屋里跑了过来。

"把奶喝了！"

"我不想喝。我今天晚上吃太多了，到现在肚子还觉着撑。"

中国式离婚

"喝！"

到底是孩子，没发觉妈妈的情绪不对，扭头就要走，"不喝。"

林小枫命令："喝！！"

当当看一眼妈妈的脸色，赶紧端起杯子，一点一点地啜奶。

"快点！别磨蹭！"

宋建平看不过去了，"不喝就算了。当当晚上是吃得多了点，两个汉堡一包薯条还有奶昔……"

"你跑出来充什么好人！平时孩子你管什么了，这个时候跑出来说三道四……"由此就说开了，从头开说，说那些她已说过了无数遍的话。什么"为了你，为了这个家，我付出了我的全部"！什么"我不是没有文化的家庭妇女，我也是苦读寒窗十几年读过来的，跟你一样，我也有我的追求我的理想我的抱负"！什么"你功成名就了，飞黄腾达了，在外面有头有脸了"……

说了足有一刻钟。宋建平终于忍不住了，起身，一声不响向外走。不料林小枫似乎早料到了他这一招，抢在他的前面蹿了出去。宋建平见她出去了，反倒坐了下来，不动了。林小枫大概在外面等了一会儿，没等着人，回屋一看，宋建平悠然而坐，不由气得大叫一声向宋建平扑了过去。

这期间当当一直紧张地、惴惴不安地看着他的爸爸妈妈。一看妈妈又向爸爸扑来，他的第一个念头是捂住自己的眼睛，不看，但即刻又改变了主意。

"妈妈，你别生气了，我听话，我喝奶！"说完当当噔噔噔跑回房间，片刻后，两只小手端着奶出来，当着林小枫的面，咕嘟咕嘟，一口气灌了下去。

两个成年人没料到孩子会是这样的思路、这样的反应，一时愣住，没有制止，没有动作。当当喝完了奶，把空杯子拿给妈妈看。"妈妈，我都喝完了。我以后听话，我再也不惹你生气了……"话未说完，也许由于奶喝得太快，也许由于晚饭吃得过多，也许还要加上精神上的紧张，当当刚刚喝进去的奶"哇"地又吐了出来，这一吐就不只是奶了，还有晚上的饭，哗，哗，哗，不住地吐，吐得翻江倒海。吐完了胃内容物，又开始干呕，张着小嘴，直着纤细．的小脖子，一声连一声……

林小枫抓住宋建平的手无力地垂了下来，宋建平紧紧搂住当当的小身体，试图想止住孩子那止也止不住的痉挛。林小枫流泪了。宋建平也流泪了。是夜，夫妻俩各自在床上辗转，一夜未眠。

次日上班时，娟子一眼就看出老宋情况不对。脸色铁青，胡茬儿老长，不愿意说话。娟子把院里下发的文件给·他放办公桌上后，关心地问道："老宋，一天没见，怎么跟老了好几年似的。又跟林小枫吵架了？实在过不下去，离了算了。离了对两个人都好。你看我和东北，没离的时候，跟仇人似的，至少我这方面，心里头充满了恨；离了，倒成好朋友了。我看房、买房、搬家都是他帮的我。对了，我们还约好每个周末，如无意外，还要在一起吃一顿饭……"

宋建平强忍着听，终于不耐，"娟子，你没别的事了吧？没事就请——"挥下手，做了个"请出"的手势，"去忙你的，让我一个人待会儿！"

娟子"哼"了一声，扭头走了。

宋建平原姿势原处坐着，突然就拿起电话，拨了个114，"请问律师事务所……哪个都成。噢不，要关于婚姻方面的。"对方说了个号码，宋建平拿笔记了下来，然后照着这个号码拨了过去，"是 XX 律师事务所吗？……我想咨询一下有关离婚方面的问题……"

第十八章

宋建平正在向律师咨询。律师是男性，看样子还不到三十，一双手修长光润，是一双从未劳作过的手。仅看这双手就能看到他的生活轨迹，从学校到学校再到学校，尔后，到了这个同样也不需要双手劳作的工作单位。很可能还没有结婚，就是结了婚，他也是那种不必干家务活的男人，有着一个崇拜他或者宠爱他的女人的男人。就这么一个年轻单纯的幸运儿，他能懂得婚姻生活中那种种难以言传的千曲百折吗？但是他懂法律，还懂规律，有这两条，人家似乎根本无须懂得各个不同的所谓千曲百折。

"……你们这种情况，是目前我所接触到的离婚案例里最多的情况。人到中年，男的蒸蒸日上，女的……"斟酌一下，找到了一个合适的词儿，"女的每况愈下。再加上生物学方面的原因，通俗地说，就是民间里常说的那个，中年男人一枝花啊，中年女人豆腐渣啊什么的，使女方绝不会轻易放弃婚姻。因为这时候的她们已经一无所有，只剩下了婚姻，因此，她们会拼尽全力不惜代价来保卫她们仅存的这点利益。

"能不能请您解释一下，根据您的经验，什么叫'拼尽全力不惜代价'？"

"想听听具体例子？"宋建平点头。律师继续说道，

"有杀了男人的，有杀了孩子的——杀孩子也是为了报复男人——也有把男人孩子都杀了以后自己自杀的。"

宋建平听得毛骨悚然，"那些人是不是没有什么文化，一般来说？"

"你所谓的'文化'是指学历吧，学历和文化可不完全是一回事。跟你这么着说吧，那些人里，不乏高级知识分子。"

宋建平自我安慰："她我了解，她不至于。她应当算是有文化的。……那么您看，像我这种情况，想离婚的话——"

"很难。就是拿到法院去判，只要女方坚决不同意，法院一般也会判不离，你们的孩子还小，你们各自的状况也很容易让人同情女方。"

"就是说，只要她不同意，就一点办法没有？"

"那倒也不是。法律规定，分居两年以上可解除婚约。"

宋建平松了口气，"这就好办，我们事实上已经分居了有一年了……"

"证据在哪儿？"宋建平被噎住。律师说，"这就是这条规定的难以操作之处——就算你搬了出去，哪怕你们分住在两个城市，她只要咬定你跟她有过性关系，你一点辙儿没有，因为，你根本不可能找到你跟她没有性关系的证人证据！"

宋建平绝望了，突然他想起一件事来，"要是她有外遇呢？"

"那问题就不大了，但是同样得有证据。"

宋建平咬牙切齿，"我有的是证据。"

不夜的都市，到处是闪烁的霓虹灯，时髦的男女。两个心事重重的男人并排坐在一个明亮的玻璃橱窗前。那橱窗窗台很窄，只能容得下半个屁股。他们勉勉强强地挤坐着，很可怜，很无奈。是宋建平和刘东北。

刘东北看着眼前走过的男男女女，看到年轻漂亮一点的女孩儿，目光便会停留得久一点，最后，发表感慨："看了这么半天，还没一个能赶得上娟子。"

"听娟子的意思，你们开始第二次恋爱了？"

刘东北愣了一下，遂叹息："……这个傻丫头！""不是．这么回事？东北，你没这个意思就不要误导人家，娟子可是个实心眼儿的女孩儿。"

刘东北沉默一会儿，"我发现男女间很多的悲剧，就源自这种感觉上的错位。她怎么就感觉不到我这是一种——决绝的方式？善始善终的方式！"

"她说你们现在是好朋友……"

"男女间怎么可能交朋友？……她其实不是不懂这个，她不过是在自欺欺人。不说这个了，哥，说你的事。"看一下表，"估计她待会儿就该出来了。"

她是"绝望的生鱼片"。现正跟刘东北谈恋爱，顺理成章、光明正大地恋爱，没有办法，生活总要继续。不能因噎废食，失去了一个爱人，从此就做和尚。但同时他也打定了主意，这一次只恋爱，不结婚。这天两人约好晚上一块儿逛街，在商店里，刘东北接到了宋建平的电话，说有"要事"。于是，让女孩儿继续逛，他出来等。宋建平的"要事"就是林小枫，不向对方提要求，只陈述他们家发生的事实。东北是聪明人，不会听不懂他的意思。果然如他所料，刘东北拒绝了他，"对不起，哥，这事儿我真的是不能干了。以前我是不了解情况，现在才知道，中年妇女一旦恋起爱来，简直吓人。她有的是时间并从中感到了无限乐趣，我呢？既没时间又没乐趣。岂止是没乐趣？不啻于一种折磨——烦！"

"……拜托再随便给她写一点什么。网上确实少有好男人，吸引不住她。我正在咨询关于离婚的事儿，打算过了这一段儿，就跟她摊牌。这一段医院里特别的忙，儿子又面临考试，她这个闹法儿，就算我能忍受，儿子也不行。你是没见那场面，对于一个小孩儿来说，太残酷了，对孩子的心身，都是摧残。"

刘东北斜他一眼，"你到底想要什么？"

"她的心的背叛的证据。"

"把她跟我聊的刀口些打印出来不就完了吗？"宋建平恍然。

宋建平坐在律师对面，律师正在看他带来的"证据"——林小枫写给另一个男人的情书。看完了，抬头，"这构不成证据。"

"都这么明显了还构不成证据！"伸手拿过律师手里的…隋书"就要念，律师摆手制止了他，"你怎么能证明这些信是她写的而不是别的什么人写的，比如，是你写的呢？"

宋建平愣住，"她自己写的她总得承认吧？"

"她完全可以不承认。"

宋建平这才悟到了其中的巨大漏洞，自语："是啊，她完全可以不承认。而且她会想，你怎么会搞到这些信呢？"

律师点头，看着这个穷途末路的中年男人，眼睛里充满同情，"我非常理解你。但是事实上所有的事实都对你不利：'发达了，与妻子的距离拉开了，就要离婚了，在任何一个外人眼里，这都是一个陈世美的发展轨迹。"

"完全不是这么回事！"

"我知道，你知道，可是你得让别人也知道。"

宋建平垂首不语。无语。

"唯一的办法，去找你的妻子谈。看她能不能——"说到这里，年轻律师一反他素常的严谨、正经，用略带调侃的口吻，"能不能放了你。"

"……这是不可能的。"

"当然还有一个办法，记得上回我跟你说过，但是事实上也不好操作。"

"分居？"

"分居。但是我说过，你无法证明啊。别说你俩还住在一起，就是分开了住，女方要是说她去找过你，你们如何如何过，你也没有办法。"

宋建平向院里提出去西藏。医院在西藏搞了个分院，主任医师去西藏，三年以上，就可以做到医院合伙人的位置，就算是医院的老板之一了。杰瑞不同意宋建平去。分院的重要终究比不过总院去。宋建平现在是医院内外有名的一把刀，是医院的一面旗帜。杰瑞跟宋建平推心置腹：他就是不去西藏，也会做到医院合伙人的位置，并且会很快。宋建平坚持要去，最后就这么定了。

"当当，问你个事吧？……你知不知道什么叫离婚啊？"

"知道。"

"说说看。"

"离婚就是小孩儿没有爸爸。"

"也不一定当当，不一定。假如，我是说假如啊，爸爸妈妈要是离婚，你愿意跟谁？"

"谁也不跟！跟姥姥、姥爷！"

宋建平走在下班的人流中，脑子里始终回响着与儿子的这番对话，心里头一片忧伤。他没有开车，不想回家，又无处可去，就这么信马由缰地走。不断有人从他身边匆匆赶过，背着包，拎着东西，赶回家去。突然，他眼前一亮，前方，刘东北和生鱼片说说笑笑走来，在人群中二人显得十分突出，十分般配，他们正要向路边的一家潮州菜馆里去。宋建平下意识地扬起手臂招呼了一声，完了又后悔，这个时候不该打搅人家。两个人应声跑了过来，异口同声邀请他共进晚餐。刘东北的态度还算真诚，但那女孩儿；明显是出于客气，出于礼貌。将心比心，他要是正在热恋的年轻人，也不希望有一个孤独潦倒萎靡的干巴老头子在里面掺和。于是他对他们说他不能跟他们一块儿，家里头都做了，完了就要走。被刘东北一把扯住，同时对女孩儿说："你先去，先点菜，我跟我哥说几句话。"口气目光里透着乞求。

女孩儿显然不想"先去"，但她还是点了点头，同意了，只身进了餐厅，显示或说表演了她的通达。"哥，你怎么了？"刘东北看着宋建平的脸，关切地问。

"什么怎么了？"

"一个人。也不开车。气色不好。瘦了……"

宋建平摇头，表示·没怎么"，尔后补充："其实一切如故，还那样。"

"过不好也离不了？"宋建平想了想，点头同意了这种说法。刘东北说，"我也是还那样。"

宋建平不解："你'也是'还'哪样'？"

刘东北一字一字道："她、要、结、婚。"

宋建平笑了起来。刘东北没有笑，看着面前走过去的男男女女，若有所思地："离婚，结婚，男人女人之间的永恒主题。"停顿许久，接着说，"顺便通知你一下，我们的婚礼定在了二十六号。"宋建平蓦然扭头看刘东北，刘东北不看他，自嘲一笑，"也无所谓婚礼，就是请几个朋友，一块儿吃顿饭，表示一下我们从此后不是'非法'是'正式'了。叫上林小枫，一块儿。"宋建平摇头，不同意叫林小枫。刘东北坚持，"叫上。"

"为什么？"宋建平不明白。

"我想通过林小枫的嘴，告诉娟子，告诉娟子我结婚了。我不想她再有错觉，不想再伤害她。"

于是，宋建平把刘东北要结婚的事通知了林小枫。林小枫吃了一惊。她跟娟子一直有来往，感觉娟子对和刘东北的离婚并没有看得多重，进一步说，她不认为离婚就等于分手，认为主动权全在自己手中，离与和，都是她一句话的事。婚虽然是离了，但在她那儿只是一种形式，从心理上感情上她和刘东北一直就没有真正分开过。她仍抱有希望，随着时间的推移，怨恨越小，希望越大。就在昨天，她还跟林小枫说，也许有一天，她会原谅东北。念及此，林小枫不由从心里头可怜娟子，同时对刘东北进行了严厉谴责。宋建平忍不住替东北辩护，刘东北这么做没错，他和娟子已经离了婚了。'林小枫生硬地说道："那这也太快了点了吧！怕是离婚前俩人就勾搭上了吧！"宋建平没吭声，他不想吵架。林小枫看他一眼，口气缓和了一些，"去的人多不多？"

"不多，规模很小，就是吃一顿饭，毕竟是二婚。". 周末，林小枫请娟子来家里吃饭。一个年轻女孩儿只身在京，怪可怜的。本以为她情况不错，还有着一个刘东北，现在才知道那完全是她的一厢情愿是她的错觉，这就更叫人同情。考虑到娟子海边长大，林小枫做了不少海味，有黄花鱼，有大对虾。席间，娟子不时会提到刘东北。比如，盘子里的鱼被吃完了一面，林小枫欲给鱼翻身时，娟子就会制止，说给鱼翻身不吉利，东北说的。每到这时，林小枫就会看宋建平一眼，宋建平却不看她，只埋头吃饭。有一次，当娟子又一次提到"东北"的时候，林小枫忍不住了，"娟子，你和刘东北还有联系？"眼睛看着菜盘子，很随意的样子。

娟子一点头，"联系。我们仍然是朋友。我发现没有了这层关系，两人似乎更好了，至少比从前放松了，可以无话不谈。比方谁对他有好感了，他都要来问问我的意见；我这边有什么情况了，也会跟他说说。这在以前是绝对不可能的！挺有意思的，这种关系。"说完开心地笑。

林小枫又看宋建平一眼，忍不住地说："他那边现在有情况了吗？"

"追他的人不少，但到目前为止，没有一个能让他看中的。"又道，"对我比以前更关心更体贴了，有一回还说，我不论什么时候遇到什么困难，都可以随时叫他。他是我永远的110。还'110'——真亏他想得出来，逗吧？"

林小枫和宋建平都很难堪，都不知该怎么接茬儿，真话不敢说；假话不想说，只好陪着干笑一两声，打住。

饭后，娟子帮林小枫在厨房里收拾。

"小枫姐，看样子你跟老宋和好了？""有什么和好不和好的，过日子呗。"

"你们到底是坚持了下来。"娟子感慨，"那回老宋说要去三年西藏，我以为你们不行了呢。"

林小枫愣住，她全然不知宋建平去西藏的事。

娟子一看她愣住一下子慌了，"你不知道？……对不起对不起。……哎呀具体我也不太清楚。他没说可能就是不去了吧。他要不说你千万别去问他啊小枫姐！"

林小枫阴沉着脸没吭，也没有问宋建平。她是在刘东北的婚宴上爆发的。

过程是这样的。宋建平因说错了一句什么话，被大家罚酒，宋建平推说胃不好不能多喝，僵持不下间林小枫突然夺过宋建平的杯子，说："这杯我替他了！"一饮而尽，完后对宋建平说，"马上要去西藏工作了，得多保重身体噢！"说罢把杯子往桌上一顿，扬长而去。众人皆愣住。气氛难堪。宋建平绝望而愤怒，心想：这女人是没救了，这婚无论如何是得离了。他等不了法律所需要的两年了，一天都不想等了。却不知该怎么开口。

一天晚上，他下班后在办公室坐了许久，不想回家，又没地方可去，最后，打电话请刘东北吃饭。考虑到对方新婚燕尔不便过多打扰，还特地嘱咐他带上他的新婚妻子，不料至时，刘东北千个人甩着手来了。问他为什么不带人家，他没说。后来喝多了，他说了："哥，记住我的教训，如果能离婚的话，就不要再结。……爱上一个结一个，累也累死了。"

"你是忘不了娟子还是对那女孩儿不太满意？"

"二者兼有吧。……我才发现，这女孩儿啊，可以聪明，但绝不可以透彻。那女孩儿，太透彻了，面对着她，你会觉着像面对着一架 x 光机。刚开始交往，还会有一点和聪明人打交道时的乐趣，时间长了，索然无味，不仅是索然无味。你也许理解不了这种感觉，打个比方，她也会撒娇，像所有的女孩儿那样；但是，慢慢地，你就会察觉到她的撒娇不是出于本能，而是出于智慧。她的智慧告诉她，这时需要撒娇了——你想想！这女孩儿啊，还是娟子那样的好，胸无城府，天真混沌，又不失聪明伶俐……"一双看着宋建平的眼睛水汪汪的，像是汪着泪。

宋建平拍拍刘东北的胳膊，安慰他："好啦好啦，既然木已成舟，就尽量往好处去想。不必自寻烦恼，更不可得陇望蜀。"

"哥，像咱们这样优秀的男人，不适合结婚。要么，你就再优秀一点，胸怀世界放眼全球，一心一意建功立业。婚姻家庭，于他们不过是生命之树上的一个枝节，一片叶子，一个点缀，完全可以忽略——那是伟人。既不是伟人，又不是凡夫俗子，如你我这样的，不能结婚，徒然地增加痛苦。咱们呐，适合单过；等到老的时候，老得不能爱了的时候，再去找个老伴，给你洗洗衣服做做饭，照顾一下你的生活。"刘东北又伸手去倒酒，被宋建平夺下。

刘东北睁着双醉眼，"哥，娟子她，怎么样了？是不是已经……把我给忘了。"宋建平无言以对。"她知不知道我已结婚了的事？"宋建平摇头。"别告诉她。告诉了她我就算是彻底失去她了……就这样，还抱着一线希望，就挺好……"

结果，那天晚上，他一直在听刘东北说了，看刘东北难过成那样，他没法提自己的事。

娟子沿着空无一人的走廊走，所有的办公室的门都关了，她今天手头事多了点，一直处理到这时候。路过宋建平办公室门口，发现门没有关，从门缝里一看，宋建平一人正在办公桌前枯坐，发呆。娟子当然明白是怎么回事，想了想，她推门进去，"老宋，还不走啊？"

"就走，正要走。"

娟子也不戳破他，只道："晚上有什么安排吗？走，我带你去一个地方。"

娟子带宋建平去了迪厅——宋建平从未来过的地方，那里面的喧嚣、疯狂和爱谁谁的气氛居然令宋建平感到了一种奇特的宣泄和畅快。那天晚上，他一直到深夜才走，如果不是娟子再三劝阻，他大有玩一个通宵的趋势。

次日，二人在病区走廊里遇上。

"老宋，昨天回去小枫姐没问什么吧？"

"她能问什么！"

"那么晚回去……"

"看你说的，这点自由都没有我成什么了！"

"你就吹吧你！"

"吹？……要不这么着，咱今晚上还出去，去哪玩，玩到什么时候，由你定。"

"今晚上不成，今晚上本小姐有重要事情！"娟子神秘一笑，飘然而去。

下班后，娟子去了蛋糕店。她定做的蛋糕已静静地在哪里等她，蛋糕的奶油上是七个粉色的字："祝东北生日快乐。"

今天是刘东北的生日。

娟子拎着蛋糕打了辆车直奔东北家。事先没跟东北说，就是要给他一个突然惊喜。他不在没关系——更好，家门钥匙她已带上了，他要不在，把蛋糕留下，她走。东北回到家里，看到蛋糕……想到即将到来的，娟子脸上笑盈盈的。

　　到家了，娟子掏钥匙开门，不知为什么开不开，正纳闷的时候，门开了，开门的是一个陌生的年轻女孩儿。娟子没有想到，下意识地问了一句："这是刘东北家吗？"对方说是。娟子又问，"你是……"

　　对方的回答简洁清晰："刘东北的妻子。"

　　娟子手中的蛋糕一下子落地，接下来脑子是一片空白；事后回想，那一段还是空白。下一个记忆，就是她一个人在外面的夜里奔跑，直跑到累了，跑不动了，在马路牙子上坐下，坐了不知多久，又感到了冷。她不知该去哪里，一个人的家她不想回，之前虽说也是一个人，但是心里头感觉上还有刘东北，现在，她是彻彻底底的一个人了。后来，她去了医院办公室，是在路过宋建平办公室的时候，突然想起来一个问题：刘东北结婚，老宋不该不知道啊，他知道为什么不告诉她？想到这个，娟子全身痉挛般颤抖了一下，悲伤、绝望暂居二线，代之而起的，是愤怒。马上就拿出手机，给老宋拨电话——在她自己都没意识到的潜意识里，她认为老宋对她应比对刘东北更亲近一些，她无法容忍老宋的这种背叛行为。

　　娟子打来电话的时候宋建平正坐在当代商城前方的广场上喂鸽子。昨天，他草拟了一份离婚协议书，于今天早晨，林小枫带当当走后，搁在了林小枫的电脑键盘上。她不可能没有看到，但是，一天了，没得到她的任何反响。没有电话，也不见人。下班后给她发了个试探性的短信，说是科里有事，他要晚一点回去。短信发了，仍是不得消息。他在办公室磨蹭到很晚才走。离家越近，心越忐忑，索性中途停车，去了当代商城。在星巴克坐了一会儿，又出来，在外面的广场边上坐着。

娟子在电话里万分激动，不说什么事，只命他立刻到办公室来。宋建平驱车向医院里赶去。

林小枫包里装着宋建平的离婚协议书来到医院，她要找宋建平。她之所以一天没有动静，正是为了晚上的这次行动。她得先把当当安排好，她不能让孩子再一次受到伤害。下午接了当当，直接送去妈妈家。在妈妈家吃了饭，收拾了，正准备给宋建平打电话时，宋建平来了短信，说他在医院里，她决定直接去医院找他。

林小枫到之前宋建平和娟子正在空寂的办公区走廊尽头说话。

"……这么大事儿，说都不说，他心里是早就没有我了。可你，老宋，你不该啊！我一直拿你当朋友，当大哥，没想到你，你，你……"娟子泣不成声，说不下去了。

"是是是，这是我的错。其实我一直想告诉你，可一直不知该怎么说……"

"……提着蛋糕，送上门去，还以为给人家送去了一个天大的意外惊喜……哪里知道人家结了婚了，门锁都换了！锁谁呢？锁你呢！……真他妈傻呀，傻透了，十足的大傻瓜！小丑！……"

宋建平伸手拉娟子的胳膊，"走吧走吧，我送你回家。"

娟子不动,泪眼迷蒙地看着宋建平,"……离婚不是分手,一方又结婚了才是真正的分手。"突然地,几乎一点儿预兆也没有地,她扑到了宋建平的怀里,"老宋,你要我吧!你要我吧!"

谁也没有注意已几乎走到了近前的林小枫。林小枫瞠目结舌地看着眼前的这一幕,呆住。娟子头埋在宋建平的怀里,宋建平背对着林小枫,因而二人谁也没有发现她。

"我知道你很不幸福,要不你不会要求去西藏,不会天天晚上在办公室没事也干耗着,直耗到不得不走的时候……何必呢老宋,非要守在一起相互折磨?"

"娟子,娟子,你听我说……"

"我不听!不听!"

"事情不是你想像的那么简单……"

娟子仰起泪脸,"也投有多么复杂,我们不也是说……离,就……离了?"

"娟子,你现在情绪太激动,等你冷静下来我们再谈。时间不早了,我送你回家。"

宋建平揽着娟子转身,向后走,赫然看到了距他们几步之遥的林小枫。

林小枫轻声道:"'你们再谈'——谈什么?"

宋建平急得都有点结巴了,"你、你都看到了的……她、她才知道刘东北结婚的事……我、我我……"

林小枫声音平静得可怕,"我的确都看到了,一清二

— 341 —

楚。不光看到了，也听到了。同样是，一清二楚。"

面对着这样的态势，宋建平是跳到黄河里也洗不清了。由于意外，由于吃惊，此时他和娟子甚至还保持着原来的姿势：娟子偎在他的怀里，他一手揽着她的肩。林小枫看着他们二人轻轻摇头，"多可惜啊，没带相机来，应该给你们二位……"她做了个手势，"拍个照，留个纪念。"

宋建平和娟子这才反应过来，迅疾分开。林小枫只是看着他们摇头，一句话都不说。

"小枫，你冷静点——"

娟子吓得一下子转过身去，背对着他们，采取了遇到危险时的鸵鸟政策。

林小枫冲娟子轻声地说，为怕自己哭出来："躲什么，娟子？你以为躲就能躲过去啦？……你过来，有什么事，有什么要求，正好咱们仨都在，当面说。你过来呀。"说着就要过去抓娟子，被宋建平拦住。于是林小枫把全部的怒火发泄到了宋建平的身上，又推又搡。宋建平只是招架，绝不还手；但同时也使着劲，绝不让她靠近娟子。娟子吓得面朝窗口捂住了眼睛。

林小枫隔着宋建平对娟子喊："看你平时装得多像啊，多好啊，小枫姐长小枫姐短的，嘴多甜啊，背过身去，你就不是你了！"

宋建平边拦她边跟她说："人家没有怎么着！……你应当理解这种心情，一时的……失落难过悲观绝望——"

"是嘛！一时的失落难过悲观绝望！我倒要问你了，"模仿娟子的口吻，"'我知道你很不幸福，你们的和好其实不过是表面现象，维持不了多久，何必呢，非要守在一起相互折磨？'这也是一时的失落难过悲观绝望?！宋建平，你以为把责任都推她身上就没你什么事啦？这里面不光是她，还有你！……跟她诉过苦了是吧，诉说过你的家庭不幸了是吧？你跟一个年轻女人说这些是什么意思，明摆着是一种暗示，一个信号，一声召唤。这路子太通俗了，太常见了！"

娟子从窗前转过身来，面色苍白地对林小枫说："小枫姐，千错万错都是我的错，跟老宋无关……"

郴、枫痛苦而愤怒，"感情已这么深了吗？已到了相互保护的程度了吗？不止是一天两天的感情了吧——"

宋建平厉声地截断她的话，"林小枫！说话注意点分寸啊！"

"说话注意点分寸？你们做都做了，我不过是说一说还要注意分寸？"

宋建平缓和了一下口气，"小枫，听我说，我和娟子之间什么事都没有，你不要自寻烦恼。"

林小枫悲愤地，"我不听你说！我就是听你说得太多了太相信你了才落到了今天这个地步！我不是瞎子聋子，从此后我只相信我自己看到的听到的！"

这时传来脚步声，是闻声赶来的保安。

宋建平急忙道："来人了！娟子，你走！"娟子犹豫。

宋建平厉声地，"走！你想让全医院的人都知道吗？"

娟子低着头，迈着小碎步正要走。不料经过宋建平、林小枫身边时，冷不防被林小枫一只手给抓住了，"光明正大的来人了怕什么，啊？别走！来人了正好，让他们看看，评评，说说！"

脚步声、说话声愈来愈近，宋建平使了好大的劲才把抓住娟子的林小枫拉了开来，顺势向后一甩，走了。林小枫跟跄着向后跌去，左胳膊撑在窗台上，才算没有摔倒。试着动自己的左胳膊，一动，钻心地疼。她明白左胳膊有问题了。

宋建平送娟子回家，到楼前，打开车门，让娟子下去。

"……老宋，对不起。"娟子的眸子在夜色里闪闪发亮。

"不关你的事。快，回去吧。洗个热水澡，好好睡一觉。什么都不要想。明天就好了。"

对面那发亮的眸子蒙上了一层薄雾，"那你呢，你去哪里？"

"……回家。"

"那她还不得接着跟你闹？"

"我们的事儿你就别管了，啊？……回去吧。我也得走了。"宋建平去开车门。

娟子一把按住了他的胳膊，"何必呢，老宋！"

"不行。"

"为什么?"宋建平没说话。

"你没有地方去,我一个人很孤单……"

"这种方法不能解决你的孤单。……好啦,娟子,冷静一点。这件事儿一定不能——"笑笑,"不能激情处理。"

娟子站在原处一直目送宋建平的车开走,开远,消失……

第十九章

林家厨房里琳琅满目,肉、蛋、鱼、虾整整齐齐码放在各种容器里,该切的切了,该用调料煨的煨上了,菜蔬也已洗好切好,丝、块、片、末,分盛在不同的盘里;炒锅也上了灶,只等时候一到,就开火烹制。

林小军今天到家,转业回家,部队裁军,他所在部队整个被裁掉了。林小枫在家里干不了什么活儿,就和当当去车站接林小军,留下老两口在家里做接风宴的准备工作。

林小枫的胳膊在那个晚上给撞坏了,宋建平、娟子走后,她连夜去了医院,拍片子的结果,尺骨裂隙性骨折。当下打了石膏,吊了绷带,尔后从医院回了妈妈家。从那天起就一直住在妈妈家里。一是为了生活上有人照顾,更主要的是不想看到宋建平,一眼都不想。至于以后怎么样,也没有想;不想想;跟妈妈都不想多说什么。她不说,妈妈也不问。但终于有一次,妈妈问了。

那次是妈妈检查当当的作业,造句。刚开始时情绪还好,碰到可笑处还会念给爸爸听。什么"你听着啊老林,'困难——我吃菜很困难。'就像谁不给他菜吃似的。"爸爸也笑道:"别说,这话要搁咱们小时候,还就是这个意思,没有菜吃;搁当当这一代就成了,有菜不愿意吃。同样的话，时代不同，意思就不同。"却再没听到妈妈说什么，林小枫扭脸看去，发现妈妈正对着当当的作业本发呆，脸上孟一点笑意。林小枫凄过去看，当当的作业本上写道："和——我和爸爸妈妈是一定人。"就是这时，妈妈问她和宋建平究竟怎么回事，打算怎么办。林小枫没说怎么'回事，也不说打算怎么办，只说她的悔意，悔不该当初为宋建平为这个家辞了职当了这个家庭妇女；没有人会尊重家庭妇女的劳动，她们不论干了什么都像什么都没于一样，留不下一点点的痕迹。不像职业人，做点儿事情就能转化成钱，转化成地位、荣誉，转化成看得见摸得着的形态，固定下来。女人不要想指望夫贵妻荣，两个人就是两个人，成｜夫妻也成不了一个人。妈妈不同意她的观点，妈妈说职业妇女也有失败的，同样，家庭妇女也可以做得有声有色。那次，母女俩没有谈得拢，结果是，不欢而散。自此，大家都不再谈，回避。

　　林小枫和当当站在月台上等林小军。列车早巳进站了"车上人都下了一多半了，还没见林小军的影子。正在他们东张西望的时候，忽听有人叫："当当!"

　　当当循声看去，一眼就看到了他亲爱的舅：舅，欢叫着跑了过去，直冲到舅舅怀里，并立刻被强壮的舅舅高高举起。当当用两只小手使劲拍打舅舅的脸，嘴里一迭声道："臭舅舅! 坏舅舅!"

　　林小军迭声回道："臭小子! 坏小子!"表达不尽的相亲相爱。林小枫站在一边静静看，眼睛里满含笑意。那二人好不容易算消停下来，林小军抱着当当转向姐姐，这时候才看到了姐姐吊在胸前的胳膊，那胳膊上雪白的绷带耀眼刺目。"怎么啦，姐？"

林小枫张了张嘴，话未出口，眼圈红了……

吃罢饭，爸妈出去遛弯去了，林小枫用一只手收拾桌子，边叫："小军，洗碗去！"没有人应，"小军——"

'正在客厅里看电视的当当答："舅舅出去了！""去哪了？"

"他投说。"

林小枫想了想，一惊，赶紧去拨电话，通了。手机铃声却在家里响了起来。林小军没带手机！林小枫心神不宁地转了一圈，对当当说了声"我回家一趟，姥姥爷回来跟他们说一声"，匆匆出门。果不出林小枫所料，林小军正是去了她家，去找姐夫宋建平算账。那次他把姐姐手挤伤时他对他说过："只此一次，若有下次，绝不原谅。"

绝不原谅！

宋建平到家时林小军已在他家门口等了一会儿。宋建平跟他打招呼他也不理。宋建平开了门，他一把把他推了进去，自己随后进去，手伸背后把门关上。宋建平连忙说道："小军，你，你冷静一点。"

"放心，我很冷静。……姐夫，还记不记得那回在北京站，我怎么跟你说的来着？"

"这是一个意外，我不是故意的……"

"上次也是一个意外，你也不是故意的。"

于是宋建平知道说什么都没有用了，索性不说了，沉默地立在林小军的面前，悉听尊便，听候发落，听天由命。

林小军咬牙切齿，"打女人。打女人算什么本事？你要还算是个男人，就跟男人打，跟我打！"一把揪住了宋建平的衣领，"动手呀！打呀！打我呀！打呀！"

宋建平被勒得喘不上气来，"小、小军，你听我说……"

"不说！该说的已经说过了！说完了！今天我们是动手不动口，你必须打我，随便你打哪儿——你不是能打吗？"命令道，"打呀！……不打是不是？给你机会不要是不是？好吧，我数十下，你要是再不动手，姐夫，你可就再没有机会了。"将宋建平向后一搡，同时手一松，宋建平向后趔趄了好几步，最后总还算是勉强站住，没有倒下。林小军开始数数，"十，九，八……"随着一声声的报数的递减，宋建平眼里恐惧越深。林小军阴沉着脸看他，"四、三、二、一！"话音刚落，即向宋建平走去，宋建平不由自主向后退，一个小小的门厅，又能有几步退路？他眼睁睁看着林小军一步步逼近……

就在这时，门一下子开了，林小枫冲了进来，一下子插在了林小军和宋建平的中间，面对着林小军喊：』、军！别乱来！"

"走开，姐！这没你什么事！现在是男人和男人之间的事。"

"小军你听我说——"

"姐，就是你，把这个混蛋惯成了这样！今天再不给他点教训，他还当我们林家没人可以由着他的性子欺负！

……姐，你起开！"

林小枫拼命拦住他，"听我说小军——"

"我不听。今天谁说什么我也不听！"把林小枫往一边厂推，一把揪住了宋建平。林小枫拼死又挤了进来，"撒手！小军，你撒手！"

林小军拎着宋建平的衣领一转身子，轻而易举就把林小枫甩到了身后，然后他举起拳头，冲宋建平腮上就是一拳。宋建平向后摔去，摔倒在地，嘴里立刻流出血来。林小军大步向前一把又把他拎了起来，欲再打时，林小枫又一次挤了过来，这次是一秒钟都没耽误，她对准林小军的脸狠狠地扇了一巴掌。

林小军捂住脸意外地看她，"姐，你怎么打我……"

林小枫气吁吁地，"打的就是你！谁让你不听话！……都多大了你小军，做事还这么不动脑子！你打他干什么？看意思吗？有意义吗？你就是把他打伤了打残了打死了，对我和当当又有什么好处？闹不好，你还得去蹲监狱。那我和当当怎么办，爸妈怎么办？"越说越气，泪都下来了，"啊，说呀？！"

林小军为自己分辩："我不会把他……"

"你不会？……你太会了！你拳头一抡起来就没个轻重！你也不想想，就他那样的，能搁得住你几拳？"

那边，摔倒在地的宋建平努力想站起来，费了好大劲才站了起来。从头至尾，林小枫始终没正眼看他一眼，此刻也是。她只看她弟弟只跟弟弟说话："走，小军，回家。"

"就这么饶了他?"

这时,林小枫这才看了宋建平一眼,目光里满是轻蔑,一个字一个字地,"当、然、不、会。"开门,同弟弟出去,"砰",关了门。

宋建平一个人站在门厅里,嘴角上挂着一缕鲜血,万念俱灰。

林小军开着林小枫的车接当当放学。

"舅舅,我和妈妈为什么要住在姥姥家里不住自己家里?"

"妈妈骨折了,好多事情不能做,姥姥家人多,可以帮着她做。"

当当摇摇头,片刻后说:"舅舅,你不知道。这个事我一直没有跟你说。他们也不让我跟姥姥姥爷说。"

"什么事?"

"他们俩肯定是又打架了。他们俩总是打架,我心里很烦。""噢。是嘛。"再也说不出什么,装着说点什么都说不出来,心里头难过得要命。

"舅舅,你跟他们说说,叫他们不要再打架了,好不好?"

"好的。当当,好的,我跟他们说。"

"他们一打架,我心里就特别害怕。"

林小军强忍着眼泪,"不怕,当当,不怕。有舅舅在,当当什么都不用怕……"自己说着都感到了这话的苍白无力。

当当显然也明白舅舅的承诺是无济于事的,但他没说什么，只是小大人般深深叹了口气。林小军的视线一下子模糊了。

晚上，林小军又去了宋家。这次去和上次相反，动口不动手。他去的时候宋建平正在收拾行李，杰瑞已不得已同意了他去西藏的要求，他准备尽快出发。林小军到后开门见山，希望姐夫看在当当的份儿上，跟姐姐和好。他说完后，宋建平沉默好久，尔后道：林小军要求的事，他做不到。林小军一下子急了，"为什么？"

"因为我们已没有了继续生活在一起的基础。这种情况下两个人非要厮守一起，对孩子来说，你想想，是不是比分开更为糟糕？"林小军沉默了。显然，他不是没有同感。宋建平又说了，"我想，她坚持不离婚，有感情的因素——我是指她的恨我——但是肯定也有经济方面的原因。所以我想，要是离婚，我净身出户，什么都不要。以后我收入的百分之五十，给她。"

林小军沉吟了一会儿，"当当不能给你。"

宋建平看到了某种希望，态度随之殷切，"具体细节我们可以商量……"

"别的可以商量，当当不能给你！"

宋建平点头，"当当跟着妈妈，还有姥姥姥爷舅舅，肯定会比跟着我一个光棍汉要好。……小军，拜托你跟你姐姐谈谈。"

就在这时，敲门声大作，二人不无诧异地对视了一下，林小军去开了门。来人是林小枫。林小枫从当当那里得知林小军来找宋建平了，急三火四地就赶了来，生怕她这个鲁莽弟弟惯出什么出格的事来。一进门就向林小军身后看，"宋建平呢？"

"在屋里。"

林小枫就向屋里走，直到看到毫发无损、全须全尾的宋建平，这才松了口气。宋建平不无热情招呼她，"小枫，你来得正好，刚才我跟小军谈了谈，不，小军跟我谈了谈，我们谈得很好。"

林小枫没理他，自顾看地上、床上大肆张扬的箱子、衣物，然后问了："你这是要去哪儿？"

宋建平镇定地说："西藏啊，你知道的。"

林小枫一惊，"这么快就走？……为什么？"

"工作需要。"

"工作需要？……是为了摆脱我吧？是不是她已经迫不及待了等不了了？……啊？说话啊！"

"跟你说过，我跟娟子一点事没有。"

'哈！'一点事没有'！那你说宋建平，怎么才叫'有事'？""那件事你爱怎么想就怎么想吧。就算没有那事，我认为我们这个状况，勉强在一起凑合，对双方对孩子都是个折磨、伤害。"

"我们这个状况？我们早就是这个状况了，你怎么现在才想起来？"

"现在想起来也不算晚。"

"晚了。……因为，你让我抓住把柄了，抓住了你有外遇的把柄。所以，只要我不同意离，你就别想离。你们就别想称心如意。"

"我没有外遇。"

"你有!"

"证据呢?"

林小枫傻了。这期间林小军一直睁大了眼睛,看着眼前的这一幕,作为一个婚姻外的年轻人,他远远不能够理解这里头的复杂,所以他很容易地就会被单方面的陈述说服。但当面对着两个人同时出现的时候,他就会感到迷惑,困惑。

一天,林小枫去了律师事务所。接待她的是一个女律师。四十来岁,戴副无框眼镜,一双锐利的眼睛隐藏在了镜片后面。听完林小枫的陈述,她表示同意林小枫的分析,宋建平去西藏是为了解除婚姻关系,但同时又表示没有理由阻止,因为对方说是去工作。他若是真有外遇的话,倒是可以做一下文章,但是,得有证据。

又是证据!林小枫去买了一个"网易拍",广告说其可录像,可照相,可录音,她想用这玩艺儿把宋建平、娟子在一起时的情景拍下来。她深信她所见的那一次既不会是第一次,也不会是最后一次,只要她盯得紧些,"面包会有的"。

她开始跟踪宋建平,深更半夜的时候,悄悄溜回家去,查铺,非常辛苦;辛苦倒无所谓,关键是辛苦了却毫无收获。失望苦恼之余,她决定调整思路,调整方针,调整计划。

这天,医院下班了,人们纷纷向外走,娟子赶上了走在前面的宋建平,"老宋,搭一下你的车。我去国际大酒店，你正好路过。"

"去——约会？"

"约会。"

"又是网上认识的？"

娟子笑了，学他的口气，"又是！"

娟子曾在网上结识了一个网友，交谈下来，感觉相当不错，那人也是离过婚，与娟子"有着共同的伤痛"；之后二人便走进了第二步，电话谈。电话谈感觉更好，更亲切更真切，于是，顺理成章地，走进第三步，见面谈。他们见面那次恰好让宋建平给遇上了。当时宋建平刚刚吃完饭，'从餐馆出来，看到娟子和一矮个儿男子向里走，宋建平同娟子打了一个招呼。娟子一看宋建平如获救星般对他热情不已，"哎呀宋主任！"她叫——平时她一直称呼"宋主任"为"老宋"——同时对身边的男子介绍，"我们领导。"却并不对宋建平介绍男子是谁。尔后自顾对宋建平说话，"宋主任，上午我交给你的报告你看了没有？"宋建平一头雾水地看她，娟子不由分说自说白话，"没看？没看正好，我正想做一些补充。"又对男子说，"你去吃吧，我就不去了。谢谢啦啊！"男子看着娟子面露不舍，娟子却是不容置疑，说完了就走，同时示意宋建平走。宋建平只好机械地跟着她走。走了一段，回头见男子已消失在了餐馆，娟子方长长地吁了口气。

"那人是谁？""还没猜出来？"

宋建平笑了起来，"你那个'彼此有着共同伤痛'的网友？"

娟子也笑了，点头承认，然后感慨："这个网上啊，还真的是不能相信，真是像那谁说的，百分之九十九，都是假的。"

"得了娟子，没看上人家就说没看上——什么百分之九十九都是假的！人家哪里假了？至少性别就不假。从他那一方面来看你，你也不假，女的，刚离过婚……"

娟子笑着承认："是，是是。在网上聊的时候感觉挺好的，在电话里聊的时候也是，一见了面就——"

宋建平替她补充："就'不来电了'。"

娟子笑道："不来电了。"

宋建平回头看看，"我看小伙子不错，干干净净，戴着副眼镜，多有文化啊，显得。"娟子大笑。宋建平也笑了，"不就是个子矮了一点吗？敢情女人也好色。"

"那是当然。先得赏心悦目，再谈志同道合。在这一点上，男女是一样的。"

宋建平笑笑不语。娟子警惕地看他。宋建平说了："你呀，娟子，还是忘不了他。他现在就是你心里的一个坐标，一个参照物。"娟子一下子愣住，继而眼圈红了。

宋建平叹了口气，"你现在吃饭啊还是回家？我送你。以后啊，就不要随便跟网上的什么人见面了，容易失望倒还在其次，关键是危险，尤其对你这样的年轻女孩儿来说。"

这事才隔没几天，她又扯上了一个。宋建平理解她的心情，但不赞成。

"娟子，病急乱投医不成。"

"我就想赶紧找一个，赶紧结婚。"娟子一下子收起脸上的嬉笑，神情凝重透着忧伤，"别让他以为我心里还惦着他似的，还放不下他似的。"

"娟子，不能拿自己的终身大事赌气。"

"行了老宋，你怎么变得跟我妈似的!"娟子不耐烦了，"你是不是不想让我搭你的车啊，你是不是有别的事啊? 有事你就直着说，绕什么弯子啊!"

宋建平好心被当成了驴肝肺，苦笑："我没有别的事。我也很乐意你搭我的车。"说着，二人已来到了宋建平的车旁，宋建平拉开车门，做了个"请进"的手势，"请，娟子·小姐。"

娟子上车，宋建平上车，车门关，车开走……这一切，都被躲在树后面的林小枫给拍了下来。

律师事务所，女律师听完林小枫的叙述，难以置信道："就是说，这些天你天天夜里都要回去一趟?"

"几乎。"林小枫自嘲一笑，"回去查铺。"

女律师感慨，遂翻看面前一摞显然是林小枫拍下的宋建平和娟子的照片，"这些说明不了什么问题。"

"至少可以说明他们关系亲密吧。"

"说明不了。"

林小枫也奇怪，"是不是我的行动被他们发现了，他们有准备了?"

女律师看着对面这个中年女人，身子向后一靠，眼睛在镜片后面闪闪烁烁，"你上回所说的情况——他们俩抱在一起——是你亲眼所见吗?"

"当然！"

女律师慢慢说道："有的时候，当一个人在死死地想一件事的时候，会出现幻觉——"

林小枫火了，一下子站了起来，"幻觉？你说我亲眼所看到的是幻觉？你当我是精神病吗？"

女律师尽量委婉地，"事实上，精神病和正常人之间，并没有一条非常明确的界线……"

林小枫双目圆睁，"你，你，你！……你自己没有办法了就说当事人是精神病，你算是什么律师！我真是瞎了眼了！"咣，推开椅子，转身离去。

女律师一点不生气，满怀怜悯地在后面叫："林女士，如果你需要，我可以帮你推荐一个心理医生……"她的话没说完，林小枫早没影了。

绝望愤怒使林小枫不能自己，越发执着地继续她的寻找证据。一天夜里，大雨滂沱，她穿戴武装整齐后，准备出发。弟弟小军劝她算了，她摇头，越是这样的天气，敌人越容易放松警惕。事实证明，她是对的——她差一点就抓住他们了，差一点就把他们堵在了被窝里。

她回家，家中没人，已是半夜一点多了。打电话到手术室；没有手术；到病房，也没有抢救病人。忽然，她一个激灵，出门，下楼，开车，直奔娟子家而去。

娟子确实在家，确实和一个男人一起。但这男人不是宋建平，是那个她去国际大酒店约会的男生。那男生不论年龄、长相都与刘东北酷似，这很是赢得了娟子的好感。对方不用说，对娟子非常喜爱。当下二人就约定了下次见

面的时间。这天晚上，二人一块儿吃饭时，娟子喝了点
酒，对男生说了很多的话，说她和刘东北，说着哭了起
来，边哭边说，边说边喝，男生什么都不说，只是体贴地
静静听着。只要娟子的杯中酒空了，他便会主动替她把酒
倒上，自己却不怎么喝。直到后来，娟子趴在餐馆的桌子
上失声痛哭，引来许多人注目，最后是男生连抱带拖把她
带了走，送回了家。

男生把娟子直接送进卧室，放在床上，灯下床上，醉
酒的娟子格外动人。男生站在一边欣赏了一会儿，接着伏
下身子，开始亲吻她。娟子这才清醒了一些，推他，"你
干吗？"

男生不说话，一边极力安慰着娟子让她安静，一边加
紧了手下的动作。

娟子使劲推他："干吗？你干吗？"

男生只是不说话，一抬手，把床头灯关了。

林小枫就是在这一瞬赶到的，停车时看了一眼娟子的
窗户，灯还亮着；等下车时再看，关了！她跳下车直奔楼
里。

娟子下意识地挣扎，但她哪里是那个男生的对手？衣
服很快便被那男生脱掉。就在男生一手按住娟子一手为自
己宽衣时，外面响起了敲门声。男生一下子定格，同时用
手捂住了娟子的嘴。男生静静站着等外面的人自行离去。
但那人不仅不离去，敲了一会儿见无人响应，便大叫起
来："娟子！开门！我知道你在家！开门！"

娟子听出了是谁的声音，使劲挣扎想甩开男生的手，

想回答外面的林小枫。男生一面用力控制住她，一面倾听门外的动静。

门外的林小枫再也控制不住满腔怒火，高声道："娟子，我数三下，你若再不开门我就打1101跟你说我说到做到！一，二，……"

三字还没出口，门一下子开了，娟子出现在门口，头发蓬乱衣服随便披在身上，"小枫姐……"

林小枫根本不听她说什么，把她往旁边一扒拉，就向里走，挨屋地找，包括卫生间厨房阳台。没有人。林小枫冷冷问娟子："他在哪里？"

娟子惊魂未定，完全没有察觉到林小枫的情绪，也顾不上去想她为何深夜来临，只下意识答道："……跑了吧。"

一阵风吹来，吹落了桌上散放的纸张，林小枫想起什么，猛地向敞着的窗户冲去，探身子向外看，看到了直通到底的排水管。"他"是从这里逃走了！娟子也傻乎乎地跟着过来看，也看明白了，几乎同时与林小枫从窗外缩回，抬头，二人目光相遇。她正要跟对方交流刚才那番观察的心得体会，不料林小枫劈脸就给了她一巴掌，娟子懵住。娟子捂着脸看着林小枫发呆，一时间怎么也想不出个中原委。就在她发愣的时候林小枫已开始向外走。边走边咬牙切齿道："跑？你跑得了今天跑不了明天！"大门"砰"地关上。娟子被吓得哆嗦了一下……

宋建平正在熟睡。临下班前被外院接去做了个急诊手术，一直做到深夜一点，吃了点夜宵，回到家中，快两点了。到家后洗都没洗，直接上床就睡了。一站站了七八个小时，浑身累得散了架一般。

林小枫踏着猫一样无声的步子来到床前，两只如猫一样在黑暗中闪闪发亮的眼睛死死盯住了宋建平，看，死看。宋建平被"看"醒了，迷迷糊糊睁开眼睛，蓦然发现面前站着个人，吓得他一下子坐了起来："谁？"

那人不响，不动。

宋建平哆哆嗦嗦地拧开了床头柜的灯，这才发现是林小枫。

"你？！……你来干什么，深更半夜的。"

"来看看你受伤了没有。"

"什么意思？"

"真想不到啊，都四十岁的人了，平时看着也算是个读书人的模样，到了关键时刻，还会有如此矫健的身手，能从这么高的楼上溜下去！"

宋建平眨巴着眼睛听不懂她在说什么。

林小枫看他一脸无辜的样子，痛心疾首，"……演技也越来越纯熟了。你该去当演员的，宋建平。你要是当了演员，中国的男演员全没戏！"

"你到底要说什么？"

"你不知道？"

"不知道。"

"不知道就不知道罢！"林小枫转身向外走，边走边说，"到这时候了还嘴硬，等着，总有一天，我让你无话可说！"走了，大门"砰"地关上了。

宋建平被林小枫这么一搅，睡意全无，也觉出了蹊跷，却想不出缘由，只是隐隐感到了不安。

林小枫决定拿到证据。不再被动地去"找"，要主动去"拿"。计划是这样的：将他们二位安排一起，说白了就是，安排在一张床上，尔后，给他们拍照。当然正常情况下他们不会听她的安排，她所要做的就是，让他们听她的安排。托关系买了两瓶安定，只要他们一人吃下去半瓶，就一切全 OK。怎么让他们吃下去的细节也都想好了。请他们吃饭，掺在饮料里……

林小军不同意林小枫这么做。

"姐，你想没想感这样做是制造伪证，等于是陷害？"

"不！！"林小枫情绪激动，"我这只不过是通过我的努力，让他们把他们做过的事情再现一遍。"

"万一弄出人命来……"

"安定怎么会弄出人命来？撑死睡个一天两天的，也算成全他们一次，让他们睡在一起！"

林小军忧心忡忡，看着林小枫的脸，"姐，要我说——说错了你别生气——要我说，算了。"

"'算了'是什么意思？"

"你们俩都到这份儿上了，还费这劲干吗？就是抓住了他有外遇的证据，用你的话说，对你和当当又有什么好处？人家追究对方是不是有外遇是为了离婚时能多得到一点实惠，这一点对咱们已不是问题。宋建平说了，离了婚，他净身出户，什么都不要；以后收入的一半，给你。如果你不相信他，咱可以让他立成文字，再不成，到公证处公证。"

林小枫一声断喝："小军！别人不理解我，你怎么也不理解我？十几年的青春，十几年的爱，是一个'钱'字就能了得的吗？一个人一辈子有几个十几年？更何况这还是我最好的十几年。就这么稀里糊涂的算了，一个轻飘飘的没有感情就完了……不不不，这口气出不来，堵在这儿，"她指指胸口，"我后半辈子就别想过好……"欲哭无泪，·眼瞅着呼吸都有些困难。

林小军慌忙道："姐，姐，姐！……你想怎么做就怎么做，我一定帮你，好不好？"

林小枫泪水慢慢溢了出来，怔怔看着弟弟，猛地，伏到弟弟肩上哭了，"小军，我心里头难受……难受……"

第二十章

　　这天，娟子接到了林小枫的电话，电话中林小枫先是道歉，后向她正式发出邀请：老宋要去西藏，她得给他送行。家宴。至时请娟子作陪。连道歉带送行，一块儿，也省她弄二回了。娟子放下电话后感动得一塌糊涂，虽说林小枫误解了她和老宋的关系，但是毕竟，她的行为言辞在某一瞬间是有失检点，那次倘不是老宋把持得好，后果不堪设想。不仅日后跟老宋关系尴尬，跟小枫姐还有她爸妈更是不好交代——她们一家对她有恩。放下电话一路小跑去了老宋的办公室，发表感慨："我觉着小枫姐这人真的是挺大度。有些事啊，其实就是误会，一说开，什么事没有。"

　　'宋建平却不似她那么乐观，"表面看，我和她之间的很多事是误会，是巧合，是偶然。事实上，是偶然中的必然——双方已然失去了基本的信任，没有这个误会它也得有那个误会，没有事它也会生出事儿来。……她这回啊，充其量，是她诸多反复中的又一次反复。总有一天，她还得故态重萌。我太了解她了，我再也经不起这种折腾了。"

　　"那你说我去不去？……我可是都答应她了。"

　　"你都答应她了还问我干什么？"

　　"那你呢？"

"她现在的任何要求我都会答应，毕竟是……"不无伤感道，"要分手了。做不成夫妻，也不必做仇敌。"

宋家桌子上已摆上了凉菜，林小枫在厨房里忙活，将安定倒在一个蒜臼子里，细细碾成碎面；尔后，把药面倒到纸上，将纸对折，对准酒瓶瓶口，稍一倾斜，里面的药面即无声滑落瓶中。拿起酒瓶轻轻晃，晃，晃，直到那粉末融化酒中……

终于，她看到了他们俩躺在了一起。却没有一点成就感，相反，心里慌得像是要从嗓子眼里蹦出来。她强迫自己镇定，按事先设想去拿"网易拍"，拍的时候比刚才 1 镇定了些许。看到两个人衣衫整齐躺在床上总觉着不太对劲，紧张思索了一会儿，看出了问题在哪里。

她一步一步向床上的两个人走去。先到了宋建平睡的那一边，定定地看了他一会儿；不放心，轻轻推了推他。他死人一样毫无反应。她放下心来，开始动手脱他的衣服。先是上衣，一颗一颗解开了外衣的扣子，然后，内衣，直到他上身被脱得只剩下了一件汗衫。汗衫是套头的，必须自下而上地脱。当她费很大劲终于把汗衫从宋建平头上拉下来的时候，同时被拉上去的两条胳膊由于失去了汗衫袖子的束缚，软绵绵地掉下来，正好砸到了林小枫的头上。林小枫猝不及防，以为宋建平醒了，吓得一声尖叫，身子向后跳闪，一双眼睛须臾没敢离开那张床和床上的人，直勾勾的。

——裸着上半身的宋建平和娟子躺在一起，显得十分怪异，林小枫睁大眼睛看，忽然，她再也坚持不住了，崩溃了。

"啊——"随着一声尖叫，她全身随之筛糠般抖动起来。牙齿得得，仿佛一个寒冷中的人，她哆哆嗦嗦拿起电话，拨了弟弟小军的手机。

救护车鸣叫着将宋建平和娟子送进了医院……

这件事使宋建平对林小枫的所有歉意和仅存的一点好感，荡然无存。二人各住各屋，形同路人。就在宋建平临赴藏前，一件意外事件使他延宕了下来。

当当受伤了。

事情很简单，晚上，睡前，林小枫让他喝奶，他不想喝，林小枫就火了——自与宋建平彻底闹崩之后，林小枫彻底绝望了。彻底绝望的她脾气日益暴躁——当当一看妈妈火了，赶紧拿起奶要喝，林小枫毕竟是母亲，盛怒之下不失理智，不愿孩子在这种情绪下喝奶，怕又像上次似的引起呕吐；但又不能失去母亲的尊严，便一把夺过那奶，使劲朝屋外地上一泼，说声"不喝了！睡觉！"转身向外走，当当跳下床追上去拉妈妈，被妈妈推开，当当没有防备，光着的小脚踩着了地上的牛奶，脚下一滑，身子向前扑去，一下子摔倒在地，把眼睛上方摔开了一道大口子……

深夜，夫妻俩一块儿送孩子入院，一块儿等在外科急诊室外，一块儿焦急，直到儿子从里面缝针出来，直到医生说"没有问题"。林小枫方在儿子面前半蹲半跪下来，失而复得般紧紧搂住了儿子小小的身体，把脸埋了进去，久久不动。宋建平在一边默默看着，心情复杂，难以言喻。当下决定推迟一段再走，至少要等儿子拆了线后再走。

拆线那天天气很好，蔚蓝的天空中看不到一丝云。一家三口从门诊大楼出来，当当一手牵着爸爸一手牵着妈妈，走下门诊大楼台阶。这时，林小枫站住了，对当当说："来，当当，这里亮，让妈妈看看，到底落没落疤。"蹲下身子，捧着儿子的小脸细细看。

宋建平也蹲下身子，跟着看：那只眼的上方只有一道浅浅的细线，不细看看不出来，总之，完全可以忽略。夫妻二人看一会儿，对视，交流体会。

"不细看一点都看不出来啊。"

"细看都看不大出来！"

"再长长还会好。"

"肯定的！当当还小！"

林小枫激动得一把抱住当当使劲地亲。宋建平拉着儿子的一只小手，也是百感交集。

夹在爸爸妈妈之间的当当幸福，惶惑，若有所悟，"妈妈，我想回咱们自己家。"

夫妻二人一愣，不约面同对视，在无言中达成了共识。宋建平开车，一家三口离开了医院。晚饭是在麦当劳吃的，家里什么东西都没有。不知是谁说在外面吃吧，当当就说要在外面吃就去麦当劳吃，于是就去了麦当劳。回来的路上，还停车在路边买了西瓜。到家后，林小枫把西瓜洗了，抱到大屋的餐桌上。西瓜已熟得透透的了，刀尖一碰，啪，就裂开了。红瓤黑籽，父子俩一人抱着一块，

中国式离婚

用小勺挖着吃，边看着电视。电视声，成年男子低沉的嗓音，儿童细嫩的声音交织一起，构成一种令人陶醉的声响。宋建平偶尔扭过头来，看到了坐在餐桌前发呆的林小枫，招呼一声："怎么不吃啊？很甜！这皿买得不错！"

林小枫忙答应着为自己切瓜。西瓜刀细长锋利，只听轻轻的一声嚓，一块瓜应声一分为二。林小枫拿起其中的一块，还是觉着有点大，就用刀又切了一刀，拿起其中小点的那块，用牙尖一点一点啃着吃。西瓜确实好，甜，沙，水分很多，很新鲜。但她没有欲望，没有吃的欲望。只是因为宋建平让她吃，才吃，因而吃得勉强，食而无味。边吃，边看着那边的父子俩，一大一小，一高一矮，并排坐在沙发上，一起看着电视吃着西瓜。吃西瓜的风格也相同，都不吐籽，都嫌麻烦，就那么连籽带瓤囵囵着咽……突然宋建平起身向这边走，林小枫猝不及防，赶紧低下头吃瓜，瓜里有了一点咸丝丝的味道，想来是眼泪了。宋建平来了又走了，他来拿西瓜。

当当睡了，在林小枫身边发出甜蜜的呼吸声。如果，如果没有了父亲，他的呼吸还会是这样甜蜜吗？还有，她呢？如果没有了丈夫，她以后的生活会是什么样子？……不想了，不能想了。她轻轻起身，下床，向小屋里走。不知道为什么要去，只是想去，就去了。路过餐桌时胳膊不知怎么碰着了悬在桌边外的西瓜刀的刀把，瓜刀落地，发出一声清脆的"当"。林小枫赶紧弯腰拾起瓜刀，同时扭脸向床上看去，熟睡的当当动都没动。她这才放下心来，继续向小屋走去，赤着脚，悄无声息。

宋建平睡熟了，睡熟了的他由于平躺面部的皱纹都舒展了开来，看去酷似一个大号的当当。他翻了个身，一条胳膊把被子拥到了鼻子下方，本来通畅均匀的呼吸立刻有些受阻，粗而用起力来，让人听着难受。林小枫忍不住伸出一只手，替他把那被子往下掖了掖。不料宋建平立刻醒来，醒来后眼睛立刻瞪大了，尔后，腾一下子坐了起来，"你、你要干什么？"

林小枫不解，低头看了看自己，才发现手里还捏着那把刚才落地的西瓜刀。一下子明白了宋建平为什么会有如此激烈反应。她凄然一笑："你以为我要干什么？"

"你、你、你不要胡来啊！"

看着宋建平眼睛里认真的恐惧恐慌，林小枫的心蓦地沉落：这就是他对她的看法了。细想，客观地想，这一段以来她的所作所为，怎能不让对方产生这种"戏剧化"的想法？这样的一个人，谁又能够忍受？别说他忍受不了，她都忍受不了。那一刻，林小枫仿佛从自身跳了出来，站得远远的，冷静地，冷酷地，看着她的另一个自我。宋建平的反应给了她一个强烈的暗示：她已失去他了，剩下的，只是一个手续问题了，就算她强硬着不办这个手续，他也已经不属于她了。

宋建平眼睛盯着林小枫，时刻准备着，或防止她把那刀刺过来，或伺机夺下。

她手里的那刀。

他的思想活动林小枫看得清清楚楚，她笑笑，举起刀来，细看——她只是想看一看有着如此威力的那把刀——

不料宋建平"嗷"地叫了一声，二话不说扑将上来。林小枫本能地向后倒退了两步，碰着了当当书桌前的椅子，椅子上摆着当当的变形模型，于是，只听一阵稀里哗啦，变形模型掉到了地上，把林小枫吓了一跳。趁林小枫分神的工夫，宋建平又一次恶虎扑食一般扑了上来，林小枫本能躲闪，地上的玩具被踢得四下里都是，偶尔还有被踩着的，于是，咣，当，喀嚓，终于把在大屋睡觉的当.当吵醒了。当当醒来后就往小屋里跑，一看眼前的情境，呆住：

妈妈挥舞着一把刀，爸爸疯了一样去夺那刀——当当光着小脚丫站在门口，惊恐无助地看着这一幕，两个大人谁也没有注意到他的到来。当当看了一会儿，扭头向厨房跑去。

刀在两个人手里僵持，这时忽听到当当一声锐叫："妈妈——"

二人回头，只见当当眼睛直盯着他们，手里拿着水果刀在自己的小手背上拉着，一刀，又一刀，那只小手皮开肉绽……

宋建平呆住。林小枫大叫一声，扔下手里的刀向当当扑去……汽车呼啸而去。车内，宋建平开车，林小枫和当当坐在车后座上，林小枫一手握住当当的手腕为他压迫止血，一边声嘶力竭地喊："快！快啊！你这个笨蛋，快啊！"

汽车在无人的大街上风驰电掣……

林小枫、宋建平坐在治疗室门外等。与上次当当摔伤的那次不同，这一次，两个人谁也不看谁，也不说话。

一阵杂乱的脚步声传来，林父、林母、林小军闻讯赶来——当当坚持要告诉姥姥姥爷舅舅。孩子本能地感到，今晚这事非同小可。宋建平、林小枫默默站起身来，看着那三人来到跟前。

林母对林小枫说："当当呢？"看也不看宋建平一眼，仿佛根本没他这个人。宋建平也知趣地一声不响。

"在里面缝针……"

说话间，治疗室门开，当当走了出来，医生随在其后。林小枫忙迎上去向医生询问。林母则蹲下去抱住当当，痛心地问："当当，当当，为什么要这么干？"

当当小脸因失血而惨白，"为了不让他们打架……"

"那也用不着这样！"

当当摇摇头，用小手点着自己摔过的眼眶，"上一次就是，他们看我这里摔了，就不打了……"

林小军心疼地把当当一把抱起，紧紧搂在了怀里。林母一使劲，站了起来，也许是起得猛了，头有点晕，她镇定了一会儿，才站住了，尔后向林小枫走去，仍然是看都不看宋建平一眼。走到林小枫面前，嘴唇哆嗦着，半天，说不出一个字。

林小枫害怕地，"妈！妈？……您怎么啦？"去拉妈妈的手。

林母一把抽出了那只手，对着女儿的脸狠狠扇去。

林小枫一手捂着脸一手指宋建平，"妈，他——"

"他我不管！我只管你！我只管我的孩子！……小枫，

我白疼了你了，你真不像——不像是我的闺女……"话音未落，软软地向地下瘫去。

林母心脏病突发，入院。

自从林母犯病住院，林小枫带着当当回了娘家再没有回来过。她很忙，要去医院照顾妈妈，在家照顾担惊受怕的爸爸，还要照顾受了伤的儿子。尽管有弟弟林小军的帮助，但男孩子毕竟是男孩子，粗，让他干点搬搬运运的力气活儿还行，指望他汤汤水水地照顾老人伺候孩子，还不够你操心的。

宋建平很想替林小枫分担点什么，或者说，他很想为这个家再尽一份义务，父亲的，女婿的，丈夫的。但是，没有勇气。去西藏的日子早就到了，被他一推再推。这个时候他不能走。即使帮不上忙，他也得在，不管对方需不需要，他也得在。

这天，下班前宋建平突然接到了肖莉的电话，约他某日某时到某个饭店大堂等她，有要事。宋建平想不出肖莉找他会有什么"要事"，他们已好久没联系了。但还是答应了，要走了嘛。去时肖莉早已等在了那里，他一到她立刻起身，什么也不说，带着他走。二人沿着铺着地毯的长廊悄无声响地走，宋建平边走边用目光向肖莉询问，肖莉不说话。宋建平终于忍不住了，"肖莉，到底什么事嘛，弄得这么神秘。"

肖莉只对他一笑，还是不说话。

到了一个房间门口，宋建平惊讶地看着肖莉用手里的磁卡打开了门。肖莉推开门，站在门边，对宋建平做了个

"请"的手势。宋建平机械地进去。这是一个阔大的套间，几乎占了一面墙的窗子，洒满阳光。宋建平呆呆站在那里，完全不明白怎么回事，或者说明白了，而不敢相信，不知所措。相比之下，肖莉要镇定得多。她先去锁了门，甚至没忘了挂好门上的链条，尔后，直向窗子走去，哗，哗，拉上了窗帘，屋子里顿时陷入昏暗。肖莉向宋建平走来，走来，直走到他的面前，二人相互凝视，猛地，她抱住了他，宋建平迟疑了约有一秒钟，回抱住了她。

"我爱你，你知道的……"肖莉悄然说道。

宋建平不说话，只是把脸埋进了肖莉的颈窝里。

"可是我不敢。怕伤害她，因为我自己受过这样的伤害，己所不欲……你理解吗?"宋建平只是点点头，仍是不说话。

"……我没有婚姻要求，我没有任何要求;我只是爱你，不想看着你这样枯萎下去，我们都是中年人了，没有多长时间了……"

宋建平还是不说话，只是更紧地搂住肖莉，像是搂住他生活中的一线光明，一线希望，一份久违了的激情。

肖莉硬是让宋建平捂起头来面对着她，用一根手指轻轻触摸着面前这张亲爱的脸，"你很好，你绝没有什么'ED'，"微微一笑，"我感觉得到。"

宋建平顿时脸红了，不好意思得像是个孩子。肖莉又一笑，拉着他的手向里面的卧室里走，"来吧。"二人进入里间。肖莉拉上了里间的窗帘，转过身来，看着宋建平，眼睛在昏暗中闪闪发亮。

肖莉指指浴室，"你先还是我先?"宋建平一时没有回答，肖莉顽皮一笑，"要不，一块儿?"宋建平窘得不知如何是好，那神情让肖莉心里升起了母爱般的感动，她把他按坐在沙发上，拍拍他的脸，"好了，不难为你了，还是我先吧。"

肖莉开始脱衣服，宋建平坐在沙发上，完全不敢抬头看她，只见一件件衣服被扔到了与他视线平行的床上……

但是，当肖莉洗毕，从浴室里出来的时候，发现房间里空无一人：宋建平不见了。她轻轻叹息了一声，没有多少意外，但是，遗憾。她爱他但是也理解他。他就是这种人。一个人最难以战胜的，是自己。

宋建平回家了。打开家门，一股久未开窗透风的气味扑鼻而来，那是他们家的气味。每个家都有每个家的气味。那气味由家的成员的气味组成。他们家的气味就是他和林小枫和当当的气味。

有人敲门，有门铃不按却敲门，而且是，怯生生的。

谁?

娟子。

二人下班前刚刚见过面，她来有什么事? 娟子说没事。她真的没事，来干什么为什么来一概没想，脑子里没有一点成形的想法，就是随着心的指引，来了。宋建平说没事你来干吗? 娟子反问说没事就不能来了? 于是宋建平明白了。明白了他就留了个心眼，不放娟子进屋，就让她在门厅里站着，同时，门也故意没有关严，留了道缝。这道门缝他是留给自己的，它的责任就是让他保持清醒冷静。娟子才二十多岁，二十多岁的人什么事都能干得出来，她们也有权利干。常言说年轻人犯错误上帝都可以原谅。言下之意，中老年人犯错误、犯那种明知故犯的错误，就不能原谅。别说上帝了，自己都不会原谅自己。他心里非常清楚娟子于他的感情，那不过是失落时的填补，或许还有赌气，或许还有别的什么，唯独没有爱。他如果做了她要求他做的事，日后她肯定会后悔，闹得不好，还会生恨。这个时候，他决不能跟她同流合污就坡下驴顺水推舟，他必须掌好舵，驾好船，以免踏上那条不归的路。

娟子站在门厅里，楚楚动人，"你还是要去西藏？"

宋建平点了点头。

"我跟你一块儿！"

宋建平摇了摇头。

"为什么？"

"娟子，我是有妇之夫……"

"你是不爱我！从来就没有爱过！"

……

林小枫转身下楼。

她回家取东西，在车上就看到了娟子乘的出租车开到了她家的楼前，看到娟子由车上走下，进了楼。她并不是有意地想刺探什么，已没有这种兴致这份精力了。妈妈的情况非常不好，儿子的伤口恢复尚好，但是，心灵的伤口呢？谁知道它有多深，会持续多久？这些日子里她忙得焦头烂额，忙得都没有工夫去想，，怎么会弄到这种程度。娟子去她家她一点都不感到意外，也不生气。当在那个夜里，当宋建平误认为她拿着刀是要伤害他的时候，她的心就彻底凉了。他们的关系，已然走到了尽头。他认为的她心中对他的恨，远远超出了实际，超出了她的估计。之所以看到娟子进了她家她还是要随之进去，是因为她要给儿子取衣服，她不可能仅为了不打搅对方就放弃，改天再跑一趟；同时，她也不打算在外面等，等到娟子出来。万一她不出来或者明天才出来呢，她难道还要在外面等一夜不成？就这样，娟子上楼后，她也紧随了上了楼，于是，从宋建平给自己留的那道门缝里，她听到了他们俩的那番对话。听完了娟子的"你是不爱我！从来就没爱过"！她转身下了楼。下楼时脚步也不由放得很轻很轻，生怕有人听到；直到安全地上了车后，才伏在方向盘上，尽情痛哭。

终于明确了，宋建平不爱娟子，没爱过娟子，他们之间没事。但是，不爱别人不等于爱她。他不爱别人但是也不爱她。这是更为令人沮丧、痛楚的现实。仿佛是，一桌子菜，某菜尽可以抱怨因为了其他诸菜的存在而使它无人间津，但是当桌上只有它自己却仍无人问津时，它就不能不重新检省无人间津的原因。幸而她不知道肖莉所为，如果知道，怕是会受到更深的刺激。

林小枫的妈妈走了。在睡梦中走的。走前精神还好，跟老伴儿说了不少话，主要是说林小枫，她放心不下这个女儿。

"老林你说，小枫从生下来就跟着我，一直在我跟前长大，她这个个性怎么就不像我呢？"

"她要是像你，不，哪怕能赶上你一半，也不至于弄成今天这个样子。"

"到底不是自己生的孩子，怎么着也不能完全像了你。"看老伴脸上依然生气的表情，不由有点担心，"老林，咱们可早说好了的，那事不能跟小枫说——"

"你不说她就不觉悟！"

"不能说，为了什么也不能说。……孩子一直以为我是她妈，加上她亲妈也已经没了，就更没必要说了，没必要打乱她的生活。……这家庭上的事儿，感情上的事儿，不能太较真儿。厚道一点儿，宽容一点儿，糊涂一点儿，比什么都好。"停了停，说道，"我累了，得睡一会儿了。你也睡会儿吧。"

"好好。……早先一直不敢睡，怕睡着了，再睁开眼，你不在了。……玉洁啊，你可不能扔下我不管了啊。一辈子了，我习惯了，没了你，我不行……"

林母哄孩子般，"好啦好啦，不说啦，睡吧。"

林母合上眼睛睡，睡了。林父也趴在她的身边，睡了。林父醒来时，发现老伴儿已经走了。

送走了妈妈的当晚，在没有了妈妈的卧室里，爸爸对女儿、儿子说了一段往事，他年轻时和一个女孩儿的婚外恋情。

"那个公社里有一个毛泽东思想文艺宣传队，剧院派我去给他们辅导，就这样，我和那个女孩子好上了……"

"这事儿，妈知道吗？"

父亲痛苦得说不出话，停了一会儿，再开口后没有直接回答问题，而是说："我跟那个人还生了个孩子……"

　　林小枫姐弟无比惊讶，面面相觑。一时间屋里静得像没有人。好半天，林小枫轻轻问："那孩子呢？"

　　父亲依然不直接回答问题，仍是说自己的："……年轻人，一人在外，一时冲动，一时糊涂，于是就——一个很平常的故事，是不是？"自嘲苦涩地一笑，又道，"——故事的结尾却不同寻常，它之所以不同寻常，是因为你们的妈妈不同寻常。你们啊，得向你们的妈妈好好学学。学一学她的聪明通达和宽厚……"

　　是夜，林小枫一夜未睡，次日一早，给宋建平打电话，说有事想跟他谈。宋建平拒绝，理由是他今天没有时间，今天医院有活动，院长让他务必到，借此机会跟大伙告一个别，他明天将离京赴藏。林小枫追问活动地点，她不能不感觉到宋建平心理上对她的排斥。宋建平却坦然说出了活动地点。林小枫放下电话后久久未动，尔后突然跳起，做出门准备。既然他没有时间，那么，她去找他。

　　活动大厅，杰瑞在前方的麦克前讲话："……在各位同仁的努力工作精诚合作下，近两年我们医院发展很快，我今天尤其要提到的是，我们的外科主任宋建平先生——"

　　人们扭头看宋建平。宋建平脸上保持着微笑，心里头恨不能隐身才好。他不想成为中心，此刻他心里非常难过，他无法承受"中心"所必须承受的压力，保持"中心"的风度。杰瑞的声音在大厅回荡，令宋建平躲无可躲。

　　"一个人才就是一面旗帜。可惜宋建平先生不日将去西藏，这对我们医院无疑是一个巨大损失，但是，院方还是决定尊重他个人的意见。现在，请宋建平先生给大家讲话。讲一讲，如何才能做一个好的医生！"

宋建平万万没想到杰瑞还会有这一手，愣住，大家齐齐扭头看他，无声地为他闪开了一条通往前台的甬道。

宋建平站在这条闪开的甬道前，他一点不想讲什么。

大厅里静极了。他和杰瑞站在甬道两端对视，杰瑞目光中含着期待，他希望宋建平在最后一刻能改变主意，医院里需要他。忽然，他就那样对着麦克风向甬道另一端的宋建平说了："宋，请再考虑一下，是不是可以不走？"

宋建平不语。人们看他。这时林小枫悄悄走了进来，服装整洁，一张素脸，只在唇上涂了点肉色唇膏。她看到了这一幕，也如同众人，静静注视着宋建平，带着紧张的期待。

宋建平通过人的甬道，向台上走。走到麦克风前，看着他的熟悉的同事们，眼睛湿润了，他咳了一声，尽量使自己嗓音正常："我……对不起……"

众人哗然，议论声四起。

谁也没有注意到林小枫什么时候上了前台，径直走到了麦克风的面前，推开宋建平，"让我说两句。"

此言既出，全场一片惊愕的静寂。宋建平先是惊讶，继而愤怒，但是事到如今，他只能任由她去，听天由命。

"我想，在场大多数朋友可能还不知道我是谁，所以请允许我先做一下自我介绍：我叫林小枫，是宋建平的太太……"

轰，议论声如雷声滚过，尔后，是加倍的静寂。所有人脸上都是一个表情，等待，不管了解情况的还是不了解情况的。因为眼前的情景委实是太奇特了。

林小枫坦然镇定如入无人之境，"诚如刚才杰瑞院长所说，宋建平是一个优秀的医生，也确如杰瑞院长所说，一个人才就是一面旗帜。但是他却要走了。我知道，他不愿意走，却不得不走。大家知道为什么吗？……"

仍是一片寂静。

"他是为了我……为了能够同我离婚。"

一片哗然，尔后又是寂静，静极。

林小枫转向宋建平，四目相对。这时宋建平已经感到她不是来跟他闹的，那么，她来干什么？他看她的眼睛，极力想从中搜索，林小枫只对他微微一笑，轻声说："我本来想跟你个别谈的，你不给我时间，我只好到这里来了。"说罢又转向大家，"在这里，我可以向大家保证，让宋建平留下。"转向宋建平，"建平，我同意离婚。"全场大哗，一波接着一波。

林小枫在哗然声中高声说道："我同意离婚，虽然我仍然爱他。……从前，我以为爱就是拥有，就是占有，现在我懂得了，不是，远远不是。"说到这里，亲爱的妈妈出现在了她的眼前，她一直忍着的泪水顿时夺眶而出。她今天到这里来，她说的这番话，实际上是对妈妈说的，妈妈临终前惦着的就是她，她必须让亲爱的妈妈在九泉路上，把心放下。林小枫的声音在大厅里回响。

"爱同时还是宽容宽厚是通达，总之，爱，是需要能

— 380 —

力的！因为我不具备这个能力，——所以我失败了，所以我爱的人才会这样不顾一切地要离我远去。"她扬起满面泪水的脸，重复，"——爱是需要能力的。那能力就是，让你爱的人爱你。"

全场静寂。只有林小枫的声音在大厅里回响……

宋建平在咖啡馆等林小枫，神情焦急，已过了约定时间了。他拿不准她到底会不会来，再说白点，他拿不准这一次是她诸多反复中的一次，还是她最终的觉醒。忽然，他眼睛一亮——林小枫走来。

二人相对坐下，目光却躲闪着无法对视，这时小姐端着托盘来到了桌前，他们就一起看小姐，看她把咖啡、牛奶、小吃一样一样取出，放下。小姐走后，宋建平立刻忙不迭拿奶壶往林小枫面前的杯子里加奶，林小枫忙伸手去拦他让他给自己先来，不期然她的手碰到了他的手，二人立刻闪电般缩回了各自的手，同时不好意思地笑笑。片刻，林小枫去拿壶，想不到宋建平是同样思路，正好拿住了林小枫拿壶的手，他赶紧缩回去，同时竟下意识说了声"对不起"。

林小枫一笑："'对不起'？你说，如果叫一个外人看来，我们俩是不是根本就不像是一对夫妻？"宋建平不知如.何作答，尴尬地笑。林小枫凝视着他，那目光伤感忧郁，"我们现在只是一对纸上的夫妻了。……建平，你说，你有多长时间碰都没有碰过我了？"

宋建平无言。林小枫看着他，把一只手轻轻放在了宋建平放在桌子上的那只手上，两手相叠，猛地，放在下面的宋建平的手翻了上去，紧紧握住了林小枫的手。于是由手的接触开始，循序渐进，二人接吻了，那吻长久深密忘我，即使是年轻人，在这样的场合进行这样的吻，，也嫌过分，二人全无感觉，如人无人之境……吻罢。林小枫伏在宋建平肩上耳语："建平，你还走吗？"

宋建平迟疑一下，点头。

"你恨我吗？"

宋建平毫不迟疑地摇头。

"那，你还爱我吗？"

这一次，宋建平没摇斗但是也没点头。

于是林小枫明白了。她放开宋建平，打开随身带来的包，从面抽出了她带来的离婚协议书。

"你看一看。"又从包里拿出了一枝笔，给了宋建平，"如果什么意见，就签字吧。"一笑，"趁我还没有改变主意。"

宋建平没看离婚协议书，而是神情专注研究着伸到眼前的那笔。那是一枝签字笔，透明外壳，黑帽黑芯，笔身细长……。